영어 강좌의 탄생

미디어와 교양이 만난 근대일본

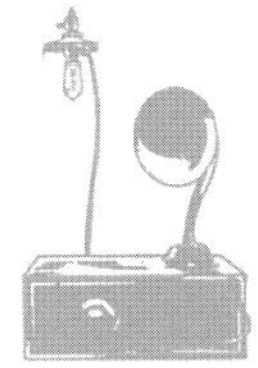

지은이

야마구치 마코토(山口誠, Yamaguchi Makoto) 1973년 도쿄 출생. 사이타마대학을 졸업하고 도쿄대학 대학원 인문사회계 연구과에서 박사학위를 취득했다. 현재 독쿄[獨協] 대학 외국어학부 교류문화학과 교수를 역임하고 있으며, 전문 분야는 미디어 연구, 역사사회학, 문화연구다. 저서로는 『괌과 일본인－전쟁을 파묻은 낙원』(이와나미신서), 『일본의 해외여행』(치쿠마신서)이 있고, 공저로는 『컬처럴 스타디즈』(고단샤), 『미디어의 역사를 공부하는 사람을 위해』(세계사상사), 『1930년대의 미디어와 신체』(세이큐샤), 『미디어 문화의 권력 작용』(세리카쇼보) 등이 있다.

옮긴이

김경원(金京媛, Kim, Kyoung-won) 서울대학교 국어국문학과를 졸업하고 동대학원에서 박사학위를 취득하였다. 일본 홋카이도대 객원연구원, 인하대 한국학연구소 및 한양대 비교역사연구소 연구교수를 역임하였다. 저서에 『국어실력이 밥 먹여준다』(공저)가 있으며, 역서에 『마르크스 그 가능성의 중심』, 『우리 안의 과거』, 『일본변경론』, 『가난뱅이의 역습』, 『경계에 선 여인들』, 『건강의 배신』, 『왜 지금 한나 아렌트를 읽어야 하는가?』 등이 있다.

박애경(朴愛景, Park, Ae-kyung) 연세대학교 국어국문학과를 졸업하고 동대학원에서 석사과정 및 박사과정을 마쳤다. 현재 연세대학교 국어국문학과 교수로 재직 중이다. 저서에 『향가의 수사와 상상력』, 『근대의 노래와 아리랑』, 『한국 전전시가의 근대적 변전과정 연구』, 『가요, 어떻게 읽을 것인가』 등이 있다.

서은주(徐銀珠, Seo, Eun-ju) 연세대학교 국어국문학과를 졸업하고 동대학원에서 석사와 박사학위를 받았다. 연세대학교 국학연구원에서 연구교수로 재직했으며 현재 연세대학교에서 강의를 하고 있다. 지은 책으로 『문학, 교양의 시간』과 『권력과 학술장 : 1960년대~1980년대 초반』(공저)이 있으며, 최근 논문으로 「해방 후 이광수의 '자기서술'과 고백의 윤리」, 「지식인담론의 지형과 '비판적' 지성의 거처」 등이 있다.

이인영(李仁英, Lee, In-young) 연세대학교 국어국문학과와 동대학원에서 한국 근현대시를 전공하였다. 현재 연세대학교 학부대학 글쓰기교실에서 선임연구원으로 재직하고 있다. 지은 책으로 『현대시의 허무와 시간』, 『전통의 국가적 창안과 문화변용』(공저), 『현대사회와 비판적 글쓰기』(공저), 『기업을 흥분시키는 자기소개서』 등이 있다.

영어 강좌의 탄생 미디어와 교양이 만난 근대일본

초판 인쇄 2016년 1월 10일 **초판 발행** 2016년 1월 20일
지은이 야마구치 마코토 **옮긴이** 김경원 외
펴낸이 박성모 **펴낸곳** 소명출판 **출판등록** 제13-522호
주소 서울시 서초구 서초중앙로6길 15, 1층
전화 02-585-7840 **팩스** 02-585-7848
전자우편 somyungbooks@daum.net **홈페이지** www.somyong.co.kr

값 16,000원

ISBN 979-11-5905-032-9 93830

영어 강좌의 탄생

THE BIRTH OF ENGLISH LEARNING PROGRAM IN MODERN JAPAN

미디어와 교양이 만난 근대일본

야마구치 마코토 지음

김경원 박애경
서은주 이인영 옮김

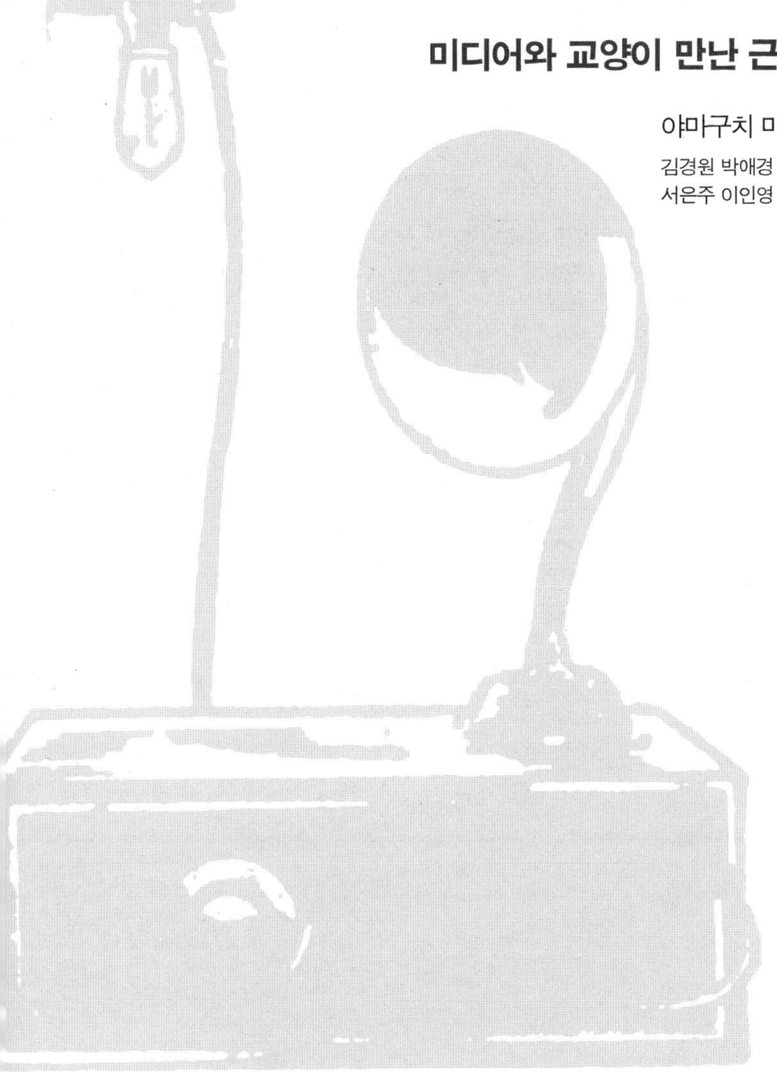

소명출판

서문

학교에서는 영어회화를 배우지 않았다. 내가 영어회화를 배운 것은 교실 밖, 영회화 학원과 매스컴(NHK의 어학 프로그램과 미국 라디오방송[FEN]) 이었다.

그래서 당초에는 '전후 일본의 어학 프로그램과 영어회화 스쿨'의 통사를 쓰려고 했다. 분명 영어회화는 GHQ가 일본을 점령한 '전후'부터 시작했으리라 예상하고 도서관 서고에 들어갔다.

내 예상은 사흘도 가지 않았다. 라디오 프로그램의 영어회화는 전후가 아니라 1934년부터 시작했기 때문이다. 뜻밖이었다. 진주만 공격 날 아침까지 영어 프로그램을 방송했다는 것도 놀라웠다. 그러나 가장 놀란 것은 전시하의 프로그램 교재에 기재된 '방송해야 할 영어회화'가 현재의 영어회화와 아주 닮았다는 점이다. 특히 '올바른 Nippon'을 '세계로' 발신하고자 하는 생각은 지금도 일부 식자들 사이에 만연해 있고, 일정한 지지를 얻고 있다.

이런 이유로 '초기의 영어회화 시리즈'에 초점을 맞추어 제대로 탐구해보자고 결심했다. 거기에는 오늘날까지 이어지는 근대일본의 앎의 편제가 숨어 있을 것이기 때문이다.

'영어'는 허상에 지나지 않는다고 잘라내 버리는 일은 간단하다. 그러나 그렇게 하면 영어라는 개념을 상대화하는 데 멈추고 말기 때문에 이데올로기적 장치의 외피를 들추고 내부의 메커니즘을 밝혀내는 것에는 미치지 못한다. 다시 말하면 허상임에도 불구하고 왜 이렇게까지 영어는 저자를 포함한 적지 않은 사람들의 욕망을 환기시키고, 영어의 습득에 다대한 시간과 노력과 돈을 들이도록 할 수 있는가를 설명할 수 없는 것이다. — 왜 대도시의 역 앞에는 영어학원이 줄을 서 있는가, 유학이라고 하면 왜 미국과 영국으로 유학 가는 것을 의미하는가, 서점에는 왜 영어 책 코너가 커다랗게 설치되어 있는가, FM라디오의 프로그램 사회자는 왜 '영어스러운 토크'를 좋아하는가, 왜 팝 가수는 영어 이름으로 그룹 이름을 짓는가, 왜 매년 4월이 되면 NHK 어학강좌의 프로그램 교재가 날개 돋친 듯 팔려나가는가 등등.

영어가 허상에 불과하다고 지적하고 내버리는 것이 아니라 어떻게 영어가 근대일본에서 다루어지고 영어를 둘러싼 사고양식이 형성되었는가, 그것이 어떻게 사회적인 설득력을 갖게 되었는가, 나아가 왜 영어는 사람들의 욕망을 독특한 방법으로 동원하는 것이 가능한가? 이런 물음에 대해 생각해보고 싶었다.

아쉽지만 이 책 한 권으로 이런 물음에 전부 대답할 수는 없다. 영어를 둘러싼 비판적 = 사회 문맥적인 역사 연구는 더욱 활발해져야 할 것이며, 내 자신은 이 책의 논의를 바탕으로 전후에 영어회화가 '영회화'로 변환해가는 과정을 분석하려고 준비하고 있다. 나아가 영어뿐만 아니라 방송이라는 미디어에서 무엇이 '방송해야 할 앎'으로 편성되고, 무엇이 '방송하지 말아야 할 앎'으로 절단되는가를 철저하게 탐구하고, 미디어라는 시각에서 근대일본의 문화 편제를 문제 삼는 미디어사 연구로 연결해가고자 한다. 이 소소한 책은 그러한 '앎'의 양상 자체를 비판적으로 되묻는 문화사회학의 시도 중 하나다.

이 책은 필자가 도쿄대학대학원 인문사회계 연구과에 제출한 석사논문 가운데 '영어강좌'를 논의한 부분을 바탕으로 새롭게 다시 집필한 것이다. 서장과 제1장, 제7장의 요지를 이루는 논문은 「미디어의 편성, 앎의 편제 —초기 방송의 '영어'와 '국어'의 결합 과정과 두 가지 '공통어'의 정치학」(『사상』 2월호, 2001년 게재)이었다. 또한 이 책에 수록할 수 있었던 귀중한 방송교재들은 NHK방송박물관과 도쿄대학 사회정보연구소 도서실이 소장하고 있는 것을 사용했다.

이 책을 내기까지 정말 많은 선생님과 동료들의 지도와 지원을 받았다.

우선 일본의 초기방송, 특히 언어정책과 오카쿠라 요시사부로의 중요성을 가르쳐주신 다케야마 아키코 선생님께 감사드린다. 오랫동안 모아온 자택의 자료를 흔쾌히 보여주었을 뿐 아니라 항상 귀중한 1차 자료를 가르쳐주시고, 지금도 정밀한 연구 활동을 지속하시는 모습에 배우는 바가 많다. 또한 이연숙 선생님(히토쓰바시대학 대학원)과 혼다 소시[本多創史] 씨를 비롯하여 세미나 동료들로부터는 언어를 둘러싼 숨 막힐 듯한 갈등의 사회역사 과정을 알기 쉬운 용어로 설명해버리는 것이 아니라 대상 자체와 오랫동안 대면해야 하는 자세의 소중함을 배웠다. 세미나 후의 뒷풀이에서도(거기에서야말로?) 여러 가지 배운 바가 많았다.

사이타마[埼玉]대학에서 지도해주신 히라바야시 노리코[平林紀子] 선생님과 교환 유학제도를 신설하여 영어를 잘하지 못하는 내게도 해외유학의 기회를 베풀어주신 후쿠오카 야스노리[福岡安則] 선생님께도 감사드린다. 오스트레일리아에서 보낸 1년이란 시간이 없었다면 이 책을 관통하는 '영어'에 대한 관심은 생겨나지 않았을 것이다. 그리고 "영어를 말하는 것에 거부감이 있다면 그것을 문제로 삼아야 한다. 필시 그것이 너를 이끌어줄 것이다(어딘가로 이끌지는 모르겠지만)" 하고 말해주면서 나의 '유학(遊學)'을 '컬쳐스터디의 지옥'으로 바꾸어주신 Anne Marsh 선생님(Monash University)과 Chris Healy 선생님(University of Melbourne)께도 감사드린다.

그리고 요시미 슌야[吉見俊哉] 선생님을 빠뜨릴 수 없다. 보통 때는 매우 관대하고 친절하시지만, 학문 세계에서는 타협을 허하지 않으신다. 그러한 무서운 지도교수 선생님이 없었다면 이 책을 쓸 수 없었을 것이다. 지금도 요시미 슌야 선생님이 질문하시는 의도조차 알지 못하고 몇 개월이나 지나 겨우 이해하는(그러나 질문에는 대답할 수 없는) 때가 종종 있다. 그럼에도 우수한 학생이 많은 도쿄대학 사회정보연구소 요시미 세미나에서 트레이닝을 받게 해주신 선생님과 세미나 동료들에게 진심으로 사의를 표한다.

붓의 속도가 느린 젊은이를 단념하지 않고 사색의 시작을 자유롭게 허용해주신 고단샤 학술국의 園部雅一 씨에게는 신세를 많이 졌다. 책의 제목이나 구성을 정하지 못하는 필자를 끈기 있게 상대해주신 園部雅一 씨의 넓은 마음 덕분에 작업을 계속할 수 있었다.

여기에 이름을 거론하지 않은 분들에게도 이 책을 쓰는 데 여러 가지로 도움을 받았다. 이 자리에서 감사의 의사를 표하고 싶다.

마지막으로 일본국제학생회(ISA)와 일미학생회의에서 이 책의 원석이 되어준 '물음'을 더불어 연마해준 친구들과 연구가 좀처럼 진척되지 않아 고민하는 필자를 따뜻하게 감싸준 가족에게도 감사를 드린다.

2001년 5월 야마구치 마코토

Made in Japan의 '영어'

일본의 '영어'는 English가 아니다. 그것은 근대화를 이루기에 급급한 일본을 위해 20세기 초엽 일본인이 발명한 Made in Japan의 교양이다. 그렇기 때문에 '영어'를 아무리 공부해도, 또는 '영어'를 공부하면 할수록 English로부터 멀어질 뿐 English를 말할 수 있게 되지는 않는다.

일본의 수험공부에 뛰어난 엘리트가 일반적으로 English 회화능력이 부족한 것, 그럼에도 (또는 그렇기 때문에) 일본의 도시에는 역 앞에 예외가 없을 정도로 영어회화 학원이 즐비하고, '영어'가 아닌 English 회화능력을 특화시킨 거대한 교육시장이 형성되어 있는 이유가 여기에 있다.

일본에 고유한 교양으로서의 '영어'를 누가, 언제, 어떤 문맥 속에서 발명하고, 어떤 특성을 갖도록 프로그램화했을까? 이 문제를 역사사회학의 방법으로 고찰하는 것이 이 책의 주제다. 바꾸어 말하면 일본의 '영어'가 잃어버린 길을 재발견하고, '영어'에 의탁한 일본인의 사상을 비판적으로 검증하고자 하는 것이다.

상세한 논의는 본문을 참조하기 바란다. 다만, 일본의 '영어'에는 두 가지 계통이 있다는 것을 지적해두고 싶다. 하나는 1910년대에 학교교육을 통해 정비한 '영문학'이고, 또 하나는 1930년대 방송매체를 통해 개발한 '영어회화'다.

두 가지를 English로 직역하면, 각각 English Literature와 Conversation in English라고 할 수 있을 것이다. 그러나 일본의 '영어'를 구성하는 두 계통의 '영문학'과 '영어회화'에는 고유한 의미와 사상이 담겨 있다. 그러므로 '영문학'은 English Literature와 다르고, '영어회화'는 Conversation in English와 다르다. 그리고 '영문학'과 '영어회화'는 전혀 다른 문맥과 사고에 따라 발명되었고, 때로는 첨예하게 대립해온 '영어'이기도 하다.

왜 일본의 '영어'는 두 가지 계통으로 탄생했을까? 이를 둘러싼 역사를 개괄해봄으로써 이 책이 논의하고자 한 바를 명확하게 밝히고자 한다.

우선 일본에도 English만 존재한 시대, 즉 '영어' 이전의 시대가 오랫동안 있었음을 전제해두고자 한다. 그것은 1868년 메이지유신을 거친 일본이 근대화를 향해 달려가던 최초의 30여 년 동안이었다. 그동안 예컨대 도쿄제국대학(1877년 창설, 나중에 도쿄대학)에서는 유럽에서 초빙한 '고용 외국인' 교원이 교육을 담당하고 있었다. 따라서 특히 법학부나 문학부에서는 English의 상용이 이루어졌다. 수업을 물론이고 질문이나 과제물도 English로 내는 것이 원칙이었다.

그러던 것이 1900년대에 전환기를 맞이한다. 영국유학을 마친 나쓰메 긴노스케(나쓰메 소세키)가 도쿄제국대학 강사로 취임하여 English Literature를 일본어로 강의하기 시작한 것은 상징적인 계기일 것이다. 당연하다면 그때까지 도쿄제국대학의 English Literature는 영국 출신의 영국인이 담당했다. 그러나 청일전쟁과 러일전쟁의 승리를 거쳐 근대국가로서 자신감을 확립한 20세기 초의 일본은 서양에서 '고용 외국인'을 초빙하는 대신, 일본인에 의한, 일본어에 의한 연구와 교육을 확충하는 쪽으로 나아갔다.

이 시점에 등장하는 인물이 오카쿠라 요시사부로다. 그는 일본미술의 연구자이자 사상가로 알려져 있는 오카쿠라 텐신의 동생이며, 영국 유학 중에 나쓰메 긴노스케와 교류했던 언어학자였다. 하지만 오카쿠라 요시사부로의 전공은 '국어학'이었다. 그는 '국어'인 일본어를 학술적으로 확립시키고자 했던 국책적 언어학의 연구그룹에 속한 소장 연구자였다. 한마디로 영어학자가 아닌 오카쿠라 요시사부로가 영국 유학을 경험하고 1910년대에 주도한 것이 바로 English Literature와는 다른 '영문학' 교육이었다. 여기에 일본 '영어'의 제1계통이 되는 '영문학'이 얼굴을 내밀었다.

영국의 문학연구자 테리 이글튼(Terry Eagleton)이 자신의 저서 *Literary Theory*(1983)에서 논한 것처럼, 협의의 근대적 English Literature는 신흥 부유층을 교육시켜 귀족 중심의 구체제를 유지하기 위해, 말하자면 신분제사회의 윤리를 보급하기 위한 이데올로기로서 개발되었다는 역사를 갖고 있다. 요컨대 English Literature는 고급문화가 아니라 준고급문화 또는 대중문화로 탄생했고, 나쓰메 긴노스케나 오카쿠라 요시사부로가 영국 유학을 떠난 무렵 옥스퍼드나 케임브리지 같은 명문대학에서는 연구의 대상이 아니었다. 물론 나쓰메도 오카쿠라도 영국 유학 때 그런 상황을 체험했고 충분히 알고 있었다.

그러므로 귀국 후 나쓰메 긴노스케는 한때 도쿄제국대학에서 연구자의 길을 걸었지만 얼마 안 되어 사직하고, 아사히신문과 계약을 맺어 일본어로 English Literature를 실천하는 문필활동에 매진한다. 그렇게 나쓰메 소세키가 된 그는 English Literature의 중심 테마인 연애소설을 일본어로 쓰는 근대작가가 되었다.

한편, '국어' 학자였던 오카쿠라 요시사부로는 영국 유학 후에 '영문학'

교육에 힘을 쏟는다. 그는 '국어'의 확립이라는 국가 프로젝트에 참가한 경험을 바탕으로 이번에는 일본의 '영문학'을 정비하고 확립하는 데 착수했다고 할 수 있다. 그의 목적은 영국의 준고급문화로 태어난 English Literature의 직수입이 아니라 근대산업국가의 최고봉인 대영제국의 English Literature를 원재료 그대로 들여와 근대사회의 보편적 교양으로서 '영문학'을 가공하고 제조하는 것이었다. 나아가 일본인 교사가 일본어로 가르쳐도 부자연스럽지 않은 일본의 '영어'로서 '영문학'을 학교교육의 현장에 제공하는 것이었다.

앞에서 기술한 바대로 오카쿠라 요시사부로가 '영문학'을 발명한 1910년대는 일본어에 의한 고등교육의 환경이 확립된 시기이며, 또 각지의 교육 현장에서는 일본어로 영어를 가르치는 일본인 교사가 증가하는 시기였다. 그런데 영어교육의 목표를 기존처럼 English의 습득에 두면, 일본인 교사는 English가 모어인 교사를 도저히 당해낼 수 없을 뿐 아니라 일본인(Japanese)은 언제나 English(영국인)에 종속당하는 위치에 놓여버린다. 일본인이 배우는 '영어'는 특정국의 언어인 English가 아니라 근대적 교양으로서 '영문학'이어야 했다. 다시 말해 그것은 근대화를 수행하는 일본인의 인격을 함양하는 보편적 고전으로서 정비되었던 것이다.

일본 '영어'의 제1계통인 '영문학'은 이렇게 일본의 학교교육 변화에 대응하여 일본의 특수한 교양이자 고전의 체계로 탄생했다. 일본의 '영어' 교육은 브리튼 제도의 언어인 English를 습득하는 어학교육에서 교양으로서 '영문학'을 감상하여 인격을 육성하는 정서교육 또는 도덕교육으로 다시 설정되었다. '영문학'은 입시문제로도 출제되었기 때문에 수험공부를 위한 '영문학' 공부는 학교교육의 대중화 과정에 널리 침투해갔다. 그 결과 일본 '영어'의 본류에는 English와는 이질적인 '영문학'이 군림하는 특수한 상황이 창출되어갔다.

한편, 일본 '영어'의 지류에는 '영어회화'라는 또 하나의 계통이 보태졌다. 1930년에 벌어진 일인데, 상술한 '영문학' 정비와는 다른 문맥과 역학에 따라 탄생했다.

만주사변(1931년)을 계기로 국제사회에서 더욱 고립된 일본은 1933년에 국제연맹을 탈퇴하고 독자적 외교의 길을 선택했다. 다시 말해 중국대륙에 대한 권익 확대를 꾀한 일본 정부는 많은 가맹국을 설득하고 다닐 필요가 있는 국제연맹의 회로를 버리고, 그 대신 영국과 미국을 중심으로 '강대국' 몇 나라만 목표로 삼아 일본의 입장을 집중적으로 선전하고 이해를 구하는 외교노선에 힘을 기울이기로 했다. 그 결과 1934년 무렵부터 일본에 대한 '왜곡된 이해'를 바로잡기 위한 대외선전이 국내외에서 활발해졌다.

이러한 1920년대 중반의 국제 프로파간다 조류에 편승하여 일본방송협회(나중에 NHK)가 라디오 프로그램으로서 '영어회화'를 신설했다. 당시 일본방송협회는 일본 정부의 감독을 받았고, 방송을 타는 라디오 프로그램은 원칙적으로 정부의 사전 허가가 필요했다. 1934년에 하계 특별방송으로 시작하여 다음해부터 정규 프로그램이 된 '영어회화강좌'에서는 그때까지 주류였던 '영문학'과 성격이 다른 새로운 '영어', 즉 당시 일본 정부가 기대한 대외선전에 기여하는 '영어회화'가 전국으로 흘러나갔다.

결국 '영어회화'는 단순히 영어로 말하는 회화를 의미하지 않는다. 그것은 일본에 대한 외국의 오해를 비판하고 왜곡된 이해를 바로잡기 위해 일본인이 적극적으로 발신할 수 있는 국제공용어라는 구상에 의해 탄생한 새로운 일본의 '영어'였다. 그 때문에 '영어회화'라는 어학 프로그램에는 '일본인'과 '외국인'이 등장한다. 일본인은 일본의 지리나 전통문화 소개를 비롯하여 일본인의 정신이나 미술을 능숙하게 이야기하는 반면, 외국인은 일방적인 일본의 발신을 듣고 인식을 심화시켜 결국 일본을 이해하기에 이른다. 다른 말로 바꾸면, '영어회화'의 일본인은 오로지 발신만 하고 거의 수신은 하지 않는다. 그것은 회화라기보다는 독백이라고 할 만하다. 나아가 그것은 국제 프로파간다의 일익을 담당할 인재를 양성하기 위한 새로운 일본의 '영어'였다.

어떤 의미에서 '영어회화'는 획기적인 '영어'였다고 할 수 있다. 왜냐하면 일본 '영어'의 주류를 이루어온 '영문학'은 수신전용 성격을 띠었고, 따라서 이를테면 '영문학'을 아무리 공부해도 일본인이 '영문학'을 창작하는 일은 상정하지 않았기 때문이다. 반면, 발신전용 성격의 '영어회화'는 수신만 하던 '영문학'의 구조적 한계를 보충했다고 볼 수도 있다. 다만, 거기에서 이야기하는 것은 오직 '일본'뿐이었다. 단적으로 '영어회화'로 이야기하면 할수록 화자는 '내'가 아니라 '일본인'이 되어버린다.

이러한 과잉 수신의 '영문학'과 과잉 발신의 '영어회화'라는 두 가지 계통으로 구성된 일본의 '영어'에는 대화라는 사고가 결락되어 있다. 대화란 말할 필요도 없이 일방적인 독백과 다르다. 물론 쌍방향 독백과도 다르다. 타자를 향한 신뢰와 경의를 바탕으로 서로의 차이를 인정하고, 공유 가능한 앎과 사고방식을 함께 탐구하는 행위를 대화라고 부른다면, 그런 사고방식이 일본의 '영어'에는 찾아볼 수 없다.

이 책에서는 메이지시대부터 2차 세계대전까지의 일본 '영어'를 주로 분석했다. 전후 일본의 '영어' 분석은 후일의 과제로 남겨놓았다. 물론 미국과의 관계에 커다란 전환을 맞이했을 뿐 아니라 국제사회 속 일본의 입장도 격

변했기 때문에 전후 일본의 '영어'에 대해서는 정밀한 분석이 필요하다.

그러나 일본의 '영어'는 지금도 거의 변하지 않았다는 것이 필자의 가설이다. 물론 난해하고 고상한 '영문학' 고전만 읽으라고 하는 학교도, 또는 오해 받는 일본의 이미지를 바로잡기 위해 발신만 고집하는 라디오 프로그램도, 현대 일본사회에서는 찾아볼 수 없을 것이다. 그러나 예컨대 '영어' 조기교육에 찬성하는 일본인 대다수는 '일본문화를 세계로 발신할 수 있는 국제적 인재 육성'을 이유의 하나로 들고 있다. 한편, 이문화의 적극적인 흡수나 다문화 사이의 커뮤니케이션 증진을 무엇보다 먼저 기대하는 의견은 실로 소수파에 불과하다. 1930년대 태어난 '일본'의 과잉 발신을 지향하는 '영어회화'라는 사고방식은 현대 일본에서도 뚜렷하게 관찰할 수 있다.

일본의 '영어'를 분석한 이 책의 관점을 통해 대화를 지향하는 다문화 커뮤니케이션의 필요성과 안이한 문화 발신주의에 빠지지 않는 열린 사고의 중요성을 짚어낼 수 있다.

마지막으로 한국어판 저자 후기를 쓰기 위해 사료를 다시 읽다가 이 책의 일부는 서울에서 집필했다는 사실을 기억해냈다. 이 책은 1999년 필자가 도쿄대학 대학원에 제출한 석사논문을 바탕으로 가필 수정한 것으로 2001년 고단샤에서 간행되었다. 그 2년 동안 저자는 서울대학교에 몇 개월 체재하며 서울대학도서관에서 경성제국대학의 장서를 비롯하여 이 책의 연구 테마에 관한 사료를 열람했다. 이 책의 제7장에서 인용한 일부 사료는 결론의 골격을 이루었다.

한국과 인연이 깊은 이 책은 김경원, 박애경, 서은주, 이인영 선생의 눈에 띄어 한국어 번역본이 나오기에 이르렀다. 생각지도 못한 영광일 따름이다. 번역자 선생님들과 출판사 관계자들께 진심으로 감사드린다.

시국 방송 틈새의 '영어회화'

오늘날도 여전히 방송되는 '영어회화'의 개시는 1934년이었다. 1934년으로 말하자면, 장기전으로 돌입하는 만주사변이 발발한 지 3년째 되는 해이며, 만주국을 건국했다는 비난을 받고 일본이 국제연맹으로부터 탈퇴한 다음 해다. — 이러한 시기에 왜 굳이 영어, 게다가 회화에 초점을 맞춘 프로그램을 신설했던 것일까.

영어회화 강좌 방송은 1939년까지 매년 거르지 않았다. 거리에서 영어 간판이 사라지고, 중학교 영어 수업시간이 대폭 줄어들고, 야구장이나 영화관 등 일상생활의 여러 방면에서 영어가 적성어(敵性語)로 여겨지던 이 시기에 라디오는 마치 시류에 역행하듯이 영어회화를 발신했다.

이 영어 프로그램은 '전국'으로 방송되었다. 지금의 일본 열도뿐만 아니라 멀리 서울이나 타이베이 지역에도 마치 쏟아 붓듯 중계했다. 물론 이 시기 라디오는 육해군 장관이나 정부 고위관료가 마이크 앞에서 국책을 선전하는 '특별강연시간'이나 각지 신사에서 일군의 사람들을 모아놓고 일제히 행하는 '비상시 라디오 체조회' 등 다수의 시국프로그램을 연일 방송했다.

그러나 전시의 색채가 농후한 프로그램들과 함께 여름날 아침 일찍

‘전시 시국에 처한 부인이야말로 라디오를 가장 잘 이용해야만 한다’는 프로그램 교재. 이 같은 시국프로그램은 1931년 만주사변 이후 시작되어 1937년 중일전쟁 때 급증했다.

爽快の黎明
靖國神社、奉納の
ラヂオ體操始まる

東京における本年度ラヂオ體操の會は廿一日午前五時五十分から九段靖國神社境内で神社奉獻のラヂオ體操の會開會式でトップが切られた、清楽に溢れた神社の會場[illegible]をついて參集する者約三千、[illegible]町會及び付近の各會場の代表生徒市内特殊會場の兒童など會旗を押し立てゝ入場、一般參會者これに續き放送のはじまる頃には拜殿前第一鳥居から第二鳥居までの石疊をはさんで兩側の櫻樹の奥深くまで人で埋まる定刻松田アナ君の開式、君が代の齊唱、國の[illegible]永田會長の挨拶と進み六時から荒木陸相の激勵の辭あり江木アナ君の號令で體操を行ひ、最後にラヂオ體操の歌、陸軍々樂隊の軍樂があつて朗かな氣持で散會した（寫眞は奉納ラヂオ體操）

야스쿠니[靖國] 신사에서 처음 시작되어 각지 신사에서 개최되었던 ‘비상시 라디오 체조회’는 ‘영어회화’를 방송한 1934년에는 이미 정착되어 있었다. (『도쿄마이니치신문』, 1933.7.22)

부터 라디오 스피커에서는 30분 동안 외국인 강사의 유창한 영어회화가 흘러나왔다. 영어회화는 몇 차례 프로그램 이름이 바뀌기는 했지만, 결국 태평양전쟁이 발발하기 2년 전까지 전국 방송으로 나갔다.

1939년 방송된 마지막 프로그램 제목은 ‘실용영어회화’였다. 이미 중일전쟁(1937년)에 돌입하여 국가총동원법까지 시행되던 전시(戰時) 일본에는 영어가 제1언어인 외국인은 수천 명밖에 남아 있지 않았다. 당연히 일반 국민이 자유로운 해외여행 등을 꿈꿀 수 있는 상황도 아니었다. 어째서 이런 상황에서 ‘실용영어회화’가 살아남았던 것일까.

1920년대 중반부터 진주만 공격일 아침까지

전전(戰前)의 영어 프로그램은 '영어회화'만이 아니었다. '영어회화강좌'를 포함하여 전전 영어강좌 시리즈는 7종류나 되었다. 그중 가장 먼저 방송을 탄 입문 프로그램 '영어강좌'는 1925년 도쿄방송국이 본 방송을 개시한 지 불과 1주일 만에 첫 전파를 내보냈으며, 1941년 12월 8일 진주만을 공격하던 날 아침까지 방송했다. 게다가 초기 영어강좌 시리즈의 중심은 영어회화가 아니라 영문학이었고, 수험영어를 가르치는 프로그램도 있었다.

전전에 실시한 영어강좌 시리즈의 충실도는 현재 시점으로 보자면 다소 기묘하게 보일지도 모른다. 조심스럽게 말해, 전후(戰後)에 공립학교에서 의무교육을 받았던 필자가 갖고 있는 전전의 이미지와 비교해보면, 전전 영어강좌 시리즈의 충실도에서는 경이로움과 위화감마저 느껴진다. 그러면 이들 영어강좌는 초기 방송국의 단순한 변덕에 지나지 않는 것일까? 총동원체제와 총력전 시대의 암울한 막바지 쇠퇴기에 만발했던 하잘것없는 속 빈 강정이었던 것일까?

— 그럴 가능성은 없다. 전전의 방송 사업은 정부가 전적으로 장악하고 있던 공공사업이었고, 모든 방송프로그램은 체신성(遞信省)[1] 및 체신성 출신의 방송협회위원으로부터 수차례나 점검을 받았다. 만약 방송협회 입맛에 맞지 않는 프로그램을 송출할 경우에는 즉시 그것을 강제 중지시킬 수 있는 절단 스위치가 체신성에 있었다. 나중에 자세히 살펴

1 체신성 : 우편과 통신을 관리하는 정보 통신부에 해당하는 일본 정부의 부서. 현재는 우정성(郵政省).

보겠지만, 특히 1934년 조직 개혁 후에는 단순한 변덕이나 타성이 일본 방송협회에 끼어들 틈이 없었다. 오히려 같은 해에 시작된 '영어회화'의 전국 방송은 많은 고위관료들의 사고를 거쳐 결정화된 고도로 사회적인 실천이었다고 보아야만 한다.

나아가 1920년대 중반부터 진주만 공격일 아침까지 방송되었던 영어는 오늘날 우리들이 느끼듯이 동시대인들에게 위화감을 주거나 경이로움이나 불가사의를 제공하는 '기묘한 것'이 아니었다는 점이 중요하다. 여기에는 오늘날의 우리가 망각하고 있는, 그러나 틀림없이 오늘날의 우리가 살아가고 있는 근대 일본의 어떤 앎[知]의 편제가 어른거리고 있다.

응용할 수 있는 일종의 소양

그렇다면 영어란 무엇인가. 첫해부터 10년 이상 라디오 영어강좌를 강의했던 영어학자 오카쿠라 요시사부로는 일찍이 자신의 저서에서 "영어는 원래 실용적 목적에서 익히는 것"인데, "그렇다면 실용이란 무엇인가"라고 자문한다.

오카쿠라 요시사부로[岡倉由三郎]의 초상. 오카쿠라 텐신[岡倉天心]의 아우로 도쿄고등사범학교의 주임 영어교수였다. 라디오 영어강좌를 첫해부터 담당했고 초기 방송에 깊이 관여했다.

혹자는 이를 "영어로 말하는 국민과 편지를 주고받거나 또는 담화를 나눌 수 있는 능력을 갖추는 것"이라고 말한다. 따라서 오로지 회화, 그 다음 작문을 영어의 주요한 방면이라고 이해하는

것 같다. 그러나 **이것은 정곡을 찌르는 해석이 아니다**.(강조는 인용자)

그는 이렇게 말한다, "수학에서 배운 미분 적분은 실제 일상생활에서 어느 정도나 쓸모 있는가?" 말하자면 영어는 수학과 흡사한 앎이다. "이들에 대한 학습 목적은 그것 자체를 직접 사용하려는 데 있는 것이 아니라 어떤 방면으로든 노력을 기울이기만 하면 응용할 수 있는 일종의 소양을 키우는 데 있다"고 말이다.

이렇듯 교양으로서의 영어를 주장한 오카쿠라 요시사부로는 회화나 작문(발신)보다 영문학의 독해(수신)야말로 영어교육의 주목적이라고 보았다.

> 영국은 유럽의 다양한 이종문화를 동화 융합하여 자국 문화에 통일시켰기 때문에 이러한 문화에서 피어난 문학은 그 정수를 잘 표현하고 있는 것이다.

우선 서양문화의 결정체인 영문학을 독해하고 감상한다. 회화와 작문은 차후의 일이다. 도쿄고등사범학교 주임 영어교수라는 권위에 입각하여 오카쿠라 요시사부로는 교양으로서 영어를 장래의 영어교육자들에게 전수했다. 그래서 그는 제자들과 함께 마이크 앞에 서서 멀리 대만이나 조선반도를 비롯하여 전국으로 발신한 영어강좌에서 회화나 작문은 가르치지 않았고 오로지 영문학의 독해만 강의했다(상세한 내용은 제1장 참조). 오늘날 일본의 영어교육에서 회화나 작문보다 문장 독해를 중시하는 경향은 오늘날 형성된 것이 아님을 알 수 있다(제2장 참조).

그런데 왜 방송협회는 영문학 독해를 중시하는 오카쿠라 요시사부로 등에게 10년 이상이나 영어강좌를 맡기면서 영어회화 프로그램을 새롭게 제작했던 것일까. 하필이면 그것도 왜 1934년이었던 것일까. 이러한 영어회화를 이해하기 위해서는 오카쿠라 요시사부로 등 주류파 영어교육자가 가르쳐온 영문학과 비교하면서 양자의 관계를 헤아려보는 것이 유효할 뿐 아니라 필요한 작업이다. 왜냐하면 본문에서 상세히 살펴보겠지만, 영어회화는 영문학과 관계가 있고 영문학에 대한 비판이 빗발쳤던 시기에 탄생한 앎[知]이기 때문이다.

따라서 이 책에서는 영어회화강좌만을 분석하지는 않는다. 전반부에서는 영어회화 이전에 방송되었던 영문학강좌로부터 논의를 시작하며, 또 영문학과 깊은 관련이 있는 수험영어와 그 프로그램도 분석한다. 이 같은 비교 작업을 통해 영어회화를 상세하게 고찰하고자 한다.

방송 영어회화를 오카쿠라 요시사부로 등의 영문학과 비교해 보면 결정적으로 다른 성질을 찾아볼 수 있다. 그것은 후자가 서양문화의 **수신**을 지향하는 반면, 전자는 일본문화의 **발신**을 지향하고 사고했던 앎이라는 점이다. '일본인'은 '영문학'을 생산할 수 없다. 그러나 영어회화라면 일본인도 말할 수 있는 앎이다. 그리고 '일본이라면 ……'이라고 말하는 / 묻는 주체에게 어떤 특수한 사고양식을 받아들이는 / 받아들이도록 하는 것을 가능하게 하는 불가사의한 힘을 영어회화는 갖추고 있다. 그러면 수신보다도 발신을 지향하는 영어회화라는 앎을 요구하고 양성해간 사회적 문맥이란 과연 어떤 것이었을까(제3장과 제4장 참조).

근대 일본의 사고양식을 묻는다

이 물음은 1934년부터 전국으로 방송되었던 영어회화란 어떤 앎이었을까 하는 말로 바꿀 수 있다. 이것이야말로 본서가 제기하고자 하는 물음이다.

영어는 무색투명한 커뮤니케이션 도구가 아니다. 발화의 문맥에 따라 영어는 영문학, (영국/미국/그 밖의) English, 또는 영어회화를 의미한다. 그렇기 때문에 이들 복수의 영어의 사회적인 의미내용을 명백히 밝히는 것뿐만 아니라 그것을 성립시키고 밑에서 떠받치는 사고양식도 분석할 필요가 있다. 영어는 하나가 아니며, 영어와 English가 동일한 것도 아니다.

이러한 관점에서 이 책은 기억에서 지워진 영어회화의 에피소드를 발굴하고 소개하는 영어회화사에 머물지 않는다. 오히려 영어회화라는 특수한 앎의 내실을 명료하게 규명하는 작업을 토대로(제5장) 영어회화의 논의를 통해 누가 무엇을 하고자 했던 것일까라는 사회적인 욕망을 문제화하고자 한다(제6장). 영어회화의 사고양식을 분명히 밝힘으로써 영어회화라는 앎이 사회적인 설득력을 갖고 만들어지고 방송으로 나간 근대 일본의 사고양식을 짚어보고자 한다. 다시 말해 어떤 하나의 앎이 사회 문맥에 뿌리를 내리며 탄생한 과정을 살피는 동시에 사회적 현실이 되어버린 앎이 사회적 문맥을 변용시키는 과정을 아우르고, 그러한 작업을 통해 이 두 과정이 상호작용하면서 근대 일본의 문화 시스템 속에 작용한 역동성을 입체적으로 해석하려는 것이다.

이를 위해 이 책에서는 방송이 영어와 조우하기까지 어떤 궤적을 거

영어강좌시리즈의 계보(1925~1941년)

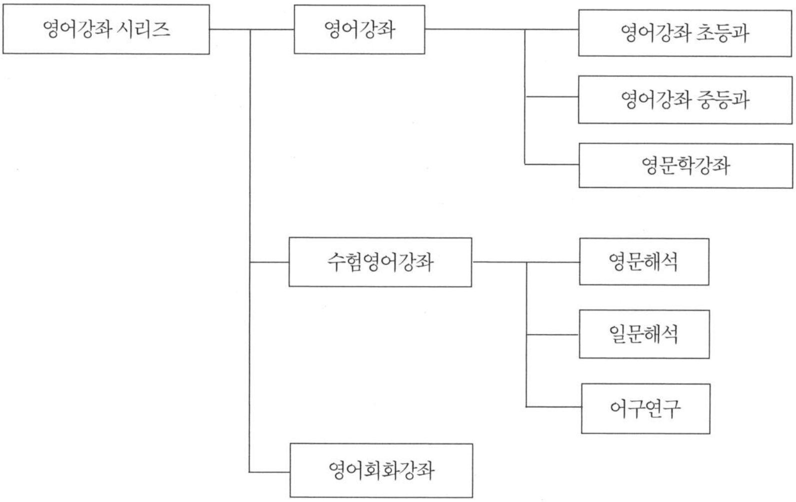

전전의 영어강좌 시리즈는 크게 3계통의 7개 프로그램으로 구성되어 있었다. 프로그램 명칭은 자주 바뀌었다. 상세한 내용은 개요 연표와 본문을 참조할 것.

쳤는지(서장), 영어와 접합하고 변용해간 방송이 새로운 앎과 어떤 과정으로 다시 접합해갔는지(제7장)에 이르기까지 논의 범주 안에 포함시켰다. 이 책의 첫 장과 마지막 장은 언뜻 보면 영어회화의 탄생과는 무관한 내용을 다루는 것처럼 보일지도 모른다. 그러나 앞에서 진술한 문제의식을 공유할 수 있다면, 이 두 장을 통해 이 책이 방송과 영어의 교섭사에 그치는 것이 아니라 근대 일본의 앎의 시스템을 특정한 사회 문맥으로부터 문제화하는 다른 '물음의 실천'으로 확장해간다는 점을 이해할 수 있을 것이다.

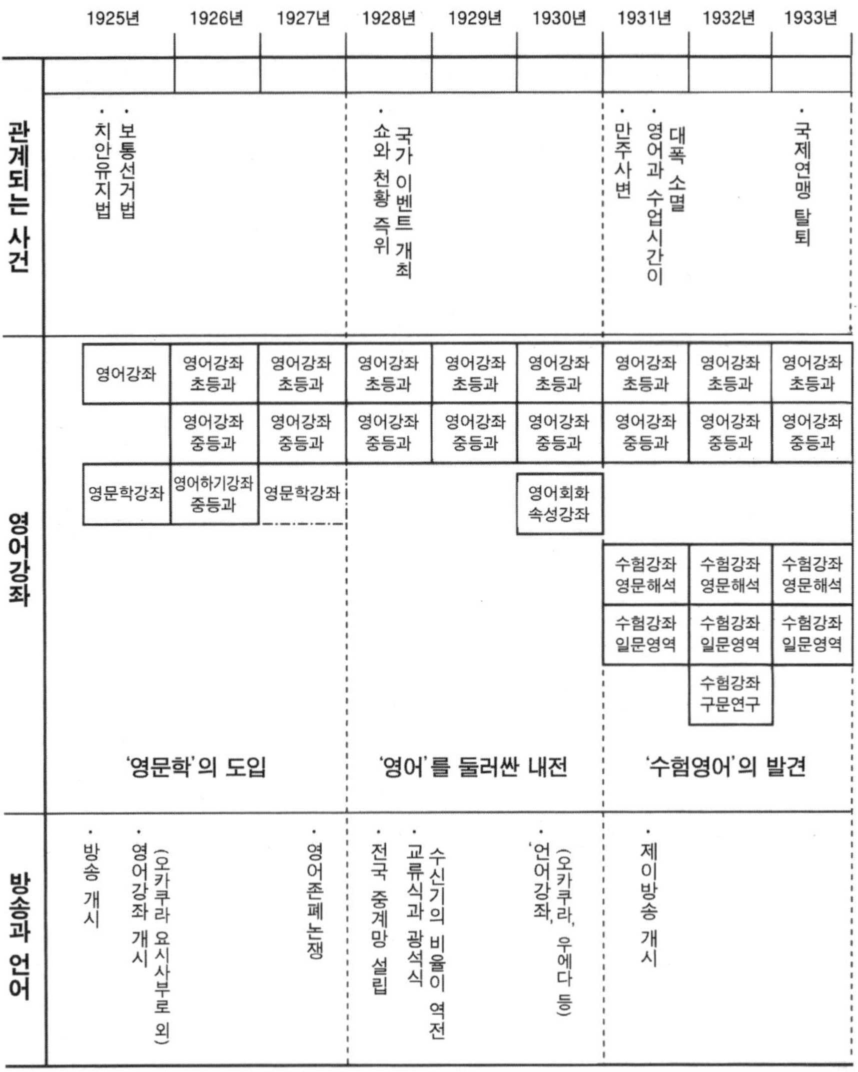

영어강좌 시리즈의 개요연표(1925~1941년)
전전 영어강좌 시리즈는 3계통 7개 프로그램으로 구성되어 있었다. 3계통은 영어강좌라는 줄기와 그것에서 갈라져 나온 수험영어강좌와 영어회화로 이루어져 있다. 상세한 내용은 앞 페이지의 표와 이 개요 연표를 참조하기 바란다. 또 인용 문장은 신자체(新字体)[2] 및 현대가나표기법으로 바꾸었다.

2 【역주】 신자체 : 1949년 일본 국어심의회에서 다용한자에 관하여 정한 자체. 그 전까지 오자나 속자로 취급하던 필사체(筆寫體) 또는 약자체(略字體)를 정체(正體)로 정한 것을 말한다.

1934년	1935년	1936년	1937년	1938년	1939년	1940년	1941년	(서기)
		· 2 · 26사건과 〈병사에게 고함〉 방송	· 노구교(盧溝橋)사건과 중일전쟁	· 국가총동원법			· 태평양전쟁	
기초 영어강좌	기초 영어강좌	기초 영어강좌	기초 영어강좌	기초 영어강좌	기초 영어강좌	기초 영어강좌	기초 영어강좌	
영어강좌	영어강좌	영어강좌	영어강좌					
하기 영어강좌	영어회화 강좌	영어회화 강좌	영어회화 강좌	실용 영어회화	실용 영어회화			
수험강좌 영문해석	수험강좌 영문해석	수험강좌 영어	수험강좌 영문해석					
수험강좌 일문영역	수험강좌 일문영역		수험강좌 일문영역					
'영어회화'의 탄생 ('공통어'의 계절)						질식하는 언어		
· 방송협회 조직 대개편	· 방송협회위원회 발족 · 오카쿠라 「국어도야와 라디오」 발표	· 오카쿠라 「영어교육의 목적과 가치」 발표	· 오카쿠라 사망	· 기초 영어강좌 담당이 호리에 시로에게				

차례

서장

방송과 교양의 만남

도쿄방송국, 가설 방송실 입구. 오늘날 NHK는 고등학교를 입시로 빌린 오두막에서 출발했다.
(『도쿄방송국 연혁사』, 1928)

초창기 방송은 현재의 방송과는 다른 양태를 취하고 있었다. 방송국은 대도시에 하나뿐이었고 텔레비전 방송도 아직 존재하지 않았기 때문에 방송이라고 하면 일본방송협회의 라디오를 가리켰다.

방송 초기 몇 년 동안은 스피커가 부착된 수신기가 고가였기 때문에 대다수의 청취자는 헤드폰을 귀에 꽂은 채 저렴한 광석(鉱石)라디오[1]에서 희미하게 흘러나오는 소음 섞인 소리를 두근거리는 마음으로 듣곤 했다. 하루 방송시간은 평균 6~7시간 정도였는데, 청취자들이 요구하면 프로그램을 연장하기도 했고 진행자의 사정이 여의치 않으면 예정보다 일찍 프로그램을 종료하기도 했다. 프로그램은 생방송과 생중계가 기본이었고, 편집과 수정이 가능한 녹음 프로그램은 거의 제작하지 않았다. 이처럼 현재의 방송과는 다른 초창기 방송에서 라디오 프로그램 영어강좌가 탄생한 것이다.

방송은 단지 기존 정보를 대량으로 복제하여 이리저리 발신하는 전송 파이프는 아니었다. 이를테면 이미 존재하는 영어를 학교 교실에서 가져다가 전국의 라디오 수신기로 전송할 뿐인 투명한 장치는 아니었던 것이다. 이는 나중에 방송이 송출하는 영어회화를 이해할 때 중요한 점이다. 그 당시 방송이 영어와 만나기까지의 궤적이 어떠한지, 이 장에서는 일본의 방송이 모습을 드러내는 과정을 살펴보고자 한다.

---

1 【역주】 광석라디오 : 방연석, 실리콘, 저마늄 같은 광석을 이용한 매우 간단한 라디오로 동조회로, 검파기 및 리시버로 이루어져 있다. 광석검파수신기라고도 부른다.

1. 1925년의 방송

복수형의 방송

일본의 방송은 언제 탄생한 것일까. 어쩌면 1925년 3월 22일 도쿄방송국이 시보우라[芝浦]에 위치한 부립(府立) 도쿄고등공예학교 안의 15평짜리 도서실을 빌려 시작했던 방송이 일본 방송사업의 효시였는지도 모른다. 이 해 6월에는 오사카방송국이 시험방송을, 7월에는 나고야방송국이 가장 먼저 본방송을 개시했고, 이윽고 아타고야마[愛宕山]의 신축 사옥으로 이전한 도쿄방송국도 7월 12일에 본방송을 시작하였다. 그 다음 해에는 체신성이 도쿄, 나고야, 오사카 3개의 독립지국을 병합함으로써 현재 NHK의 전신인 사단법인 일본방송협회가 만들어졌다.

그러나 이것이 오늘날 생각하는 방송 개념의 시초는 아니다. 1920년대의 라디오는 1990년대의 인터넷과 흡사한 뉴미디어였기 때문에 사회적으로 널리 공유되는 방송 개념은 아직 형성되지 않았다. 특히 개국 후 수년간은 라디오 프로그램을 제작하고 발신하는 일 자체가 이제 막 출발한 참이어서 윤곽이 아직 희미한 방송이라는 개념의 리얼리티를 창출하고 길러가는 작업이기도 했다는 점을 간과해서는 안 된다.

누구도 방송의 형태를 확정할 수 없었다. 무엇을 어떻게 방송하면 좋을까, 시행착오를 겪으면서 방송국원들은 방송을 진행했고, 그것이 지금의 방송의 기반을 구축했다. 확실히 지식인이나 기술자들은 미래 방송의 바람직한 형태를 예측하거나 희망할 수 있었다. 다만 그러한 방송의 이미지는 종종 청취자들이 생각했던 것과 크게 어긋났다.

그렇다면 1925년 전후 어떤 방송이 생겨난 것일까.

다른 방송사 연구에서도 알 수 있듯이, 일본의 무선통신 기술은 이미 20세기 초반 러일전쟁 시기에 큰 역할을 담당했다. 사람의 목소리를 그대로 송수신할 수 있는 무선 기술도 1920년대에 접어들자마자 국내 애호가들이 널리 향유하고 있었다. 예를 들어 사단법인 일본방송협회가 발족한 1926년 봄 무렵에는 도쿄 시내만 해도 대략 3만 명가량의 아마추어 무선가들이 활약했다고 한다.[2]

그들은 일본방송협회의 방송 프로그램도 수신했지만 멀리 미국이나 영국 등지의 라디오방송도 청취했고, 세계 각지의 아마추어 무선가들과 자유로이 교신도 하였다.[3] 다시 말해 도쿄에 공식 방송국이 설립될 즈음에는 아마추어 무선가들을 중심을 한 '하늘이라는 공공권(公共圈)'이 지구의 표면을 뒤덮고 있었던 것이다.[4]

아마추어 무선가들의 무대였던 '하늘이라는 공공권'에 1923년 일본

2 고시노 소타로[越野宗太郎] 편, 『도쿄방송국 연혁사』, 1928, 153면. 여기에서는 3만 명이라는 숫자를 인용하였지만, 자료에 따르면 1만 5천 명, 5만 명 등 이견이 존재하고 있어서 어느 것이 비교적 신뢰할 만한 숫자인가는 명확하지 않다. 본 장에서는 도쿄방송국을 중심으로 살펴보기 때문에 3만 명이라는 숫자를 채용했다.

3 진공관의 증폭작용이 발견된 1912년 이후 세계 각지에서는 진공관에 대한 연구가 붐을 이루었다. 일본에서도 같은 해에 공학자 도리가타 우이치[鳥潟右一]와 기타무라 마사지로[北村政治郎]가 독자적인 방법인 진동방전 간격식[振動放電間隙式] 즉 TYK식 무선전화장치를 완성시키고 특허를 신청했다. 그해 그들은 자신들의 진공관기술만을 사용하여 도쿄와 오사카 사이에서 실험에 성공했다. 또 1918년에는 도쿄전기주식회사가 자체 제작한 진공관을 발표했고, 이에 호응이라도 하는 듯 잡지 『무선』도 창간했다. 도쿄나 오사카 등의 대도시에서는 무선 붐이 일었다. 이렇게 라디오 기술은 결코 박래 기술이나 수입 기술이 아니었다. 미국이나 영국 같은 나라와 비슷한 시기에 일본에서도 무선전화를 실용화하여 무선전화방송을 가능하게 하려는 토양이 이미 존재하고 있었다.

4 요시미 순야[吉見俊哉], 『소리의 자본주의』, 강담사선서 메티에, 1995, 205면 이후의 논의를 참조.

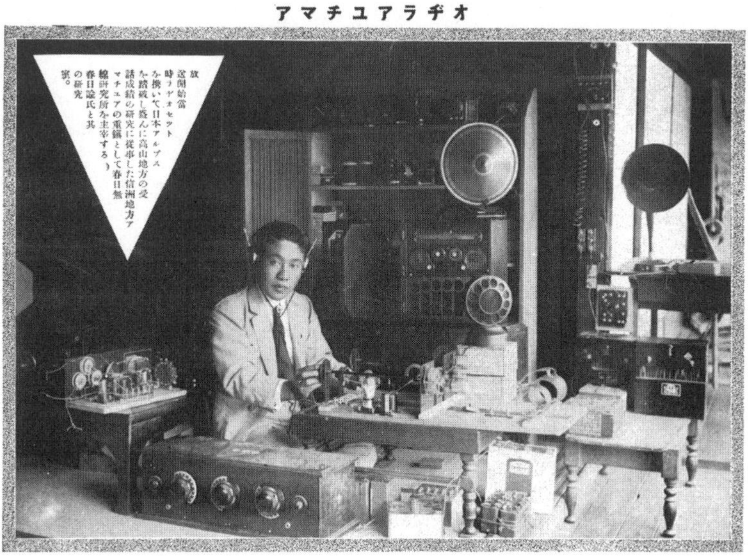

방송이 출현하기 전에 하늘은 아마추어 무선가들의 무대였다. (『무선과 실험』 12월호, 1926)

정부가 개입하기 시작한다. 같은 해 9월 1일 발발한 관동대지진과 그에 따른 인재(人災)로 간토[關東]평야뿐만 아니라 일본 각지에서 경찰이나 정부가 통제할 수 없는 크고 작은 폭동과 약탈, 살인이 빈번하게 일어났다. 이러한 긴급 재해를 당했을 때 정보를 관리할 수 없었다는 반성 때문이었을까. 아니면 당시에 지속적으로 등장한 문제, 즉 공산주의자들이 무선으로 세계 각지의 동지들과 연락을 취하는 것에 대한 대책 때문이었을까. 체신성은 '하늘의 관리'와 '비상시 정보관리'의 최후 수단으로서 무선기술에 착목했다고 한다. 말하자면, 정부와 국민 한 사람 한 사람을 직접적으로 연결하는 국가적 정보망을 구축하기 위해 체신성은 무선 기술을 방송으로 재편하고자 하였다.[5]

5 방송과 무선은 기술적으로 전혀 유사하지 않다. 하지만 방송에는 계획된 편성시간표에 기초한 프로그램 제작과 발신이 있다는 점에서 개인적 의사소통이 주를 이루는 무선과 사회적 성

관동대지진 다음 해, '방송용 시설 무선전화에 관한 법안'이 국회에 상정되어 그 다음 해부터 무선전신법이 실시되었다. 이후 무선전파를 발신하고 송신하기 위해서는 원칙적으로 체신성의 허가를 필요로 했다. 체신성은 이 법률에 의해 아마추어 무선가들의 활동을 통제하는 한편, 하나의 도시에 하나의 단체를 할당한다는 원칙으로 방송사업자 면허를 발행하고 하늘에서 내려오는 정보의 일원화된 관리를 실행했다. 그리하여 1925년 체신성의 강력한 감독 아래 도쿄, 나고야, 오사카 세 도시에 방송국이 세워졌다.

국가사업은 아니었다

그러면 당시 체신성은 명확하게 방송의 이미지를 정립하고 있었을까. 방송국을 설립할 무렵의 청사진이었던 체신성의 『조사개요』에 따르면, 라디오방송은 '국민의 사회생활에 절대적으로 긴요한 사업이 아니었으며', 방송 자료의 선정이나 준비 및 유지 등의 측면에서 관의 운영이 어려운 사업이므로 '관영에는 부적당한 점이 많다'고 생각했음이 드러난다.[6]

질이 다르다. 방송 개념의 탄생에 대해서는 미즈코시 신[水越伸]의 『미디어의 탄생』(동문관, 1993)이 상세하다. 구로다 이사무[黒田勇]는 『라디오 체조의 탄생』(청궁사, 1999) 제4장에서 미국・영국・일본 방송의 사회적 탄생 시기를 개관하고 있다.

6 체신성통신국, 「제이 기본적 사항」, 『조사개요』, 1924. 일본방송협회가 편찬한 『방송 50년사』에서는 제1차 세계대전 후 야기된 전세계적인 불경기와 관동대지진 직후 발생한 자금난으로 고통 받았던 정부가 민간 자본을 이용하여 방송국을 설립했다고 일관되게 기술하고 있다. 당시 정부가 극도의 자금난을 겪고 있었음에는 틀림없지만, 같은 해에 체신성 관할 철도부설에는 거액의 투자를 하고 있는 것으로 보아 정말로 돈이 없었던 사정만은 아니었다. BBC의 흉내를 내고 있다고도 볼 수 있지만 BBC가 공공방송(Corporation)으로서 재편된 것은 1925년 가을이었다. 결국 체신성이 볼 때 방송국이란 '민간이 담당해야 할 사업'이었던 것이다.

그 시절 체신성은 기존에 관이 운영해왔던 우편이나 전화만큼 방송을 중요시하지 않았고, 그저 관리만 하면 충분한 사업이라고 인식했다. 그러한 체신성의 방송관은 '방송용 시설 무선전화'라는 법안명에서도 확인할 수 있다. 그들이 상정했던 방송은 무선전화의 다양한 사용방법 중 하나에 지나지 않았다. 체신성이 원했던 것은 긴급사태 시 중앙정부가 사회정보를 일원화하여 관리할 수 있는 국가적 정보망이자 정부와 국민을 연결하는 (무선)전화였다. 적어도 당시에는 그것이 유선전화든 무선전화든 방송이든 상관하지 않았던 것이다.[7] 그런 까닭에 최초의 세 방송국은 민간자본으로 설립되었다. 또한 방송국원도 이사부터 현장 프로그램 제작자에 이르기까지 주로 민간인으로 이루어졌으며 체신성 출신 공무원은 감시업무 정도에 몇 명만 파견되었다.

체신성은 방송을 무선전화의 응용사례 가운데 하나 정도로 파악하고 있었다. 그러면 체신성이 방송 사업을 위임한 당사자들, 즉 최초의 방송국원들은 어떠했을까. 그들은 명확한 방송 비전을 지니고 있었을까.

도쿄방송국의 경우 초대 임원은 전기회사 출신 8명, 신문사와 통신사 출신 7명, 주식취급소 출신 2명, 그 외 3명(전력회사 출신자 등)으로 이루어져 있었다. 여기에서 분명하게 드러나듯 자사 라디오 제품의 판매 촉진을 꾀하는 회사들과 뉴미디어에 대한 기대와 두려움을 지닌 굴지의 신문사 두 그룹이 중심이 되어 방송국에 인력과 자금을 투자했던 것이다.[8]

7 재해용 유선전화(방송 개념이 사회적으로 확립된 후에는 유선방송이라고 일컬어지지만)는 태평양전쟁 말기부터 부설을 시작했다고 한다. 이시카와 히데오[石川英夫]의 「마을의 방송국—유선방송을 둘러싸고(村の放送局：有線放送をめぐって)」(『중앙공론』 11월호, 1958)가 있지만 체신성통신국 요람에는 1925년 판부터 유선전화 시설 수를 기재하고 있다.

8 오사카방송국과 나고야방송국의 경우 초대 임원의 구성 비율은 다소 차이가 있지만, 결국 해당 지역 유력 신문사와 라디오기구회사 출신자가 임원이 되는 방식은 유사하다.

1924년 11월 29일, 시험방송을 실시하기 4개월 전만 해도 미쓰비시[三菱] 21호관 2층에 위치했던 도쿄방송국 사무소에는 상무이사 니나 나오카즈[新名直和]와 잡용계의 마츠모토 기치조[松本吉藏] 두 명만이 상근했다고 한다.[9] 다음 해에는 설비 불충분 탓에 체신성으로부터 방송면허를 허가받지 못하여 예정에 없던 4개월간의 시험방송을 내보내고 공예고교 도서실을 임대하여 방송국을 운영하는 등, 초기 방송은 체계적으로 준비되고 개시된 국가사업이 아니었다.

하지만 구호만 내걸면 되는 체신성과 달리 실제로 매일 '방송하는' 것이 과제였던 방송국원들에게는 무엇을 발신할 것인가, 누가 마이크 앞에 서서 어떻게 시간을 보낼 것인가를 결정하지 않으면 아무것도 할 수 없었다. 방송국원들에게 방송 비전의 확립은 중대사였다.

고토 신페의 방침 연설

방송의 실제를 전혀 알 수 없었던 일본 방송국이 본보기로 삼았던 것은 이미 일본에도 활동하고 있던 아마추어 무선가의 무선전화가 아니라 영국의 공영방송 BBC(1922년 발족)와 미국의 상업방송 KDKA(1920년 발족)였다. 그들은 문헌으로부터 해외 정보를 얻었을 뿐만 아니라 현지에 시찰단을 파견하여 방송의 실제를 학습했던 것이다.

그리하여 외국 방송을 신속히 흡수해낸 방송국은 수개월 후 방송 개

9 일본방송협회, 『방송 50년사』, 일본방송출판협회, 1977, 21면.

시 시점에는 경이로울 정도로 명확한 방송관을 보여주기에 이른다. 예를 들어 도쿄방송국의 초대 총재로 영입된 고토 신페[後藤新平][10]는 방송 첫날 행했던 방침 연설에서 방송의 기능으로 다음 네 가지를 거론했다. 첫째는 문화 기회의 균등(지역 차나 소득 차에 영향 받지 않는 정보의 취득), 둘째는 가정생활의 혁신(가족단위 청취를 기본으로 하는 생활시간의 변혁), 셋째는 교육의 사회화(학교제도로부터 교육의 해방과 방송의 독자적인 사회교육 전개), 넷째는 경제 기능의 민활(주식이나 곡물 시황 등 경제 정보의 순차적 보급)이다. 고토 신페가 언급한 방송관의 새로움과 예리함은 이후에 방송이 걸었던 궤도를 아는 이들에게는 놀랄 만한 일이다.[11]

특히 고토의 연설에서는 '개인'이 아닌 '가정'을 단위로 하는 라디오 청취자 이미지를 이미 상정해 두었다는 점, 그리고 '교육의 사회화'를 방송사업의 가능으로 강조했다는 점, 이 두 가지를 주목해야 한다.[12] 만약 일본의 방송국이 BBC나 KDKA의 방송(broad-cast-ing)이 아닌 이미 당시 일본에서도 낯설지 않았던 아마추어 무선가들의 무선(wireless)을 참고했다면,

---

10 고토 신페(1857~1929) : 일본 제국의 의사, 관료, 정치가, 백작이며 도쿄 방송국(훗날 일본방송협회) 초대 총재이기도 했다. 1883년에 내무성 위생국에 들어가 독일 유학을 거쳐 1892년에 위생국장으로 승진했다. 1898년 타이완 총독부 민정국장으로 발탁되었고, 1903년에 귀족원 의원을 비롯하여 체신대신, 철도원 총재, 내무대신, 외무대신 등을 역임했다. 일본의 대륙 진출과 시베리아 출병을 추진하여 유능한 식민지 경영자이자 도시계획가라는 평판을 남겼다. 1920년에는 도쿄 시장이 되었고 관동대지진 이후에 제도부흥 계획을 입안했다. 소비에트 연방과 국교 수립에도 관여했다.

11 고시노 소타로[越野宗太郎] 편, 『도쿄방송국 연혁사』, 1928, 122~123면. 고토 신페가 방송사업의 실무에 직접 관여했다는 자료는 없기 때문에 초대 총재로 그를 영입한 것은 도쿄방송국의 상징적인 존재로 삼기 위한 의미였을 것이다. 고토가 방송 개시 시점에 낭독했던 연설은 거기에서 사용한 용어의 성격이나 선견지명 정도로 판단하더라도 개인적인 방송관이 아니라 실제 방송 사업을 담당하기 시작했던 방송국원들의 방송관이 드러난 것으로 보아야 타당하다고 생각한다.

12 쓰가네사와 도시히로[津金澤聰廣]의 선구적인 초기 방송연구가 지적하고 있듯이 고토 신페의 연설 문맥에는 '저널리즘으로서 라디오의 사회적 기능에 대한 시각은 결락되어 있다.' 초기 방송의 정보 기능에 대해서는 이 장의 후반부에서 언급하겠다.

서재에서 라디오를 듣는 도쿄방송국 초대 총재 고토 신페.
헤드폰을 끼고 있지만 탁상에는 커다란 나팔형 스피커가 놓여 있다.
(『무선과 실험』 4월호, 1925)

가정을 청취 단위로 삼는 사회교육 미디어라는 방송의 모습은 출현하지 않았을 것이다. 고토 신페의 연설에 의하면 과거에 가정은 때때로 단순히 잠을 자는 곳이거나 식사를 하는 장소로 여겨졌고, 특히 오락 등은 가정 바깥에서 구하는 것이 상식이었다.

방송에 의한 가정생활의 혁신

그러나 라디오방송의 등장으로 가정의 모습은 변해 간다. 가정은 라디오 기계에 빙 둘러 앉아 이른바 단란한 가정생활을 즐기며 새로운 취미를 맛볼 수 있는 공간으로 변화했다.[13] 가정은 핵가족의 단란한 오락의 공간이 되는데, 그 중심에 라디오가 있었다. ―이러한 방송 청취 공간의 이미지는 분명히 미국의 방송 비전을 답습한 것이다. 여기에서 방송이 지향하는 가정이란 1920년대 대중소비사회의 등장과 더불어 나타난 근대적 가정 공간, 즉 '교외'나 '단란한 가족' 같은 이데올로기가 떠받

13 고토 신페의 연설문. 『도쿄방송국 연혁사』, 1928, 126면.

치는 중류계급 핵가족의 사적인 공간을 의미한다.

방송에 의한 가정생활의 혁신이라는 발상, 그리고 가정이라는 단위에 의해 청취되는 방송 비전은 영국의 문화사회학자 레이먼드 윌리엄스(Raymond Williams)가 '지리적인 이동과 심적인 개인화의 상승 과정(mobile privatization)'으로 파악한 20세기 초반 미국 대중사회의 특성을 당시 일본 방송국이 의식적으로든, 무의식적으로든 간취해내지 않았다면 출현하지 않았을 것이다.[14]

린 스피겔(Lynn Spigel)에 따르면, 이러한 자기충족적인 가정의 이념형은 고도로 발달한 도시문화의 달성과 대중소비사회의 출현이라는 1920년대 미국의 특수한 시대 상황에서 탄생할 수 있었다. 특히 이 시대 라디오의 급속한 보급은 가정의 출현과 밀접한 상보관계를 맺고 있었다고 한다.[15]

동시대의 미국 도시에서는 영화관, 대중극장, 백화점, 유원지, 자동차 산업 등 사람들을 가정에서 끌어내려는 힘이 거세게 분출하고 있었다. 그러나 라디오방송은 핵가족이라는 개인화된 가정 공간의 한복판인 거실로 사뿐히 들어와 사람들을 가정 안에 붙박아놓았다. 그리하여 거실의 중심에는 항상 라디오가 있었고 머지않아 텔레비전이 그 자리를 계승한 것처럼 방송과 가정은 밀접한 관계를 오랫동안 지속적으로 맺는다. 방송이 가정을 재편성하면서 '가정용 방송'이 성립되어간 것이다.

1925년 도쿄방송국에서 낭독한 고토 신페의 연설에는 이러한 미국의 극히 선진적인 방송국만 경험하고 있던 방송과 가정의 상관관계에 대한 자각마저 드러나 있다. 그가 언급했던 '대다수 대중에게, 나아가 가정오

14 Raymond Williams, *Television : Technology and Cultural Form*, Routledge, 1975, p.26.
15 Lynn Spigel, *Make Room For TV*, University of Chicago press, 1922, Chapter 1.

락의 단란함을 만끽하는 사람들에게 눈이 아닌 귀를 통해 매일 각종의 학술적 지식을 주입하여 국민 상식을 배양한다'는 방송관은 그 후 전개될 방송을 잘 예견하고 있다. 일본의 방송국은 영미로부터 실로 꼼꼼하고도 솜씨 좋게 방송을 습득하고 자신의 언어로 번역하여 방송 개시 당일에 발신했던 것이다.

하지만 방송국이 명확한 방송 비전을 보여주었다고 해서 오늘날 상상하는 것 같은 방송이 당시에 완성되었다고 말할 수는 없다. 오히려 영미로부터 지나치게 충실히 배운 까닭에 그들이 획득했던 방송 비전은 1925년의 일본에서는 전혀 실행 불가능했고, 패러디 같은 것이 되고 말았다. 방송국이 지향했던 방송은 당시 일본의 사회 문맥으로부터 동떨어져 있었을 뿐만 아니라 많은 청취자가 갖고 있던 방송의 욕망으로부터도 크게 벗어나 있었다.

방송국과 청취자의 괴리

방송 개시 당시 일본에서는 스피커가 부착된 라디오 수신기를 거실에 두고 가족 전원이 듣는 방식이 일반적이지 않았다. 대다수 청취자는 헤드폰을 사용하여 방송을 들었다. 그 시기 라디오 수신기는 고급품이었다. 특히 진공관을 통해 스피커로 소리를 전달하는 수입 교류식 라디오는 한 대에 400엔에서 1,200엔까지 했다고 한다. 이에 비해 전원이 필요 없고 조립도 간단한 광석라디오의 재료는 10엔 정도로 구입이 가능했다. 하지만 이는 진공관을 갖추지 않았기 때문에 검파기(檢波機)[16]가

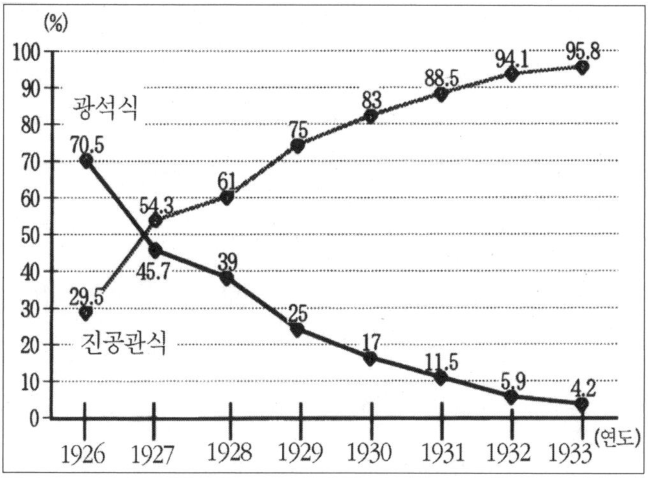

수신기의 변천(1926년도~1933년도)
일본방송협회 편, 『방송 50년사 자료편』(1977), 428면의 표를 그래프로 그린 것이다.

포착하는 전파의 음량을 증폭시킬 수 없어서 될수록 하나나 두 개의 헤드폰으로 들을 수 있는 잡음 섞인 작은 소리에 만족할 수밖에 없었다.

수신기의 변천을 보여주는 그래프에서도 명확하게 드러나듯이 적어도 방송 개시 당시는 광석식(헤드폰식)이 진공관식(스피커식)을 크게 웃돌고 있다. 따라서 이 무렵 일본의 방송은 가정을 청취 단위로 하는 오락미디어가 아니었다고 할 수 있다. 마치 1990년대 인터넷과 흡사하게 기본적으로 개인적 사용의 뉴미디어였다. 무릇 1920년대 중반 대부분의 일본 가정에는 중앙에 라디오가 놓인 거실이 있지 않았을까.

가정을 단위로 하는 방송청취라는 방송국의 이상은 동시대 일본에서는 실현 불가능했다. 더욱이 방송국과 청취자의 방송관이 전혀 달랐던

16 【역주】 검파기 : 무선 전신 및 전화의 수신 장치 등 검파에 쓰이는 장치나 회로. 검파기 소자(素子)에는 트랜지스터, 진공관, 다이오드 등이 있다.

까닭이 단순히 기술적 환경의 문제만은 아니었다는 점이 중요하다. 쓰가네사와 도시히로의 지적처럼 "일반 대중의 라디오 수용 경향은 각종 프로그램 기호 조사 등을 참고하더라도 신기한 오락미디어로 환영한 것"이라고 여겨진다.[17] 이는 고토 신페가 연설에서 언급했던 사회교육 미디어라는 방송 비전과는 꽤 거리가 멀다.

게다가 다케야마 아키코[竹山昭子]가 초기 방송 청취자에 초점을 둔 선구적인 논문에서 분명하게 밝히고 있는 것처럼, 뉴미디어인 라디오 수신기를 조립하여 듣는 행위 자체가 오락이었다. 또한 복잡한 기계를 조작하는 즐거움이 프로그램 청취의 즐거움보다 앞섰다는 청취자의 상황도 간과할 수 없다.[18] 가령, 잡지 『라디오의 일본』에 실린 기사를 보면 이와 같은 초기 방송의 청취 공간을 엿볼 수 있다.

> 라디오를 듣는다는 행위는 방송 내용, 즉 강연이나 음악이 재미있기 때문이 아니라 '먼 곳의 소리를 들을 수 있다는 것이 실로 불가사의하고 재미있다'는 과학적인 흥미에서 비롯된 것인 듯하다.[19]

이리하여 초기 라디오 방송을 둘러싸고 적어도 세 가지의 방송 이미지가 출현했음을 알 수 있다. 체신성은 정부와 국민 각자를 직접 연결하여 정보를 단일하게 관리할 수 있는 무선전화로서 방송을 파악했다. 이

17 쓰가네사와 도시히로, 『현대일본 미디어사의 연구』, 미네르바서방, 1998, 8면. 저자는 이어서 "방송국 측도 방송의 보급을 당면 과제로 삼고, 당연히 '오락 위안 방송'에 중점을 두고 있었다"고 하여 이 책과는 다른 분석을 전개하고 있다. 상세한 내용은 다음 절 이후를 참조.

18 다케야마 아키코[竹山昭子], 「쇼와 초기 라디오 보급과정의 청취자 II」, 『릿쇼[立正]대학 단기대학부 기요』 15호, 1984.9, 290면.

19 도리카이 리사부로[鳥養利三郎], 「교토에 라디오를 두고」, 『라디오의 일본』 10월호, 1926.

에 비해 방송국은 가정에서 청취해야 할 사회교육의 뉴미디어로서 방송을 이해했다. 한편, 청취자에게 방송이란 새로운 오락 자체인 동시에 라쿠고[落語][20]나 나니와부시[浪花節][21]나 민요를 집으로 전달해주는 기계였다. 물론 이 외에도 여러 가지 방송 이미지가 존재했다.[22]

그러나 1925년 방송은 제각각 서로 교섭하기 시작하면서 상호 조정하고 접합하여 마침내 사회적으로 통하는 하나의 방송 이미지를 형성한다. 그에 따라 대다수의 사람들도 방송이 무엇을 의미하는가를 알게 된다. 그렇다면 복수의 방송이 어떤 과정을 거쳐 어떤 통합된 방송 이미지와 접합함으로써 사회적 의미와 가치를 공유하게 된 것일까.

20 【역주】 라쿠고 : 일본의 에도시대 때 성립하여 현재까지 전승되는 전통 예능. 재미있고 익살스럽게 세상이나 인정을 비판하고 풍자하는 이야기를 풀어놓는다.

21 【역주】 나니와부시 : 샤미센[三味線]의 반주에 따라 부르는 노래로 주로 의리나 인정을 주제로 만든 창을 뜻한다.

22 예를 들어, 『중앙공론』 다이쇼 14년 10월호에 게재되었던 「마이크 앞에 서서」라는 특집에는 다카하마 교시[高浜虛子]나 오사나이 가오루[小山內薰] 등 지식인과 저명인의 방송 체험담이 수록되어 있고, 몇 가지 방송의 이미지가 제시되어 있다. 하지만 그 이상으로 다양한 청취자들의 방송 비전이 무수히 존재했다고 생각한다. 본 장에서는 청취자의 방송관을 하나만 제시하고 있기 때문에 마치 '청취자 전체에게 라디오는 오락미디어였다'고 받아들여질 것이다. 과연 청취자를 하나로 일괄해낼 수 있는지 여부도 포함하여 이 문제는 다음 기회에 집중적으로 다루기로 한다. 여기에서는 '초기 방송의 청취자의 방송 비전은 오락미디어만은 아니었지만 그것이 주류였던 듯하다'는 의견을 제시해두는 데 그친다.

2. 교양의 발견

교양프로그램이 가장 많았다

고토 신페의 연설에서 드러나는 바와 같이 초기 방송국은 영국의 공영방송 BBC 등 앞선 방송 사업을 놀라울 만큼 상세하게 배우고 참조하여 자신의 방송을 창조해냈다. 이를테면 도쿄방송국에서는 '보도프로그램', '교양프로그램', '오락프로그램' 3개 장르로 프로그램을 분류하고 각각의 부문으로 나누어 프로그램의 기획과 제작을 맡는 프로그램 편성 시스템을 첫해부터 채택했다.

당시 보도프로그램이란 주로 뉴스나 주식시황을 전했고, 교양프로그램이란 정치가나 식자층, 대학 교직원의 단발성 강연프로그램과 어학강좌로 대표되는 연속강좌프로그램을 가리켰고, 오락프로그램이란 민요나 라쿠고, 나니와부시, 라디오드라마 등을 송신하는 프로그램이었다. 이 같은 분류는 종전 이전까지 지속되었다. 다음 페이지의 그래프는 각각의 방송시간 내역이다.[23]

이 그래프에서 주목할 만한 것은 많은 교양프로그램이다. 해마다 변동

23 『방송 50년사 자료편』 610면의 표를 그래프로 그린 것이다. 이처럼 여기에서 분류하는 '보도프로그램', '교양프로그램', '오락프로그램'이 정말로 해당 범주에 포함되는가는 이 책의 관점에서는 그리 중요하지 않다. 그러한 오늘날의 기준으로 초기 방송의 개별 프로그램을 음미하는 것보다 중요한 것은 당시 방송사업자들이 교양프로그램으로 분류했던 것이 여기에 나타난 것 말고도 많았다는 사실이다. 또한 초기 방송에서 오락프로그램은 때로는 '위안프로그램', '위안오락프로그램', '학예프로그램' 같은 다른 호칭으로 불리기도 하지만, 이 책에서는 통일하여 오락프로그램으로 표기하기로 한다.

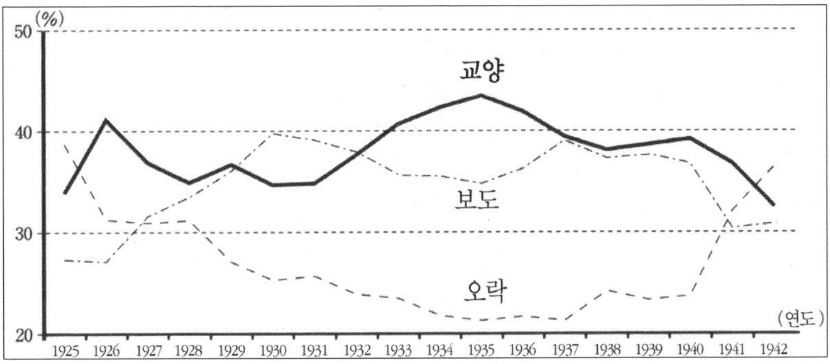

제1방송의 부분별 비율(1925~1942)
『방송 50년사 자료편』(1977), 610면의 표를 그래프로 그린 것이다.

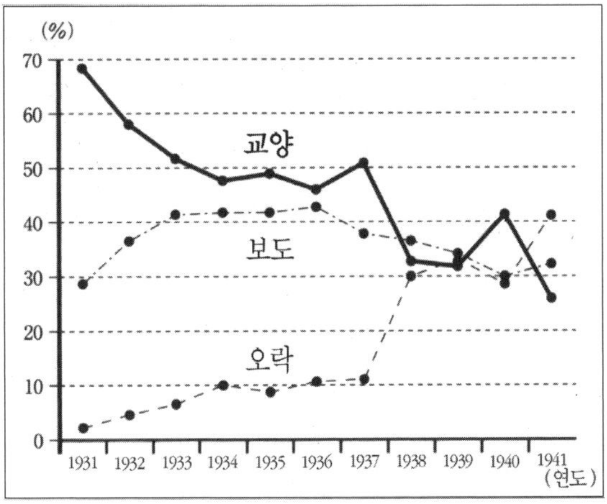

제2방송의 부분별 비율(1931~1941)
『방송 50년사 자료편』(1977), 611면의 표를 그래프로 그린 것이다.

은 있었지만, 통틀어 교양프로그램으로 분류되는 프로그램이 다른 두 장르의 방송보다 많다. 게다가 1931년에 신설한 두 번째 전파인 '제2방송'에서는 실로 전체 방송시간의 절반 이상이 어학프로그램으로 대표되는 교양프로그램에 맞추어져 있었다. 뒤에서 상세히 살펴보겠지만 제2방송에는 설치 초기부터 '교양프로그램의 전파'라는 명확한 성격을 부여하고 있었다. 그것은 현재의 NHK라디오 제2방송 및 교육텔레비전에도 공통적이다.

제1방송, 제2방송을 대조해보면 초기 방송에서 교양프로그램이 압도적인 방송시간을 차지하는 특징을 볼 수 있다. 이러한 교양프로그램의 정착과 대량 방송은 일본방송협회에서 두드러진다. 왜 일본 방송은 초기부터 교양프로그램의 제작과 발신에 주력한 것일까.

먼저, 초기 방송국에는 보도기능이 존재하지 않았고 전쟁 이전 방송협회에는 취재기자가 없었다. 보도프로그램에서 보도하는 모든 뉴스원고는 해당 지방 신문사나 통신사가 제공하는 기사였고, 방송국은 그것을 읽는 것에 불과했다. 이 무렵 방송국에는 신문사에 비해 뉴스원고를 편집할 수 있는 권한조차 없었던 것이다. 가령, 도쿄방송국에서는 방송 첫해에 정오 12시 45분과 밤 7시 10분 단 2회, 각각 15분씩, 도합 하루에 30분밖에 뉴스프로그램을 방송하지 않았다(보도프로그램으로 분류되는 나머지 방송시간에는 주식시황이나 미곡시황을 연이어 읽어주는 시황프로그램과 일기예보를 방송했다). 얼마 지나지 않아 하루 3~4회로 뉴스프로그램 횟수가 증가하고 1회 방송시간도 늘어나 프로그램의 체재는 정비되어갔지만, 그럼에도 1945년까지 방송국은 독자적인 취재기능을 지니지 못했고 방송기자라는 직무도 존재하지 않았다.[24]

전쟁 이전의 방송국에 취재기능이 없었던 이유는 여러 가지로 짐작되지만, 신문보다 신속성 면에서 뛰어난 방송의 잠재능력에 위협을 느낀 신문사의 존재를 무시할 수 없다. 각 신문사는 방송국에 많은 인재를 파견하여 방송 사업에 깊이 관여했고 방송국의 설립금도 출자하는 등

24 적지만 몇 개의 예외를 확인할 수 있다. 가장 유명한 것은 「병사에게 고한다[兵ニ告グ]」로 알려진 1936년 2・26사건이고 당시 이틀 동안 방송국은 독자적으로 취재를 행하여 독자적인 뉴스 원고를 작성하였고 이를 반복 방송하였다.

실권을 장악하고 있었다. 그 결과 독자적인 기자를 두지 못하게 하여 방송국의 취재기능을 거세했고, 자사의 뉴스원고를 읽을 때에는 '○○신문사 제공'임을 선전하도록 했다. 또한 뉴스원고 편집권을 부여한 다음에도 취재는 허락하지 않는 등 방송이 신문의 위협 대상이 되지 않도록 주도면밀하게 통제했다.

하지만 반드시 방송이 신문을 위협할 만한 뉴미디어였던 것은 아니다. 예를 들어 오사카방송국이 전국중등학교야구대회(현재 고시엔[甲子園][25] 고교야구)를 중계 방송하겠다고 신청했을 때, 주최측인 오사카 아사히신문사는 허가하지 않았다. 라디오 중계가 이루어지면 관중이 야구장까지 가지 않을지도 모른다는 위기감 때문에 오사카방송국의 중계요구를 거절했던 것이다.

그러나 1927년 라디오 중계의 허가가 떨어지자 신문사의 억측과는 달리 야구대회 개최 소식을 라디오로 전해들은 관중은 야구장으로 밀려들었고, 해마다 관중 수는 증가했다고 한다. 오사카방송국에서 고시엔 야구대회를 중계하여 전국적으로 야구의 인기가 높아지자 도쿄방송국에서는 '조경전(早慶戰)'[26]을 중계 방송하여 또다시 커다란 반향을 불러일으켰다. 이리하여 방송국은 각종 스포츠 중계를 확대함에 따라 스포츠는 중계방송을 해야 하는 미디어 이벤트로 재편되어갔다.[27]

25 【역주】 고시엔 : 간사이 지방의 효고현 니시노미야 시에 있는 한신 고시엔 구장을 가리키는 말로, 이 야구장에서 벌어지는 선발 고등학교 야구대회, 전국고등학교 야구 선수권 대회 등을 가리켜 고시엔이라 부른다.

26 【역주】 조경전 : 일본어로는 소케이센. 와세다대학[早稻田大學]과 게이오대학[慶應義塾大學]의 대항전을 가리킨다. 주로 축구, 럭비 등 스포츠 분야를 겨루며 그 밖에도 각종 서클이 실시하는 토론회 등도 개최한다.

27 아리야마 테루오[有山輝雄], 『고시엔 야구와 일본인－미디어가 만든 이벤트(甲子園野球と日本人：メディアのつくったイベント)』, 吉川弘文館, 1996을 참조.

실험실로서의 교양프로그램

1926년도의 인기 프로그램

순위	프로그램명
1	강　연
2	뉴　스
3	시　세
4	만　담
5	영어강좌
6	나니와부시
7	고　단
8	기 다 유[28]
9	취미강좌
10	라디오 · 드라마

다케야마 아키코[竹山昭子], 『쇼와 초기 라디오 보급 과정의 청취자』 2(1984)에서 체신성 전무국(電務局) 업무과, 『라디오에 관한 조사』(1926)의 표를 재인용했다.

독자적인 취재기능을 지니지 못한 방송국은 보도프로그램을 방송의 중추로 삼는 일을 생각조차 할 수 없었다. 그러면 오락프로그램은 어떠했을까. 이미 살펴보았듯이 많은 청취자가 방송에 기대한 것은 오락미디어인 라디오 아니었을까. 1926년 체신성이 실시한 『라디오에 관한 조사』에서도 청취자가 주로 듣는 주요 프로그램은 라쿠고, 고단(講談),[29] 나니와부시 등 오락프로그램이었다.

확실히 오락프로그램을 많이 방송하면 청취자가 증가할 것이고 수신료 수입도 늘어나기 때문에 그만큼 방송국의 사업적 기초가 견고해질 것이다. 보도프로그램처럼 신경 써야 할 신문사도 없기에 방송국에 오락프로그램은 매력 있는 장르였다.

방송국은 라디오 드라마 같은 라디오만의 독자적인 새로운 오락형식을 모색하거나 고노에 히데마로(近衛秀麿)[30]의 신교향악단(NHK교향악단의 전신)을 JOAK오케스트라의 부속악단으로 삼는 등 이른 시기부터 오락

28 【역주】 기다유(義太夫) : 음곡에 맞추어 노래하는 옛 이야기(조루리 : 淨瑠璃)의 한 유파.

29 【역주】 고단 : 일본 전통예능의 하나. 남자 예능인이 혼자서 책상 앞에 앉아 부채나 딱딱이를 이용하여 이야기를 낭송하고, 이를 기본으로 줄거리 전개 및 평을 한다. 형식은 라쿠고와 비슷하지만 라쿠고가 화화 형식으로 이야기를 전개하는 반면, 고단은 주로 대본을 읽어 들려준다.

30 【역주】 고노에 히로마로(1898~1973) : 일본의 지휘자, 작곡가. 일본 교향악단의 선구자.

프로그램 개발에 몰두했다.

이 밖에도 초기의 방송관을 형성하는 데 중요한 역할을 담당했던 오락프로그램이 몇몇 존재한다. 그러나 결국 방송국이 오락프로그램에 방송의 중심을 두는 일은 가능하지 않았다.

그 이유는 명백하다. 이미 살펴보았듯 방송 사업은 체신성이 허가하고 관장하는 공공사업이었기 때문에 공공재인 방송전파를 정부로부터 빌린 방송국에 라쿠고, 나니와부시, 음악프로그램만 대량으로 발신하는 '불성실한 경영'을 허용할 리 없었다.[31] 방송 사업이 본격적으로 궤도에 오르면서 따라 부문별 방송 비율 가운데 오락프로그램의 시간 범위는 삭감 당했고, 그와 대조적으로 교양프로그램은 증가한 것이다(45면의 방송비율 그래프에서 1941년부터 오락방송이 폭증하고 있는 이유는 전시총동원 체제가 강화되고 방송검열이 엄격해지면서 궁여지책으로 음악프로그램을 대량 방송했기 때문이다).

그러면 이러한 소거법에 의해 보도프로그램과 오락프로그램은 감소하고 교양프로그램이 방송의 중추가 되었던 것일까. 교양프로그램을 대량 제작한 것은 반드시 그러한 소극적 이유 때문만은 아니었다. 한편으로 보도프로그램은 신문사의 뉴스 원고를 기계적으로 읽을 뿐인 종속적인 프로그램이었고, 다른 한편으로 오락프로그램은 료쿄쿠시[浪曲師][32]나 라쿠고카[落語家] 등의 기예를 중계하기에 말하자면 연주자에게 일임하는

31 물론 오락프로그램도 항상 주변적인 것으로만 치부된 것은 아니다. 이후 방송협회가 강력해지고 제2방송을 개시한 다음에는 많은 오락프로그램에서 교양화의 특징이 현저하게 눈에 띄기도 한다. 이 같은 초기 방송의 오락프로그램이 지닌 역할과 위치는 방송사 연구의 중요한 주제다. 오락프로그램은 결코 주변적 또는 부수적인 프로그램이 아니었다. 예를 들어 '전쟁터의 저녁 무렵[戰地の夕べ]'과 같은 일련의 음악프로그램에서는 전장에 있는 가족에게 보낸 청취자의 편지를 읽어주는 군가를 방송하여 압도적인 지지를 얻었다.

32 【역주】 로쿄쿠시 : 나니와부시를 노래하는 전문인.

프로그램인 반면, 교양프로그램은 방송국의 독자적인 방침과 계획에 따라 프로그램 내용을 스스로 제작할 수 있었다.

그리하여 방송국 쪽에서 교양프로그램을 주목하면서 '방송해야만 할 것'은 어딘가에서 '구해오는 것'에서 독자적인 방침과 계획에 기초하여 스스로 '제작하고 만드는 것'(제작(製作)이 아닌 제작(制作))으로 변화한 것이다.

제작된 프로그램

실제 문맥으로 들어가 살펴보자. 초기 도쿄방송국은 식자층에 의한 강의나 오케스트라 연주, 라쿠고나 민요 등 대중연예방송에 대부분의 방송시간을 할애했다. 이들 방송 종목은 교실이나 극장, 요세[寄席],[33] 같은 기존의 공간에서 성장해온 기성품 퍼포먼스였을 뿐, 방송을 위해 별도로 제작한 것은 아니었다. 이렇게 '연주자에게 일임하는' 프로그램 편성이라면 연주자의 상태에 따라 프로그램 시간을 조정하는 것이 당연했다. 그 때문에 방송 예정의 변경도 일상다반사였고, 때로는 연주자 한 사람에 의해 방송국 전체가 휘둘리는 사건이 발생하기도 했다.

(1925년) 7월 5일 오후 7시 15분부터 지방민요, 신민요를 방송했다. 방송이 시작되자 시바우라[芝浦]의 임시 방송소에는 전화가 끊임없이 걸려왔고, 방송이 끝나자 또 쇄도했다. 청취자의 앙코르 전화였다. 그날 밤은 시간을 연장해서 오

33 【역주】 요세 : 에도시대의 극장으로 라쿠고 등을 공연하는 연회장을 말한다.

후 10시 30분까지 민요를 방송했다.[34]

방송 개시 첫해의 프로그램 편성표를 보면, 관현악이나 국악 등 음악방송이 많은 것을 알 수 있다. 이는 강연프로그램이나 라쿠고 프로그램 등을 내보내는 사이에 막간의 시간을 때우는 데 음악프로그램이 편리했기 때문이다. 그중에서도 당시 가장 인기를 끌었던 라쿠고를 방송하는 경우, 공연 목록과 공연자의 상태에 따라 해당 프로그램의 방송시간이 크게 좌우되었다. 이렇듯 개개 프로그램의 길이가 불확정적이었기 때문에 초기 방송에서는 궁여지책으로 편리한 음악프로그램을 프로그램과 프로그램 사이에 끼워 넣곤 했다.

프로그램이 일찍 종료할 때는 음악프로그램을 즉시 투입하기 위해 JOAK오케스트라 단원을 스튜디오 바깥에 대기시키거나 다음 방송프로그램이 시작하기 전까지 무음 상태로 두었다. 물론 무음상태를 이상하게 여기는 사고방식은 아직 이 시기에 확립되지 않았다.

확실히 방송해야만 할 콘텐츠를 독자적으로 제작할 능력이 없었던 개국 초기에는 연주자에게 일임하는 프로그램만 방송하는 것이 불가피했을지도 모른다. 그러나 이러한 상황 속에서 방송국은 몇몇의 교양프로그램을 준비하고 독자적인 계획에 따라 '방송해야만 할 것'을 제작해갔다.

1925년 5월 24일에는 오타니 손유[大谷尊由][35]를 강사로 초빙한 종교 강좌를 방송했고, 이를 효시로 '강좌물(講座物)'이라 불리는 단발 또는 연속 강좌프로그램을 제작한다. '강좌물'의 등장은 방송프로그램의 내용을 출연

34 일본방송협회, 앞의 책, 28면 하단.

35 【역주】 오타니 손유(1886~1939) : 일본의 정토진종 본원사파의 승려이자 정치가.

자의 예능이나 경험에 전적으로 맡겨버리는 기존의 제작과는 달리, 방송국이 미리 작성한 방송 계획에 따라 선택한 강연자와 함께 프로그램 내용을 제작했을 뿐 아니라 시간에 맞추어 프로그램을 시작하고 끝냈다는 점에서 방송사상 획기적인 대사건이었다. 스스로 프로그램을 제작한다는 제작 의식에 눈뜬 방송국원은 이윽고 정력적으로 몇 개의 교양프로그램을 만들고는 폐기하는 수많은 시행착오를 반복했다. 같은 해 7월에 시작한 '영어강좌'도 이러한 교양프로그램의 흐름 속에서 생겨난 시행착오 중 하나였다.

ラヂオドラマ「坊ちやん」出演中の向つて右より村田文子・諸口十九
鈴木澄子・藤野秀夫

라디오 드라마 〈도련님〉(나쓰메 소세키 원작)에 출연 중(?)인 연기자들. 계단 난간 위에 마이크가 제대로 놓여 있다. (『도쿄방송국 연혁사』, 1928)

방송의 시간문법

제작(制作)이라는 방법을 발견함으로써 방송의 주도권을 확보한 방송국은 제작된 프로그램 유닛을 짜놓고 미리 방송시간을 배분하는 등 '편성'이라는 사고양식도 갖추었다. 어떤 프로그램을 어떤 시간대에 얼마만큼의 시간과 기간으로 방송할까를 자율적으로 결정하고 실행한다는 점에서 편성은 확실히 방송 전체의 조감도 작성이나 진배없었다.

이리하여 항상 불확정적이거나 우연에 가까웠던 초기 방송은 합리성

초기의 평일 방송시간 분량(1925년 말, 도쿄방송국)

	종목	회수	시간
보도	시보(時報)	2	4
	일기예보	2	10
	뉴스	2	30
	경제시황	8	70
	일용품물가	1	15
		계	129
교양	요리식단	1	10
	가정강좌	1	20
	영어강좌	1	40
	수양강좌 과학강좌 명사강좌	1	30
	어린이 시간	1	30
	취미강좌	1	30
		계	160
오락	음악 · 연예	계	125
		합계	414

일본라디오협회, 「라디오의 일본」, 1926년 1월호에서 인용함. 가장 많이 방송된 프로그램이 '영어강좌'임을 알 수 있다.

과 목적성에 의한 편성 및 프로그램 제작이라는 방법을 손에 넣었다. 1분 단위로 구획하고 정비하는 시간감각에 의해 프로그램 편성은 계획적인 프로그램 제작과 연동하여 비로소 가능해졌다.

그런데 이러한 편성과 제작의 등장은 방송국 내부에만 한정된 사건이었을까. 편성과 제작은 청취자의 신체 가운데 방송시간의 감각을 새겨 넣는 데 커다란 역할을 담당한 것으로 보인다. 이를테면, 방송은 분(分) 단위로 나뉘는 근대적인 시간 양식을 일상생활의 수준(이를테면 주택 내부)에서 일상적으로 실천하도록 하여 동시대인의 신체를 독특한 시간

문법으로 규율하고 훈육해간 것이다.

가령, 매일 라디오 체조를 하는 것을 비롯하여 아침밥을 먹는 습관이나 정오 시보와 더불어 휴식에 들어가는 습관, 그리고 '영어강좌'를 듣고 나서 잠자리에 드는 습관 등이 그렇다. 방송의 시간문법이 통제하는 각각의 프로그램이 청취자의 신체는 물론, 청취자와 함께 생활하는 사람들의 일상생활에 커다란 영향을 미쳤다. 야나기타 구니오[柳田國男][36]는 '라디오가 확립한 강연시간의 단위를 보통 30분으로 정한 것은 일본에서 상당히 큰 혁명'이었다고 술회하면서 방송이 전파했던 시간문법에 대해 그 사회적 침투를 평가하고 있다.[37]

방송해야만 하는 앎[知], 방송해서는 안 되는 앎

방송국은 교양프로그램을 계획하고 작성하는 과정에서 제작과 편성이라는 두 가지 중요한 개념을 확립했다. 새로 등장한 방송의 시간문법은 동시대 청취자의 일상생활에 깊숙이 침투해갔지만, 방송의 형식만큼이나 중요한 것이 방송의 내용, 말하자면 '방송해야 할 앎[知]'의 창출이다. 즉 '방송해야만 할 정보'가 항상 존재해서 그것을 전송했던 것이 아

36 【역주】 야나기타 구니오(1875~1962) : 일본의 민속학자. '일본인이란 무엇인가'라는 물음을 추구하여 일본열도 각지 및 일본의 점령지를 여행했다. 일본민속학의 개척자로서 그의 저서는 오늘날까지 널리 읽힌다.

37 「조사시보(調査時報)」 4월호, 1932, 6면. 구로다 이사무나 다케야마 아키코[竹山昭子]의 「라디오 체조」 및 시보에 관한 연구는 라디오가 1930년대 일본의 시간의식을 크게 변용시킨 구체적인 과정을 명확히 분석해내고 있다. 다케야마 아키코, 「쇼와 초기 라디오보급 과정의 청취자 III」, 『릿쇼대학 단기대학부 기요』 18호, 1986; 구로다 이사무, 앞의 책 참조.

니라, 방송의 발생과 더불어 방송해야만 하는 뉴스나 교양을 창출해낸 것이다. 그 당시 도대체 전국으로 방송해야 할 앎은 무엇이었을까. 무엇을 방송의 앎으로 상정하고 발신했으며, 방송해서는 안 될 앎으로는 무엇을 배제하거나 누락했던 것일까.

교양프로그램을 제작하고 편성하여 방송하는, 이른바 '방송하는 행위'는 이미 어딘가에 존재하는 교양을 대량으로 복제하여 뿌리는 일일 뿐 아니라 방송국이 자율적으로 '방송해야만 할 교양'을 만들어내고 그것을 전국으로 침투시키는 일었다. 그러한 교양을 둘러싼 시행착오의 과정에서 '영어강좌'나 '어린이 시간', '부인강좌'라는 초기 연속강좌프로그램이 만들어졌다.

특히 영어강좌는 초대 방송부장이었던 핫토리 요시오[服部愿夫]가 총괄 제작하고 프로그램 강사 선정부터 출연 교섭, 교재 작성까지 깊이 관여했다. 이미 살펴본 2개의 표에서도 분명하게 드러나듯 '영어강좌'는 방송 초년도의 평일 방송 시간 분량 중에서도 가장 긴 시간을 차지했고, 다음 해에 이루어진 체신성의 조사에서는 청취자가 주로 듣는 프로그램 중 상위에 올랐다.

다음 장에서는 '영어강좌'의 프로그램 내용을 분석하고자 한다. 그것은 '프로그램 텍스트'의 성공으로 잘 알 수 있듯, 초기의 방송 사업이 '영어강좌'를 통하여 제작과 편성을 실험한 결과 교양프로그램 전체에 활용할 수 있는 몇몇 눈에 띄는 성과를 올렸다. 교양을 발견해낸 방송이 서서히 스스로의 윤곽을 드러내고 부상해간 과정에서 '영어강좌'는 중요한 실험장이었다.

제1장

최초의 '영어강좌'

라디오 도매상으로 유명했던 도미큐[富久]상회의 '샌더 수신기' 광고. 전지가 아니라 전등기로 작동하는 진공관식 라디오가 48엔이었는데, 당시로서는 파격적인 싼값이었다.(『도쿄아사히신문』, 1928.11.16)

드디어 본방송을 시작하고 나서 1주일이 지난 1925년 7월 20일, 도쿄 방송국은 오카쿠라 요시사부로를 강사로 초빙한 새 프로그램 '영어강좌'를 개시했다. 이 '영어강좌' 방송은 1941년 12월 8일 진주만 공격이 이루어진 날 아침까지 계속되었고, 태평양전쟁으로 인해 3년 8개월 만에 '중단'되었다가 패전하고 한 달 뒤부터 '그 전과' 똑같은 타이틀에 똑같은 강사를 붙여 재개했다.

'영어강좌'라는 프로그램 명칭을 그대로 이어받은 강좌는 얼마 되지 않아 없어졌지만, 방송교재는 오늘날에도 전국에서 '영어강좌'라는 타이틀을 붙여 발매하고 있다. 이른바 영어강좌 시리즈는 일본의 방송과 맞먹는 역사를 지닌 프로그램일 것이다.

그러나 1925년의 '영어강좌'와 오늘날의 '영어강좌'가 똑같은 '영어'를 발신하고 있는 것일까? 그렇지 않다. 프로그램 명칭과는 대조적으로 당시는 꽤 이질적인 '영어'를 발신하고 있었다. 그러면 처음에는 어떤 '영어'가 방송을 탔던 것일까.

본 장에서는 최초의 영어강좌 시리즈인 '영어강좌'와 '영문학강좌' 두 프로그램을 분석하면서 초기의 '방송'이 부딪힌 '영어'가 어떤 것이었는지 생각하고자 한다. 특히 오카쿠라 텐신의 동생인 오카쿠라 요시사부로가 벌인 활동과 그가 구사한 '영문학'이라는 '영어'에 주의를 기울이고자 한다.

1. 도쿄고등사범학교의 영어교육자들

실험방송으로서의 '영어강좌'

첫해의 '영어강좌'는 여름방학에 들어간 중학생을 주요 대상으로 한 여름학기 한정의 특별방송이었다. 최초의 '영어강좌'는 1년 내내 방송하는 일상적인 연속프로그램이 아니었다.

1925년 7월 20일부터 시작한 이 강좌는 8월 29일까지 월요일부터 토요일까지 매일 오전 8시부터 30분 동안 방송했다. 강사는 번갈아 담당했는데, 첫날을 장식한 오카쿠라 요시사부로 외에도 후쿠하라 린타로[福原麟太郎]나 아오키 쓰네오[青木常雄] 등 저명한 영어교육자가 마이크 앞에 섰다.

첫 영어강좌는 예정대로 방송기간을 종료했지만, 같은 해 부자연스러운 시점인 9월 21일에 다시 방송을 시작했다. 다음 해부터 영어강좌는 중학교의 학기제에 따라 3학기제를 단위로 안정적으로 방송했는데, 첫해의 영어강좌는 2년째 이후와 비교할 때 강사진도 방송시간도 일정하지 않았다.[1]

예를 들어 여름학기에는 오전 8시부터 30분 동안 방송했지만, 9월부터 열린 제2기에는 저녁 6시부터 40분, 다음 해 1월부터는 저녁 6시 30분부터 40분 등으로 방송시간이 제각각이었다. 강사도 번갈아 담당하여 7월 20일부터 다음 해 2월 말까지 7개월 동안 강사 수가 도합 25명이나 되었다.

1 1925년도 제2기 영어강좌는 9월 21일부터 12월 14일까지였고, 나아가 다음 해 1월 18일부터 2월 27일까지 제3기 영어강좌를 방송했다.

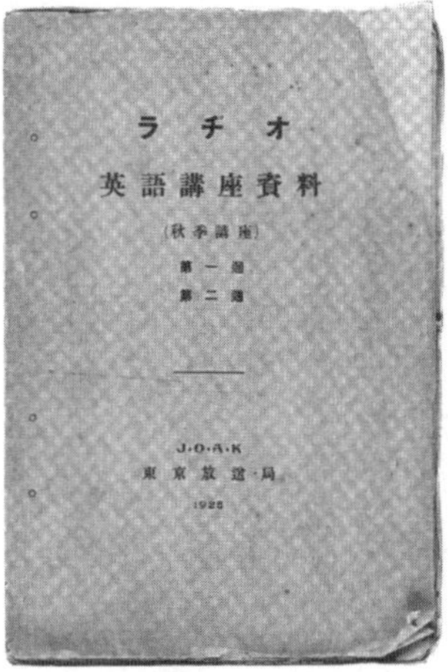

1925년의 프로그램 텍스트
(이것은 추계강좌 때 것으로 현존하는 자료 중 가장 오래된 것이다).

첫해 강사진 가운데는 영어교육이 전문이 아닌 학자의 이름도 몇 명 보인다(예를 들어 도쿄고등사범학교에서 국어학 교수를 역임한 진보 가쿠[神保格] 같은 사람을 들 수 있다). 특히 제2기와 제3기 강사진에는 영어교육자 말고도 본업이 작가나 신문기자인 사람도 다수 있었고, 2년째 이후부터 열린 영어강좌 시리즈에는 이전에 초빙 받지 않은 '강사'들로 구성되었다. 첫해에 이렇게 고충을 겪은 것으로 볼 때 영어강좌가 단발적인 실험방송으로 출발했음을 알 수 있다.

교양방송의 기초를 쌓은 네 가지 특징

도쿄방송국의 첫해에는 영어강좌 말고도 '에스페란토 강좌'나 '독일어 강좌' 등 몇몇 어학강좌가 있었다. 그러나 영어강좌만 단발로 끝나지 않고 연속강좌로 자리를 잡았다. 그 이유는 강사들도 방송국도 영어강좌를 실제로 방송해보고 나서야 그 가치를 알게 되었기 때문이 아닐까 한다.

물론 청취자로부터 예상 이상의 호평을 받았다는 점도 지나칠 수 없겠지만, 여기에서는 영어강좌가 처음 실시한 실험이 제대로 기능하여 이후 교양방송의 기초를 다졌다는 점에 주의를 기울이고 싶다. 특히 그중에서도 네 가지를 거론해볼 만하다.

첫째, 영어강좌는 방송 내용에 맞추어 '방송 텍스트'를 처음으로 제작하여 사전에 판매했다. 텍스트를 읽으면서 방송을 들으며 학습한다는 획기적인 방송 스타일을 낳았던 것이다. 이는 선구적인 라디오방송의 등장일 뿐 아니라 당시 방송국이 모범으로 삼았던 영국 BBC보다도 앞선 것이었다.[2]

둘째, 영어강좌는 2년째부터 초등과와 중등과로 레벨을 나누어 초등과에서는 펜 잡는 법, 알파벳(대문자, 소문자) 쓰는 법에서 문형의 설명까지 영어의 기초를 가르쳤고, 중등과에서는 초등과의 후반기에 배운 영문법의 응용과 영문독해를 가르쳤다. 이러한 레벨 나누기는 독자적인 기준을 적용한 것으로 당시 학교교육 시스템과 별 연관이 없었다. 즉 영어강좌는 학교교육과 마찬가지로 3기제로 방송했음에도 학교 수업의 보충을 위한 라디오방송은 아니었다.

영어강좌는 학생만 대상으로 한 교육방송(Edeucational Program)이 아니라 방송 첫날 고토

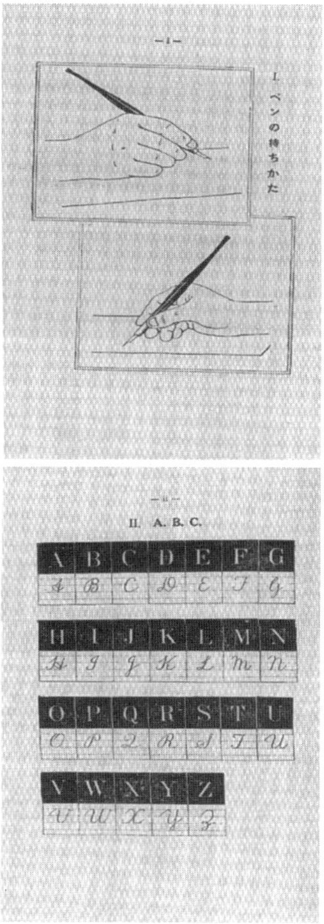

텍스트의 1면과 2면(1931).
오카쿠라의 '영어강좌'는 제목 그대로 영어를 가르쳤다.

2 방송 텍스트의 사례를 보면 영국 BBC가 1925년에 요리방송에 관련된 방송 텍스트를 발행했다고 D. L. LeMahieu가 지적한 바 있다. 하지만 필자가 BBC Written Archive에서 확인해본 바, 그것은 방송이 끝난 뒤에 강의내용을 정리하여 발행한 교재여서 도쿄방송국이 1925년에 발행한 영어강좌 방송 텍스트와는 목적도 사용방법도 다르다. 현존하는 자료를 통해 알 수 있는 BBC의 방송교재로서 가장 오래 된 것은 1926년 9월에 낸 *Musical Transmissions To Schools : Melody Book No.1*이다. BBC보다 일찍 도쿄방송국이 방송과 관련한 방송교재라는 획기적인 수법을 생각해낸 경위에 대해서는 조사 중이다.

신페 총재가 연설에서 언급한 바 있는 '사회교육의 기회균등'을 지향하는 교양방송(Cultural Program)이었다. 나아가 햇수가 더할수록 영어강좌 텍스트는 두꺼워져서 펜 잡는 방법이나 발음기호 읽는 법부터 긴 영문 독해에 이르기까지 일관하여 가르치는 프로그램으로 정비되어간다. 어떤 의미에서 초기 영어강좌는 학교교육에 기대지 않고 학교에서 영어를 배운 적 없는 사람도 말 그대로 하나부터 차근차근 영어를 배울 수 있도록 짜여 있었다.

셋째, 영어강좌는 2년째부터 1년 동안의 방송시간과 방송기간을 안정적으로 운영했다. 방송시간은 저녁 6시 30분부터 30분 동안이었고, 방송기간도 학기제에 거의 맞추어 3기제를 채용했다. 정시에 시작해서 정시에 끝나는 방송시간과 3기제라는 방송기간은 방송 스케줄을 고양이 눈처럼 이리저리 굴리며 바꾸던 초기 라디오방송으로서는 드문 경우였고, 다른 교양방송은 말할 것도 없고 방송의 프로그램 편성에도 영향을 미쳤다. 영어방송은 라디오방송의 대표로서 매일 정해진 시간에 시작하여 정해진 시간에 마쳤다.

저녁 6시 30분이라는 방송시간은 공장 같은 시설이 멈추어 전파가 멀리까지 닿을 수 있었고, 많은 사람들이 귀가하여 집에 있는 시간이었기에 가장 높은 청취율을 기대할 수 있는 귀중한 시간대였다. 이로써 영어강좌에 거는 방송국의 기대가 컸음을 알 수 있을 것이다. 방송시간의 정착이란 방송국뿐 아니라 청취자에게도 중요한 계기를 제공한다. 연속강좌로서 영어강좌는 단발적인 방송만으로는 불가능한 '일상적인 청취' 습관을 가능하게 한 조건이기도 했다.

넷째, 강사의 선정과 고정을 들 수 있다. 2년째 이후 영어강좌의 초등과는 강사 한 사람이 1년을 통틀어 담당했다. 이로써 다수의 강사가 번갈아 강의하던 초년도보다 방송 내용에 연속성이 생기고 강의방법이나 방송교재도 일정하게 되었다. 특히 강사가 영어교육계에서 권위가 있는 경우, 영어강좌는 라디오전파를 통해 영어교육의 모범을 발신하여 각지의 영어교육자들을 재교육하는 기회도 되었다.

영어강좌 초등과 강사를 첫해부터 10년 이상 담당하여 영어강좌 시리즈의 기초를 세운 사람이 오카쿠라 요시사부로라는 영어학자다. 오카쿠라와 그의 제자들을 고정 강사로 채용함으로써 영어강좌는 초기의 교양방송 중에서도 높은 수준을 자랑하는 연속방송으로서 안정적으로 제작되었고, 그 결과 초기 방송에서 중요한 자리를 차지했다.

영어교육계의 권위

오카쿠라 요시사부로는 오카쿠라 텐신의 여섯 살 아래 동생으로 1868년에 태어난 영어학자다. 그는 도쿄방송국이 라디오방송을 개시한 1925년 3월에 도쿄고등사범학교의 영어과 주임교수를 그만두고 릿교立教대학으로 자리를 옮겼는데, 그와 동시에 라디오방송 영어강좌의 강사직을 수락했다.

도쿄고등사범학교는 1872년에 창립한 사범학교에 기원을 두는 것에서 알 수 있듯 최고의 교원양성학교였다. 그것은 근대일본의 국가교육을 담당할 주체를 육성하고 전국 각지의 교육기관에 분배하여 앎의 규격통일을 꾀하는 거대한 집약점이었다. 또 도쿄고등사범학교는 '교원을

도쿄고등사범학교(및 도쿄문리과대학)의 정문(문리대 · 도쿄고등사범, 『창립 70주년』, 1941)

양성하는' 전문대학이었기 때문에 도쿄제국대학이나 교토제국대학 같은 종합대학과는 다른 지평에 존재했다. 그것은 일본 각지의 학교교원을 공급할 뿐 아니라 센다이나 나가노 같은 다른 사범학교의 교원까지 배출하는 기관이자 근대일본의 교육을 통괄하는 최고 권위였던 것이다.[3]

이러한 도쿄고등사범학교의 영어과 주임교수가 아직 아무 것도 모르는 신규 사업의 방송국 프로그램 진행을 수락했다는 것은 방송 측에서 볼 때 커다란 행운이었다. 영어교육계의 권위가 따라붙어준 만큼 도쿄고등사범학교의 영어과 인맥을 통해 강사를 모을 수 있으리라 기대했기 때문이다. 더욱이 2년째부터 오카쿠라 요시사부로가 혼자서 초등과 강사를

3 도쿄고등사범학교 편, 『도쿄고등사범학교 연혁약지』, 1911; 도쿄문리과대학 · 도쿄고등사범학교 편, 『창립 70주년』, 培風館, 1941.

담당하여 영어강좌의 질과 신뢰성을 인정받는다.

물론 방송국은 그가 지닌 여러 사회적 가치를 충분히 인식하고 있었다. 도쿄방송국은 그를 단지 강사에 머무르지 않고 어학강좌를 총괄하는 어학부 고문으로 영입하여 영어강좌를 비롯한 영어강좌 시리즈 전반을 지도하도록 했고, 나중에 신설한 독어, 불어 등 어학방송의 강사 선임도 맡겼다.[4]

제작현장을 지휘하는 방송부장 핫토리 요시오[服部愿夫]는 영어강좌 제작을 스스로 총괄하고 오카쿠라 요시사부로의 출강 교섭에도 직접 나섰다. 핫토리 이후의 방송국원도 영어강좌의 성공을 위해 상당히 준비 작업에 힘을 기울였다. 앞에서 말했듯이 방송국은 영어강좌의 내용에 맞춘 독자적인 텍스트를 제작하여 구입희망자에게 우편으로 판매했다. 이는 신문사에서 습득한 활자미디어의 구성기술과 인쇄소 쪽의 인맥을 갖춘 핫토리다운 미디어혼합의 실천이었다. 영어강좌는 사전에 방송 텍스트를 만들어 판매한다는 수고스러운 방송 형식을 실로 방송 첫날부터 실행했던 것이다.

요요주쿠

나아가 『도쿄아사히신문』이나 『일간라디오신문』 등에 몇 번이나 방송교재의 판매와 영어강좌의 방송개시를 알리는 신문광고를 냈다. 당시

4 오카쿠라는 1934년에 방송협회 안에 설치한 방송용어 및 발음개선조사위원회의 책임위원을 맡는다. 이 위원회의 상세한 활동에 대해서는 제7장에서 서술하였다.

오카쿠라가 이끄는 동인 요요주쿠가 발행한 잡지 『망양』의 표지. 형 오카쿠라 텐신의 『차의 책』을 처음 일본어로 번역한 것을 연재했다. (실천여자대학 소장)

방송국이 하나의 방송프로그램을 선전하기 위해 신문광고를 내는 일은 이례적이었다. 당초에는 기간 한정의 단발적인 방송으로 계획했다고는 하나, 방송내용도 방송시간도 불안정하여 늘 방송예정을 변경하기 일쑤였던 초기 방송국 사정을 감안하면, 영어강좌는 꽤 일찍부터 계획과 제작에 착수한 대단한 실험작이었음을 알 수 있다.

영어강좌의 탄생을 맞이하여 이만저만한 노력을 기울이지 않았던 것은 방송국만은 아니다. 애초에 영어강좌를 기획한 것은 방송국이었지만 개국한 지 얼마 안 된 그들에게 전문성이 높은 어학방송을 맨땅에서 제작할 능력이 있었을 리 만무하다. 결국 영어강좌의 방송교재를 실제로 제작하고 강의를 맡았던 것은 오카쿠라 요시사부로가 주재한 요요주쿠[洋々塾]의 동인들이었다. 요요주쿠는 오카쿠라 이외에도 후쿠하라 린타로, 테라니시 다케오[寺西武夫], 무라오카 히로시[村岡博], 다케이 료키치[武井亮吉], 시미즈 시게루[清水繁] 같은 도쿄고등사범대학의 영어과와 관계 있는 영어학자들이 모인 작은 동아리였다. 요요주쿠는 『망양(亡羊)』이라는 잡지를 2년 동안 낸 적이 있는데, 후쿠하라 린타로에 따르면 "현재

NHK에 해당하는 도쿄중앙방송국의 영어강좌를 도우면서 매달 200엔씩 월급을 받은 것으로 비용을 충당하여 잡지를 제작했다"고 한다.[5]

요요주쿠는 초기 방송에서 오늘날의 제작회사와 같은 역할을 수행했다. 방송국은 오카쿠라 요시사부로를 어학강좌의 고문에 앉힘으로써 도쿄고등사범학교의 영어과 교수진을 그대로 영어강사로 모실 수 있었다. 잘 들여다보면 2년째 이후 영어강좌에 관계한 강사 대부분이 도쿄 부내의 중학교나 고등학교, 대학에서 영어를 가르친 현직 영어교사이자 도쿄고등사범학교 영어과와 관계있는 오카쿠라 요시사부로의 인맥이다.

이리하여 도쿄고등사범학교 영어과 교원이라는 호화 강사진에 방송교재의 첫 제작, 연일방송 같은 선구적인 형식을 통해 영어강좌는 요란하게 닻을 올렸다. 그러면 그곳에서는 어떤 '영어'를 발신하고 있었던 것일까.

2. '영문학'이라는 보편교양

'영어강좌'와 '영문학강좌'의 관계

첫해의 영어강좌는 1926년 2월 27일에 방송을 종료했다. 그로부터 1주일도 지나지 않은 3월 5일부터 3월 26일까지 영문학강좌라는 다른 영

5 후쿠하라 린타로, 「『망양』에 대하여」, 『일본방송사』 상, 1965, 86면.

1926년 영문학강좌의 텍스트

어강좌를 매일 방송했다.

영문학강좌야말로 명칭은 다르지만 영어강좌와 같이 저녁 6시 30분부터 방송했고 강사도 오카쿠라 요시사부로 외에 사이토 다케시[齋藤勇], 도가와 슈코쓰[戶川秋骨], 진보 가쿠 등 요요주쿠의 동인이 담당했으므로 영문학강좌 역시 영어강좌와 마찬가지로 영어강좌 시리즈의 하나였음을 알 수 있다.

왜 초기의 영어강좌 시리즈는 영문학 감상 프로그램을 내보냈을까. 분명 영어강좌의 방송기간(약 10개월)에 비하면 1개월도 채 못 되는 영문학강좌는 방송국 입장에서 볼 때 중요한 프로그램이 아니었을지 모른다. 하지만 오카쿠라 그룹의 영어교육자들이 보기에는 영어강좌와 영문학강좌는 떼려야 뗄 수 없는 프로그램이었다. 영문학강좌는 오카쿠라 그룹의 강사진이 지닌 영어사상을 가장 짙게 반영했기 때문이다.

우선 영어강좌와 영문학강좌의 관계, 즉 양자의 역할분담에 대해 살펴보자. 영어강좌는 영문독해 능력을 양성하는 것이 목적이므로 영어 문법의 용례와 해설을 주로 강의했고, 영어강좌를 이어 시작한 영문학강좌에서는 영어강좌에서 배운 기초 영어능력을 응용하여 영문학을 감상하는 것이 주목적이었다.[6]

6 방송 텍스트는 NHK방송박물관의 도서실에 보존되어 있지만, 모든 방송 텍스트가 남아 있는 것은 아니다. 방송 텍스트와 방송 형식에 대해서는 일본방송협회의 직원이었던 고이즈미 에이키[小泉榮喜] 씨와 조선방송협회 직원이었던 유병은(兪炳殷) 씨가 제공해준 자료와 인터뷰에 따른 것이다.

이러한 영문법의 습득과 영문학의 감상이라는 역할분담은 방송교재에도 분명히 나타나 있다. 영어강좌의 텍스트는 영문법의 해설이나 관용구의 예문 등 영어를 일본어로 설명하는 형식으로 구성한 데 비해, 영문학강좌 텍스트에는 문법의 해설이나 일본어 설명은 일체 없이 다만 몇 페이지에 걸쳐 영문만 인쇄되어 있을 뿐이었다. 이 영문을 '읽어 내려간' 것이 영문학강좌였다.[7] 펜 잡는 법부터 시작하는 영어강좌와 비교하면 놀랄 만큼 격이 높은 교양프로그램이었다.

규범으로서의 '영국 고전문학'

영문학강좌 텍스트에 실린 영문은 현재 영어권에서 사용하는 영어 문장과 거의 닮지 않았을 정도로 장식적이고 난해한 문체로 쓰여 있다. 한 문장이 대단히 길고, 관계사와 도치법이 이중 삼중으로 겹쳐 있고, 운을 맞춘 형용사와 부사를 과잉 사용하고 있다. 영문학강좌의 영문은 단순한 영어로 쓰인 문장이라기보다는 난해한 '영국 고전문학'이었다.

이를테면 첫해의 텍스트에는 도쿄제대의 영어연구실 조교수인 사토 다케시가 '일본의 영시인 두 사람'이라는 해설문을 통해 랄프 호지슨(Ralph Hodgson)[8]과 에드먼드 브란덴이라는 두 영국 시인의 인물과 작품을 설명

---

7 우사미 쇼조[宇佐美昇三], 「영어교육개략사」, 『NHK방송문화연구연보』 25집, 1980, 339~426면 참조. 본 장의 영어강좌 방송시간과 방송 종목 및 강사에 대해서는 우사미 쇼조의 정보를 기초로 매 해의 『프로그램 확정표』와 『라디오 연감』 및 『요미우리신문』과 『일간라디오신문』의 정보에 의해 수정한 것을 사용했다.

8 【역주】 랄프 호지슨(1871~1962) : 자연에 대한 사랑과 자연에서 점차 소외되어가는 현대인을 노래한 신비주의적인 간결한 시로 유명하다. 일본의 센다이대학에서 영국문학을 가르치

하고 있다. 게다가 사이토의 해설에 이어 몇 페이지에 걸쳐 두 사람의 작품에서 인용한 긴 영어문장을 원문 그대로 게재해놓은 것은 압권이라 할 만하다.

그 가운데 영국의 전원풍경을 읊은 랄프 호지슨의 시를 방송 텍스트에서 인용해보자.

I know a Place of Summer Doves,
Rapt Lizards in its alleys lie,
And mostly there a linnet loves
To mend a wanting melody.

—"To Deck a Woman"[9]

여기에는 일본어 해설이라고는 한 줄도 찾아볼 수 없고, 오카쿠라의 영어강좌를 듣는다고 읽을 수 있다고 하기에는 난해한 영문이 줄지어 있다. 같은 해 텍스트에 수록된 영시의 작자인 랄프 호지슨과 에드먼드 브란덴은 당시 일본정부가 제국대학에 초빙했던 영국시인이었다. 두 사람 다 나중에 왕립문학협회에서 '여왕금비(Queens's Gold Medal for Poetry)'를 수

다가(1924~1938), 은퇴하여 미국의 오하이오로 이주했다. 대표작 「황소(The Bull)」로 명성을 얻었으며, 그 밖에도 「최후의 찌르레기와 다른 시들(The Last Blackbird and Other Lines)」(1907), 「전야(Eve)」(1913), 「시집(Poems)」(1917), 「종달새와 다른 시들(The Skylark and Other Poems)」(1958), 「시선집(Collected Poems)」(1961) 등이 있다.

9 방송 텍스트 「라디오 영문학 강좌」, 일본방송협회, 1926, 4면. 러스킨 풍의 단순한 구조에 암유와 운이 풍부한 이 전원시를 번역하는 것은 영문학에 정통하지 못한 필자의 능력을 넘어서는 일이지만, 문면 그대로 번역하면 다음과 같다. "여름 비둘기들이 쉬어가고 / 꿈꾸는 마음의 도마뱀들이 좁은 길을 지나다니고 / 그리고 언제나 아마빛 새가 어설픈 조사로 채우고자 하는 땅을 / 나는 알고 있다."

여받은, 이른바 영국의 '양식'을 대표하는 시인이다. 그해 이후에 낸 영문학강좌의 텍스트에 실린 영어문장도 첫해와 마찬가지로 빅토리아 왕조의 격조 높은 영문학에서 뽑은 것뿐이었다. 영어강사들은 D. H. 로렌스는 말할 것도 없고 전통을 중시한 비평가 T. S. 엘리엇 같은 동시대의 영문학은 소개하지 않았다. 또한 그들이 말하는 영문학에는 미국문학이 들어가지 않는다.

오카구카 그룹 같은 일본의 영어교육자가 '배워야 할 / 방출해야 할 영어'라고 생각한 것은 동시대 영국인과 교류하기 위한 작문기법이나 회화표현이 아니라 영문학 ― 그것도 영어로 쓰였다고 다 괜찮은 게 아니라 고도의 사회규범으로 기능하는 '고전영문학'이었다. 그들이 이상으로 삼은 영문학은 단지 브리튼 제도의 언어로 쓴 이야기 일반이 아니라 보편적 규범으로서의 '고전(The Classics)'이자 가장 일찍 근대화를 달성한 대영제국 빅토리아왕조의 영문학(The English Literature)이었다.

'영문학'이라는 이데올로기

일찍이 레이먼드 윌리엄즈는 영문학의 개념 자체가 특정한 시대와 사회문맥에 뿌리내린 규범적 개념으로 성립했을 뿐 아니라 고밀도의 이데올로기성을 내포하면서 교환되어간 과정을 문제화하여 드러냈다. 레이먼드 윌리엄즈는 "culture라는 말의 변용은 사회적, 경제적, 정치적 생활에서 벌어진 여러 변화에 대한 중요하고도 지속적인 반응의 기록이며, 그렇기 때문에 이를 거슬러 올라가면 다양한 변화의 본질을 고찰할 수 있는 특별한 안내지도"라고 말했다.

그에 따르면 culture는 빅토리아 왕조시대 때 '문학'을 읽는 주체인 '신사(gentlemen)'에게 필수적인 '교양(civility)'이라는 함의와 연관되기 시작한다.[10] 흥미롭게도 culture라는 영어 단어는 일본어 번역으로 문화이면서 교양이 되기도 한다.

'교양'의 개념은 프랑스혁명 이후의 민주주의와 산업혁명 이후의 제국주의라는 두 가지 근대원리가 독자적인 방식으로 합류한 빅토리아왕조시대의 대영제국에서 크게 발달했다. 그것은 레이먼드 윌리엄즈가 지적했듯이 18세기 중엽부터 19세기 말에 영국이 경험한 사회계층의 유동화, 특히 신흥 상공업부르주아가 주체가 된 '중류계급'이라는 새로운 사회계층이 출현하면서 고안된 고도로 사회적인 규범이다.

이 시대에 대영제국에 나타난 중류계급은 본래 하층계급 출신이 많았다. 그러나 활발한 상공업활동으로 급속하게 부를 축적하는 데 성공한 까닭에 상류계급보다 풍부한 재산을 가진 자도 드물지 않았고, 때로는 귀족에게 돈을 빌려주는 하층계급조차 출현했다.

문학연구자인 테리 이글튼에 따르면, 이러한 사회구조 자체를 전복시키는 사회규범의 유동화에 맞닥뜨린 귀족계급은 "공리를 중시하는 중산계급을 '고전화하는' 것, 즉 교양을 몸에 익히게 함"으로써 스스로의 지위를 보증하는 사회구조의 재안정화를 꾀했다고 한다. 이른바 "귀족계급이 습득했던 전통적인 스타일을 중산계급이 취하도록" 유도함으로써 신흥부르주아의 폭주를 미연에 방지하기 위해서였다.[11]

10 Raymond Williams, *Culture and Society : 1780～1950,* Penguin Books, 1966, Part 3의 논의를 참고하라.

'교양을 익히게 하는 수단' 중에서도 영문학은 가장 유력한 후보였다.

빅토리아왕조 시대에는 이미 힘을 잃어버린 '종교'를 대신하여 사회규범으로서 역할을 떠맡은 영문학에 대해 "보편적인 인간적 가치관을 다루면서 내란이나 여성차별, 영국농민의 착취 같은 하찮은 역사적 사실에 얽매이지 않을" 것을 기대했다. 영문학은 등장인물을 통해 이상적인 생활습관이나 도덕관을 연출하여 사람들의 욕망에 호소하여 억지로 강요하지 않고도 주체적으로 그것을 수용하게 했다. "서서히 힘을 기르는 중이었지만 아직 정신적으로 미숙한 중산계급이 지배계급인 귀족과 조화를 이룰 필요가 대두한 시점에 영문학은 예의가 까다로운 사교장의 예법, '적정한' 취미를 본뜬 습관, 공통의 문화규범 등을 국민에게 보급시키는 최적의 수단"으로서 기능했다. 영문학을 부정하거나 비판하는 자는 '뭘 모르는 놈'이나 '교양 없는 자식'으로 배척했다.

교양이 작동시킨 규범화의 힘은 반드시 지배계급이 일방적으로 피지배계급을 강요하여 달성된 것은 아니다. 오히려 문학이나 문화, 교양에 의한 규범화의 메커니즘은 강제나 지도라는 원리로 작동하는 전근대적 권력보다 자주성이나 주체성 같은 원리로 작동하는 근대적인 권력에 더 친근하다. 셰익스피어를 학교에서 '무리하게 읽게' 한들 교양이 될 리 없지만, 스스로 호기심을 품고 읽었다면 그것은 교양이 된다.

또한 주체적인 호기심의 대상이 셰익스피어나 교양이 아닌 포르노그래피나 대중소설이라면, 아무리 주체적이고 자주적으로 읽는다고 교양을 익히게 될 리 없다. 나아가 식민지 작가가 실존적인 물음을 파고든

11 테리 이글튼, 大橋洋一 역, 『문학이란 무엇인가』(제2판), 이와나미서점, 1997, 29~83면.

문학작품을 아무리 열심히 읽어도(영어로 쓴 문학이라고 해도!) 그것이 공식 문학이 아닌 이상 교양이 될 리도 없다.

'신사' 혹은 '숙녀'의 자기규율

이리하여 영문학에서 이상적인 '교양(대문자 Culture)'을 흡수한 피지배 계급 사람들은 주체적이고 자율적으로 사회규범을 준수하는 '신사(Gentleman)' 혹은 '숙녀(Lady)'로 스스로를 규율 = 훈육했으며, 음전한 미덕과 형식적인 생활양식이 특징인 빅토리아왕조의 주체상에 도달하기 위해 안간힘을 쓰고 있었다. 그들 빅토리아왕조의 부르주아가 열광적으로 추구했던, 이상할 정도로 엄격한 행동규범은 옛날부터 유명하다.

더욱이 피지배계급의 사람들은 지배계급과 지식인이 인정한 교양을 지킬 뿐 아니라 스스로 교양의 규범성을 세분화하고 변환시켜 영원하고도 엄격한 계급적 차이를 창출했다. 그렇다면 귀족인 지배계급은 영문학을 일체 읽지 않았고 그 제자들은 기숙사 학교에서 라틴어를 읽는 한편, 영문학의 작가나 독자는 실제로 중류계급으로 구성되어 있었던 것은 아닐까. 영문학의 독자에는 식민지의 지배계급이나 외국 유학생도 들어간다.

> 영문학은 문자 그대로 '가난뱅이의 고전'이 되었다. ― 즉 퍼블릭 스쿨이나 옥스퍼드, 케임브리지대학 같은 성역에 들어가는 것을 허락받지 못한 계층에게 교양교육을 값싸게 제공할 수 있는 수단이었다 ― 이글튼.[12]

1900년에 영국에 파견된 일본인 유학생 나쓰메 긴노스케[夏目金之助]도 케임브리지대학에서 영문학 강좌를 찾아내지 못하여 런던대학이라는 대중적인 신흥대학에서 영문학을 배웠다. 런던의 나쓰메 소세키가 자전거를 타고 놀러간 곳 중에는 문부성에서 파견한 오카쿠라 요시사부로의 하숙도 있었다. 나중에 라디오에서 영문학강좌를 강의한 오카쿠라도 나쓰메와 같은 시기에 런던대학에서 영문학과 만났던 것이다. 영문학과 조우한 두 사람의 인생을 비교하면 아주 흥미로운 점이 나타나는데 여기에 대해서는 다음 장에서 자세히 살펴보기로 하고, 우선 초기방송의 영문학강좌 이야기로 돌아가도록 하겠다.

영문학이 내포하는 교양화의 기능을 알고 있었던 일본의 영어교육자들은 첫해부터 영문학강좌에 호지슨과 브란덴이라는 두 영국 시인의 문장을 텍스트로 사용했다. 나아가 2년째 영문학 강좌 방송교재에는 로버트 베이든파월(Robert Baden-Powell)[13] 장군의 『보이스카우트의 우애(*The Brotherhood of Boy Scouts*)』를 채용했다. 물론 이 작품은 오카쿠라 요시사부로가 담당한 영어강좌 초등과의 문법지식으로 읽는다는 것은 어림도 없었다. 베이든파월 장군은 근대서양 제국주의가 처음으로 좌절을 맛본 보어전쟁을 지휘한 영국제국 육군 장교였는데, 이 글은 1902년 그가 보이스카우트를 설립했을 때 발표한 것이다.

확실히 이것은 직업군인이 쓴 선언문으로 협의의 영문학에는 들어가지 않는 텍스트일지도 모른다. 그러나 거기에 나타난 사상은 어떨까. 보

---

12 위의 책. 다만 여기에서 말하는 '가난뱅이'는 경제적 약자만 의미하는 것이 아니라 도리어 '귀족이 아닌 자'라는 넓은 의미로 쓰였다는 것은 이 책의 논점에서 볼 때 분명하다.

13 【역주】 로버트 베이든파월(1857～1941) : 영국의 군인이자 작가. 스카우트 운동의 창설자로 알려져 있다.

이스카우트의 설립은 식민지에 대한 영국제국의 고투에서 나왔다. 베이든파월 장군은 미래의 국민이 될 소년의 신체를 재차 단련하여 그들을 '제국의 선량한 공민으로 키우기' 위한 인격양성 단체를 창설하자고 주장했던 것이다.[14] 이른바 베이든파월의 보이스카우트 설립선언문은 영문학이 지향하는 신사상(Gentleman)과 비슷한 주체상을 신체 레벨에서 지향했던 것이다. 이러한 성격의 글을 교재로 선별하여 발신한 것이 바로 영문학강좌였다.

보편교양

그러나 왜 일본인이 영문학을 배워야 할까. 당연한 질문을 충분히 던지지 않은 채 초기 방송에 관여한 영어교육자들은 교실이라는 한정된 공간에서 영문학을 가르치고 그것을 라디오방송의 청취 공간 속으로 그대로 갖고 들어온 것일까.

그렇지 않다. 그들 영어교육자에게 영문학이란 단지 영국사회의 교양을 의미하는 것이 아니라 대영제국이라는 근대화의 선두주자가 이루어낸 보편교양을 의미했다. 영문학강좌의 강사이기도 한 사이토 다케시는 잡지 『영어청년』에 기고한 글에서 영문학을 배움으로써 사회구조의 재안정화를 꾀할 수 있고 산만한 대중을 재교육할 수 있다고 다음과 같이 주장한다.

14 「영어 하기강좌 중등과」 텍스트(1925년 6월 발행)의 해설문에서 인용했다. 이 해설문은 사가와 슌수이[佐川春水]가 썼다. 사가와에 대해서는 제4장에서 자세히 논할 것이다.

영국인의 사회사상은 가장 온건하며 참된 사유는 Soviet Russia가 아니라 영제국에 있다고 여겨진다. 영국의 자유사상을 환영하는 것은 극좌극우의 폐를 바로잡는 좋은 길일 것이다. (…중략…) 모던보이, 모던걸은 영미사상의 참된 정신을 알지 못하고 겉모습만을 흉내 내는 부랑자이므로, 영국풍의 참된 gentleman이나 lady가 어떤 것인지 알 수 있을 만큼 영어를 배우게 하면 그 수가 줄어들 것이다.[15]

참된 자유사상은 사회주의혁명을 이룩한 소비에트연방이 아니라 식민지주의와 근대공업화를 추진한 대영제국이라는 것, 따라서 영국의 자유정신을 바르게 배우면 향락적인 '대중'이 줄고 결국 참된 gentleman이나 lady가 늘어난다는 생각이다. 이는 사이토가 이 글에서 몇 번이나 강조하는 "엘리자베스왕조, 빅토리아왕조의 부강함이야말로 만인이 배워야 할 culture"라는 인식에 기초하고 있다.

사이토 다케시는 도쿄제국대학의 영어학 조교수이자 영어강좌 시리즈의 책임자인 오카쿠라 요시사부로와 친분 있는 영어학자 중 한 사람이었다. 사이토의 글에 나타난 사상은 사이토 혼자만의 것은 아니다. 다음 장에서 자세히 알 수 있듯이, 당시 일본의 영어교육자들 대다수가 보편교양으로서의 영문학을 믿고 있었다. 그들은 근대자본주의와 제국주의의 모순이 분출하여 빼도 박도 못하는 사회문제 때문에 괴로워하는 1880년대 이후 영국사회의 실상은 잘라버리고, 그 전에 확립한 이상적인 영문학의 교양화 기능만 신뢰했다.

15 사이토 다케시, 「중학교의 영어」, 『영어청년』, 1928년 10월 15일호.

일본의 영어교육자들은 페비안협회 등 20세기 초기 영국사회에서 무시할 수 없는 사회주의 조류나 헤밍웨이 등 미국문학의 지평을 바꾸어 놓은 '잃어버린 세대(The Lost Generation)'를 영어교육의 교재로 채택하는 일은 결코 없었다. 물론 동맥경화를 일으킨 빅토리안 이데올로기로부터 해방을 추구하여 섬세한 개인의 심리와 갈등을 묘사하고자 했던 동시대의 영문학(예를 들면 D. H. 로렌스의 작품)도 일본의 영어교육에서는 거의 존재하지 않는 것이나 마찬가지였다. 제국대학 같은 대학의 영문학 연구실이라면 이야기가 달라지지만. 처음부터 동시대에 나타난 새로운 영어의 사상이나 문학은 일본의 영어교육자들에게 영문학이 아니었던 것이다. 그들이 '배워야 할 / 방송해야 할 영어'로 인정한 영문학은 앞에서 보았듯이 한정적이고 자의적으로 선별한 영문학의 일부였을 뿐이다.

물론 일본의 영어교육자들이 영국인을 완전하게 모방하여 극동의 섬나라에서 빅토리아왕조의 gentleman을 대량으로 찍어내려고 했던 것은 아니다. 그들은 대영제국을 근대공업화의 모델로 간주하고 그 장소성은 뒤로 밀어내고 그 시대성만 앞에 내세움으로써 대영제국의 교양을 근대적 인격을 양성하는 보편교양으로서 적극적으로 읽어냈다. 다이쇼 말기의 영어교육자들은 보편적인 인간으로서 인격을 겸비한 일본인을 교육 모델로 설정하고, 이를 위한 가장 유효한 교양을 동시대에 가장 우세했던 대영제국의 영문학에서 구했던 것이다.

두 가지 의문

막 개국하여 방송이 나아갈 길을 모색 제작하고 있던 방송국은 영어강좌라는 높은 수준의 연속프로그램을 도쿄고등사범학교의 영어교육자들과 공동 제작함으로써 교양방송의 활로를 찾아냈다. 분명 오카쿠라 요시사부로 그룹에게 영어강좌를 맡긴 것은 방송국이다. 그러나 그들이 영어강좌와 짝을 맞추어 제작한 영문학강좌까지 방송국이 필요로 했을까, 또 영문학의 사상을 방송국이 공유했을까 하는 의문이 남는다(영문학에 대한 방송국의 자세가 확실히 밝혀지는 사건이 머지않아 벌어지게 된다).[16]

또 하나는 청취자가 오카쿠라 그룹의 영어관을 공유했는가 하는 의문이다. 이제까지의 분석을 보자면, 초기의 방송국과 영어교육자들의 행복한 만남을 통해 영어강좌 시리즈를 무대에 올리고 교양을 실현할 수 있었음을 알 수 있다. 한마디로 교양을 매개로 방송과 영어가 나란히 손을 잡았던 것이다. 개개인의 주체적인 자기훈육을 원리로 하는 사회통합 장치로서의 교양은 영어교육자들이 고양시킨 영문학의 특성이기도 하며 이제 막 첫걸음을 뗀 방송이 손에 넣고자 한 사회교육의 원동력이었다.

그러면 영어교육자와 방송국의 욕망과 기대가 훌륭하게 합치한 초기의 영어강좌 시리즈는 동시대 청취자에게 어떤 반응을 얻었을까.

---

16 2년째인 1926년에 영어강좌가 초등과와 중등과 두 단계로 나뉠 때, 영문학강좌는 중등과의 하기특별 프로그램으로서 '영어하기 강좌 중등과'로 이름을 바꾸었다. 방송시기는 7월 19일부터 8월 30일까지였다. 3년째인 1927년에는 '외국어 하기강좌 영어강좌 중등과'(7월 21일부터 8월 31일)를 방송한 다음, 같은 강사진에 의한 영문학강좌(9월 20일부터 9월 22일)을 방송했다.

3. 영어강좌에 대한 반응

'영어강좌'에 대한 비판

영어강좌 시리즈에 대한 동시대 청취자의 반응을 완전히 복원할 수는 없지만, 영어강좌에 대한 관심이 결코 저조하지 않았음을 나타내는 자료는 남아 있다. 일찍이 영어강좌를 시작하기 1주일 전에 비판과 지지를 표명하는 두 개의 투고기사가 『도쿄아사히신문』에 실렸다. 이 두 건의 투고에는 나중에(오늘날에도) 영어교육을 둘러싸고 끝없이 되풀이되는 비판과 지지의 논점이 선명하게 드러나 있으므로 자세히 살펴볼 필요가 있다.

1925년 7월 12일 『도쿄아사히신문』에 라디오방송 영어강좌를 비판한 투고문이 실렸다.[17] 영어방송이라는 제목의 이 기사는 라디오의 전자음을 흉내 낸 별명인 '푸루루루생(生)'의 투고를 신문사가 편집하여 게재한 것이다.

우선 푸루루루생은 "거리를 나서면 가로쓰기는 반드시 영어이고 철도청에서도 영어를 많이 쓰고 여중생이 배우는 외국어라면 영어라는 것이 통념"이라는 현상을 비판하고, "이래서야 일본은 마치 영국이나 미국의 속국이 아닌가"라고 한탄한다. "잘 사용하면 책보다 문명을 촉진하는 데 유용한" 라디오에서조차 "작금 신문에 〈JOKA, 영어방송〉이라는 광고가 엄청" 나오는 판국이니, "최신식 기계장치를 개발의 편자로 만들

17 『도쿄아사히신문』, 1925.7.12, 3면.

었음은 물론, 모처럼 만든 본방송도 값어치가 내려가는 것이 아닌가!" 하면서 분노한다.

나아가 그는 "원래 라디오만큼 보편성이 있는 것은 적다"고 하면서 "구름 속은 물론, 공장이든 귀족의 집이든 레스토랑, 노동주택, 교실에도 파고들었으므로", "이렇게 평등한 물건은 아마 없을 것이다. 그러므로 라디오에서 방송하는 것은 아무래도 다수를 위한 것이어야 한다"고 말하면서 라디오방송의 공공성을 강조한다. 이런 의견에 따라 투고자는 라디오의 공공성에 적절한 것은 "가장 보편성 있는 국제어"여야 하므로 영어가 아닌 에스페란토 방송을 해야 한다고 제안한다.

그는 외국어의 학습을 부정하지는 않는다. 배워야 할 언어를 영어 대신 에스페란토로 바꾸자는 것이다. 에스페란토는 "오늘날 국제적일 뿐 아니라 3개월만 하면 유창하게 될 만큼 배우기 쉽고 과학적"인 언어라고 한다.

에스페란토는 1887년 공표된 인공적인 국제어로서 주로 로만스어나 게르만어, 슬라브어 등(즉 인도유럽어권) 복수언어에서 공통성이 강한 단어와 문법을 채용하여 합리적으로 만들었는데, 기초단어가 1,900개밖에 안 된다. 일본에서는 일찍이 1887년에 일본에스페란토협회를 설립했다. 일본에 소개된 지 약 20년이 지난 다이쇼 말기에는 에스페란토의 존재가 이미 지식계급에게 알려져 있었다.

나아가 푸루루루생의 투고와 관계가 있는지는 불명확하지만, 도쿄방송국은 첫해에 에스페란토 강좌라는 교양프로그램을 방송했다는 기록이 남아 있다. 유감스럽게도 이 강좌에 관한 자료는 눈에 띄지 않지만, 일본방송협회의 기관지인 『조사시보(調査時報)』에서는 에스페란토에 대해

초년도의 영어강좌에 대한 신문광고. 하나의 프로그램을 위해 사전 광고를 낸 것은 보기 드문 일이다. 최초의 프로그램 교재는 50전이었다.(『도쿄아사히신문』, 1925.7.11)

간접적, 직접적으로 언급하는 기사가 몇 번 실렸다. 이러한 단편적인 자료를 봐도 방송국이 영어뿐 아니라 에스페란토에도 높은 관심을 기울였음을 알 수 있다. 하지만 첫해 이후에 에스페란토 강좌를 시리즈로 만들었다는 기록은 없다.[18]

또 다른 투고

영어강좌를 비판하는 푸루루루생의 투고기사가 실린 지 사흘 뒤인 7월 15일, 『도쿄아사히신문』은 '영어방송 환영'이라는 제목의 투고를 실었다.[19] 이것도 K생이라는 익명으로 투고했는데, "나는 방송국과 아무런 관계도 없다"고 단언하고 푸루루루생의 영어교육 비판의 맹점을 지적했다.

K생은 일상생활에 영어가 넘쳐나고 중등교육에서도 영어를 힘주어 가르치는 현상에 대해 인식을 함께 하면서도 "그만큼 영어가 우리나라

18 푸루루루생이 무자각적으로 주장할 만큼, 에스페란토는 비정치적이지도 않았고 어느 국민에게나 중립적인 언어도 아니었음은 분명하다. 예를 들어 에스페란토 문법은 역시 유럽계 언어를 뼈대로 삼았으므로, 일본어가 모어인 사람이 학습한다고 '3개월 만에 술술' 이야기하기란 어렵다.

19 『도쿄아사히신문』, 1925.7.15, 3면.

에 퍼져 있기 때문에 지금 일본이 영미의 속국이 되었다고 하면, 일찍이 우리 선조가 한어한문의 습득에 시각을 다투었다고 해서 중국의 속국이 된 적이 있었는가"라고 반문한다. 그러고 나서 K생은 영어학습의 의의를 다음과 같이 주장한다.

> 한 걸음 양보하여 많은 학생이 중학교를 나와 곧 **영어를 잊어버린다고 해도** 그것은 결코 헛된 학문을 한 것이 아니다. **사고 판단의 형식과 사상 감정**을 스스로 섭취한 것이다.(강조는 인용자)

K생이 영어교육을 지지하는 논리는 영문학의 감상을 궁극적인 목표로 삼은 영어교육자들의 영어관과 흡사하다. 영어교육은 영어를 실제로 사용하는 것보다 사고 판단의 형식을 단련하는 데 참된 의의가 있다는 논점은 나중에 분명히 밝혀질 것이다.

그러면 K생은 영어교육을 무조건 옹호하고 영어교육의 현상유지를 주장했을까. 아니다. K생의 기사 제목은 '영어교육 환영'이지만, 역설적이게도 투고기사의 결론은 메이지 초기부터 교육제도를 통해 특권화되고 우대를 받아온 영어교육을 상대화하자는 것이었다. 그리하여 그는 영어를 배워도 영미의 속국이 되지 않는다고 한다면, 거꾸로 "어느 외국어를 1순위로 선택할 것인가, 어떻게 그 외국어를 습득할 것인가" 하는 문제를 고심해야 한다고 말한다.

영어의 상대화

이상으로 두 건의 기사를 보면 영어를 둘러싼 양자의 대립점보다 문제의식의 공유가 더 눈에 띈다. 비판자와 지지자가 공유하는 것은 영어교육의 현상에 대한 불만과 '왜 영어만 배우냐'라는 근본적인 물음이다.

영어교육의 절대적인 지위를 근본적으로 상대화하려는 이런 질문은 영어교육자들을 위협하지는 못했다. 아니, 위협적이어야 할 그런 질문이 무엇을 문제화하고 있는지 그들은 인식하지 못했다. 오카쿠라 요시사부로 그룹의 주류파 영어교육자들에게는 '왜 영어만 배우냐'는 질문을 새삼 논증할 필요성을 인정할 수 없었던 것이다. 그들이 가르치는 것은 영어가 아니라 영문학이었고 외국의 국어가 아닌 교양이었기 때문이다.

영문학에 대한 신뢰와 자신은 도대체 어디에서 온 것일까.

다음 장에서는 영문학이라는 앎을 근대일본이라는 문맥에서 성립 가능하게 한 사고양식을 묻고 싶다. 일본에서 영문학을 가르치는/배우는 것의 의미뿐 아니라 영문학에 의해 누가 무엇을 이루고자 했는가를 문제 삼고자 하는 것이다.

구체적으로 말하면, 영어강좌를 담당하기까지 오카쿠라 요시사부로의 활동과 사상을 통해 영문학이라는 사고양식을 긴 안목에서 생각하고 싶다. 이는 나중에 신설하는 영어회화 강좌의 이해를 도와줄 뿐 아니라 근대일본의 영문학이 그리는 윤곽도 살짝 보여줄 것이다.

제2장

'영문학'이라는 사고양식

런던으로 유학할 무렵의
오카쿠라 요시사부로
(『영어청년』 2월 15일호, 1937)

영어교사였던 무렵의 나쓰메 긴노스케(소세키).
이 사진을 찍은 4년 후에 그는 런던으로 관비유
학을 떠난다. 그가 대결한 것은 '영어'가 아니라
'영문학'이었다.
(『소세키전집 』 2, 소세키전집 간행회, 1936)

앞 장에서 보았듯이 최초의 영어강좌가 성공한 배경에는 오카쿠라 요시사부로[岡倉由三郎]의 노력, 그리고 그와 함께 방송 프로그램을 제작했던 도쿄고등사범학교 영어교사들의 존재가 있었다.

그렇다면 왜 방송국은 그에게 영어강좌를 일임했던 것일까.

오카쿠라 요시사부로는 라디오의 영어강좌를 첫 회부터 10년 이상이나 담당했고, '배워야 하는 영어' 강좌를 전국에 방송하고 있었다. 나아가 후쿠하라 린타로[福原麟太郎]나 사이토 다케시[齋藤勇] 같은 유능한 영어교육자를 방송국에 소개하는 등, 말 그대로 초기의 영어강좌를 제작하고 지휘했다.

그의 활동은 라디오의 영어강좌에만 머무르지 않았다. 주요저서 『영어교육』(1911)에서 일본영어교육의 방향을 제안했고, 이치가와 산키[市河三喜]와 공동 편집했던 백여 권의 『영문학총서』(1932년 완료)를 통해 영문학의 규범을 제시했다. 또한 현재에도 판을 거듭해서 출판되고 있는 『연구사신영화대사전(硏究社新英和大辭典)』(1927)의 초판(제일판)을 편찬했다. 이 사전은 현재에도 영화사전의 준거점 또는 '영어 = 일본어'의 표준으로 널리 사용되고 있다. 그 밖에도 오카쿠라 요시사부로는 현재까지 이어져온 일본 영어의 기반을 다지는 작업 및 그 제도화에 몰두했다.

오카쿠라 텐신의 아우이자 도쿄고등사범학교의 주임영어교수로서 메이지 후기부터 쇼와 초기까지의 일본 영어학계를 이끌었던 그의 배경과 지위를 생각해보면, 오카쿠라 요시사부로라는 인물이 일본의 영어에 이토록 많은 족적을 남긴 것은 그렇게 이상한 일이 아니다.

그렇다면 오카쿠라 요시사부로가 몰두했던 영어의 제도화가 오랫동안 효력을 유지할 수 있었던 원인을 단지 개인적인 자질에서만 찾을 것인가. 그의 천재성이라든가 '형의 후광' 같은 개인적 설명을 아무리 덧붙인다 해도, '오카쿠라 요시사부로'라는 사건이 동시대에 사회적 설득력을 얻었던 점이나 이름이 거의 잊혀진 오늘날에도 영어의 지평에 영향을 미치고 있는 상황은 이해하기 힘들다.

이런 까닭에 이 장에서는 '오카쿠라 요시사부로라는 사회적인 사건'을 분석하고자 한다. 이 작업은 그의 인물사를 재구성하는 것이 아니다. 그의 사회적 활동을 분석함으로써 결과적으로 근대 일본에서 영어의 제도화가 어떻게 실행되어 갔는지, 그리고 그 과정에서 도대체 무슨 일이 일어났는지를 알아보려는 것이다.[1]

이 장에서 분석해보려는 것은 영문학의 사고양식이라고 할 수 있는, 근대일본의 특수한 어떤 앎[知]의 불가사의한 양태이다. 그것은 다음 장에서 논의할 영어회화의 사고양식과는 크게 다른 세계 인식을 토대로 성립한다.

---

1 오카쿠라 요시사부로라는 인물의 방대한 궤적을 샅샅이 논하는 것은 이 책의 범주를 크게 벗어날 뿐만 아니라 오카쿠라 요시사부로라는 한 점으로부터 일본의 영어 제도화 과정을 밝힐 수 있다고도 생각하지 않는다. 이 장에서는 라디오의 '영어강좌'를 포함해 '영어'의 제도화에 진력했던 그가 어떠한 언어 사상을 지니고 있었는지, '영어'가 아닌 '영문학'에 착목해가는 궤적을 중심으로 고찰했다.

1. 오카쿠라 요시사부로라는 사건

박언학자

방송사업을 시작한 1920년대 중반에 오카쿠라 요시사부로는 자타가 공인하는 영어학계의 권위자였지만, 처음부터 영어학자로 출발한 것은 아니었다. 그는 젊은 시절에 B. H. 챔벌레인의 수제자로서 박언학(博言學)을 공부했고, 나중에 국어의 구축 작업에 몰두한 우에다 가즈토시[上田万年]와 함께 국어학의 확립에 매진했다. 박언학자 또는 국어학자인 오카쿠라 요시사부로, 그리고 후일의 영어학자 오카쿠라 요시사부로는 별개의 사람인 것처럼 논의하는 경우가 많다. 그러나 그가 국어를 제도화하는 작업에서 배웠던 것을 나중에 영어의 제도화 과정에 활용했다고 한다면, 이미 국어와 영어를 분리시켜 논의하는 태도는 수정되어야만 한다. 오늘날의 우리가 생각하는 것만큼 옛날의 영어와 국어는 분리된 두 개의 앎으로 존재하지 않았다.

1868년(메이지 원년)에 요코하마에서 태어난 오카쿠라 요시사부로는 여섯 살 많은 형 오카쿠라 텐신[岡倉覺三 / 天心]과 마찬가지로 도쿄제국대학에 진학하여 J. M. 딕슨에게 영어를 배우고, B. H. 챔벌레인에게 박언학을 배웠다. 1890년에 제대의 선과(選科)[2]를 수료하고 그는 같은 해 『일본어학 일반』이라는 제목으로 일본어로 펴낸 최초의 박언학 연구서를 발

2 【역주】 선과 : 규정 학과 가운데 일부를 선택하여 배우는 과정.

표하지만, 대학에 자리를 잡지 못하고 영어와 국어의 겸임교사로 각지의 학교를 전전했다. 이 시대에는 영어와 국어 둘 다를 가르치는 교원이 드물지 않았다. 예를 들어 국어학자 진보 가쿠(神保格)는 1910~1920년대에 도쿄고등사범부속중학교에서 영어와 국어를 가르쳤다고 한다.

B. H. 챔벌레인의 초상(『고 챔벌레인 교수 소전(小傳) 저술 목록』, 1935)

1896년, 가고시마의 조시칸(造士館, 중학교)에서 국어와 영어를 가르치던 오카쿠라 요시사부로 앞으로 도쿄에서 한 통의 편지가 날아왔다. 발송자는 은사인 B. H. 챔벌레인이었다. 오키나와로 가는 도중에 가고시마에 들를 예정이었던 라프카디오 헌(Lafcadio Hearn, 일본명 小泉八雲)[3]을 오카쿠라에게 소개하면서 그의 여행에 편의 제공을 부탁하는 것이었다. 챔벌레인은 같은 날(1896년 1월 17일), 라프카디오 헌에게도 오카쿠라를 소개하는 편지를 보냈다. 다음은 챔벌레인이 보낸 편지의 일부이다.

> 오카쿠라는 현재 가고시마의 조시칸에서 교사로 일하고 있습니다만, 박언학에서는 가장 우수한 제자이자 또한 내가 매우 아끼는 제자입니다. 유배 생활 같은 처지에 놓인 그를—이렇게 말하는 것은 좀 심하지만—불쌍하게 생각합니다.[4]

3 【역주】 라프카디오 헌(1850~1904) : 일본으로 귀화한 영국 출신의 작가. 일본의 문화와 문학을 서구에 소개했다. 또한 도쿄제국대학교에서 강의를 하는 한편 일본 민담과 괴담을 수집하고 기록하여 『괴담(*Kwaidan : Stories and Studies of Strange Things*)』(1904) 같은 여러 권의 책으로 펴냈다.

젊은 우에다 가즈토시의 초상

제대의 박언학 교수였던 B. H. 챔벌레인에게 오카쿠라 요시사부로가 특별한 제자였던 것은 그의 저작 『일본어구어입문(*A Handbook of Colloquial Japanese*)』의 서문에 기록된 다음의 헌사에서도 추론할 수 있다.

일본인 비평가 가운데 가장 유익한 인물은 일본 박언학(Japanese philology)의 젊고 걸출한 연구자인 Y. 오카쿠라와 M. 우에다, 두 사람이었다.[5]

여기에 오카쿠라와 나란히 기재된 M. 우에다는 국어학의 창시자로 유명한 우에다 가즈토시를 지칭한다. 우에다와 오카쿠라 모두 챔벌레인에게 박언학을 배웠다. 챔벌레인의 저작이 간행된 1888년은 우에다 가즈토시가 제대의 본과를 졸업한 해이고, 오카쿠라 요시사부로가 선과에 입학한 지 2년째 된다. 이 다음 해 제대 조수였던 우에다와 후배 오카쿠라는 구로다 다쿠마[黑田太久馬]의 지도 아래 일본에서는 최초로 센다이에서 방언조사를 실시했다. 그 이듬해 우에다는 독일로 관비유학을 떠났고, 오카쿠라는 선과를 수료하고 『일본어학일반』을 출판한다. 영국에서 온 박언학자 챔벌레인의 수제자이면서 일본에서는 최초의 박언학자로서 연구 활동을 펼쳤던 젊은 우에다와 오카쿠라는 서로 협조하며 박언학을 실천해나갔다.

4 『라프카디오 헌 저작집』 15권, 恒文社, 1988, 337~338면.

5 B. H. 챔벌레인의 『일본어구어입문』(제2판), 笠門書院, 1999, 서문에서 인용함. 원전은 1888년에 나왔다. 번역서에는 서문의 해당 페이지에 쓰인 Philology를 '언어학'으로 번역하고 있지만 이 책에서 논하려는 이유에서 보면 '박언학'이라는 말을 쓰는 것이 더 정확할 것이다.

표준어의 창안자

그러나 오카쿠라보다 2년 먼저 제대 본과를 졸업한 우에다는 독일유학을 거쳐 1897년에 '국어연구실'을 제대에 창설하고 주임교수로 취임한다. 우에다는 국어라는 앎을 하나의 연구대상으로 확립했기 때문에 오늘날 국어학사에서도 국어학의 창시자 또는 '표준어' 개념의 창안자로 알려져 있다. 국어학사에서도 국어비판 연구에서도 우에다 가즈토시는 자주 논의의 대상이 되는 반면, 오카쿠라는 '우에다의 제자 중 한 사람' 정도로 언급해버린다든가 우에다의 위상을 논하기 위한 참조점으로 취급하는 경우가 많다. 독일 유학에서 귀국한 우에다 가즈토시가 표준어라는 개념을 일본에 소개했고, 그것에 의해 단일한 국어의 정립이 가능했다고 평가하기 때문일 것이다. 이연숙은 다음과 같이 서술하고 있다.

> 1895년 우에다는 「표준어에 대해서」라는 제목으로 강연하면서 처음으로 '표준어'라는 개념을 일본에 소개했다. 여기서 그는 표준어란 영어의 standard language, 독일어의 Gemeinsprache에 해당하며 "이른바 방언과는 달라서 전국 각지에 두루 통하며 평범한 사람도 이해할 수 있는 효력을 지닌 언어", "한 나라 안에서 모범으로 사용하는 언어"라고 정의하고 있다.[6]

그런데 우에다 가즈토시의 「표준어에 대해서」를 간행하기 2년 전인 1893년에 표준어를 논의한 논문이 『동경인류학회잡지』에 실린다. 논문

6 이연숙, 『'국어'라는 사상』, 岩波書店, 1996, 137면.

제목은 「방언의 성질 및 조사법」인데, 저자가 바로 오카쿠라 요시사부로다.[7] 표준어의 창안자라고 여겨지는 우에다보다 먼저 오카쿠라가 표준어라는 개념을 논했다는 사실도 흥미롭지만, 여기에서 주목해야 할 것은 영어의 제도화를 실천했던 오카쿠라 요시사부로가 박언학을 연구한 초기 단계에서 표준어라는 개념과 그것의 자의적인 성질을 이미 의식했다는 사실이다. 오카쿠라가 쓴 문제의 논문에서 표준어가 등장하는 대목은 다음의 세 곳이다.

> ① 교통이 발전하고 **표준어**를 가르치는 교수가 아무리 보급된다 하더라도 전국 방방곳곳 어느 곳이라도 조금의 차등도 없게 한다는 것은 원래 불가능하므로, 차등이 있다면 방언도 또한 끝까지 존재할 수밖에 없다.[8]
>
> ② 방언만 아는 사람에게 조사를 시킨들 비교할 수 있는 방법이 없어 **표준어**와 방언의 구별이 불가능하다면, 조사원으로는 별로 적당하지 않을 것이다.[9]
>
> ③ 예를 들어 여기에 수족(手足)의 수(手)라는 글자에 대응하는 말이 **표준어**에는 없다고 가정하자. 그래서 단지 '테(손, 手)'로만 주석한다면, 그것이 수족이라고 말할 때의 손인지, 손을 빌린다고 말할 때의 손인지, 손이 맞지 않다고 말할 때의 손인지(이하 생략).[10](강조는 모두 인용자)

②와 ③에서는 표준어라는 말이 사용되고 있지만 그것은 '도쿄 말'로

7 오카쿠라 요시사부로, 「방언의 성질 및 그 조사법」, 『동경인류학회잡지』 9월호(90호) · 10월호(91호), 1893.
8 위의 글, 91호, 3면 하단.
9 위의 글, 9면 상단.
10 위의 글, 9면 하단.

바꿔도 무방한 수준이다. 그러나 ①에서는 표준어라는 개념을 자각적으로 쓰고 있음을 알 수 있다. ①은 나중에 어느 정도 교통이 발전하고 사람들의 교제가 광범위해져서 각지의 말이 함께 섞인다 하더라도 결코 방언은 없어지지 않을 것이라는 오카쿠라의 예측을 서술한 문장이다. 그에 의하면 '하나의 말'로 여겨지는 지방어 가운데에도 실제로는 다양한 차이가 존재한다는 것이다. 예컨대 오카쿠라는 "대대로 도시에서 성장한 사람들은 대개 자신들이 같은 말을 쓰고 있다고 생각하지만, 실제로는 전혀 그렇지 않다. 같은 도시에서 대대로 살았다 하더라도 신분, 연령, 남녀, 직업, 장소 등에 의해 말의 표층은 매우 다르다"고 한다. 이렇게 그는 표준어의 원형으로 생각하는 도쿄 말조차 실제로 그 안에는 다양한 차이가 존재한다고 보았다. 여기에는 표준어란 실은 아직 어디에도 존재하지 않는다는 것, 따라서 언어의 표준화란 언젠가 자연스럽게 이루어지는 것이 아니라 오히려 자각적인 정책으로 시행해야 비로소 달성할 수 있는 제도화 프로그램이라는 언어인식이 나타나 있다.

박언학에서 언어학으로

그렇다면 왜 인위적인 세공을 거쳐 표준화까지 하면서 어떤 언어를 제도화할 필요가 있었던 것일까. 그것을 이해하기 위해서는 학교교육과 매스미디어가 빈틈없이 보급되어 있는 현재와는 크게 상이한 메이지 초기의 언어상황을 고려할 필요가 있다.

표준어가 존재하지 않는 상태란 단일한 국어가 아직 존재하지 않는 상태다. 거기에는 고르지 않은 '지역의 말'이 복수로 병존하는 언어공간이 펼쳐진다. 각각의 말에는 그것을 일상적으로 실천하는 느슨한 언어공동체가 있고 그 사이의 모호한 경계를 뛰어넘는 교류도 일상적으로 이루어진다. 이러한 균질적이지 않은 언어공간에서는 단일한 국어를 제도화하여 사람들에게 강제하지 않는 한, 다른 언어공동체에 속하는 사람들과 소통할 수 없을 뿐만 아니라 일본이라는 하나의 공동체에 속한다는 실감을 유지하기도 어렵다.

오카쿠라 요시사부로는 이 같은 비균질적인 언어 상태에 대해 언어의 표준화와 국어에 의한 통일의 필요성을 의식적으로 논했다. 그는 당시의 현상에 대해 "불행하게도 국어는 전국적으로 일정한 보통 수준이 되기도 전에 대부분 지방마다 다소 차이를 드러내고 마을마다 다소 다른 양태를 나타낸다"고 말하면서, "적어도 국가를 생각하는 자라면 있는 힘을 다해", "어떻게 하면 각지의 고유한 시골말을 고쳐 전국의 보통 언어를 제정할 수 있을까"라고 묻는다.[11]

분명히 오카쿠라는 표준어라는 언어개념을 제시하고, 국어 창성을 위해 표준어를 의식적으로 제정하는 제도화라는 사고양식도 제시했다. 그러나 구체적으로 그런 목표를 달성하는 절차를 제시하지는 못했다. 그가 언어의 제도화라는 사고양식을 제시하는 데 머물러버린 데 비해, 유럽에서 돌아온 우에다는 그러한 사고양식을 실현하는 확고한 언어사상과 구체적 절차를 제시했다.

우에다는 유럽에서 박언학(Philology, 문헌학)이 아니라 언어학(Linguistics)

11 위의 글, 90호, 487면 하단.

을 공부하고 귀국했다. 그리하여 하나의 언어로 통일된 하나의 국민국가라는 근대국민국가 시스템의 원리를 바탕으로 작동하는 국어(학)를 창출했다. 국어야말로 오카쿠라가 예감했던 표준어에 의한 언어의 제도화에 부응하여 탄생한 것이 아니었던가. 박언학밖에 알지 못했던 오카쿠라를 넘어서 우에다는 언어학을 경유한 국어학의 창출에 매진했다.

그러면 말의 학문인 박언학과 언어학의 결정적인 차이는 어디에서 오는가?

2. 국어에서 영문학으로

국민국가 시스템

우에다 가즈토시가 관비유학을 떠났던 19세기 말 유럽에서는 근대국민국가 시스템의 성숙과 아울러 박언학과 언어학의 세대교체가 이루어지고 있었다. 오카쿠라는 일본에 정착해 살았던 챔벌레인에게서 박언학을 배우는 데 머물러 있었다. 박언학에서 언어학으로 언어연구가 이행하는 것은 단순히 말의 학문계에서 일어난 사소한 변화가 아니었다. 그것은 전근대적인 제국주의로부터 근대적인 제국주의로의 이행에 따른 앎의 업그레이드일 뿐 아니라 국민국가 시스템에 바탕한 지정학적 재편의 한 흐름으로 이해할 만한 전환이었다.

박언학은 식민주의적인 수집과 보존을 목적으로 삼는 18세기적인 박물학의 끄트머리에 속하는 말의 학문이었다. 그것은 곤충이나 화초의 수집과 마찬가지로 미개한 지역으로 분산해 들어가 새로운 종이나 진귀한 종을 발견하고, 그것을 수집, 분류하여 '중심지'에 보고하는 것에 중점을 두었다. 오카쿠라가 챔벌레인에게서 배운 박언학은 박물학적 앎에 의한 말의 수집과 분류가 목적인 학문이었으니, 이를테면 대영박물관이나 첼시식물원으로 대표되는 서양에 보고하기 위한 앎이었다.

한편 국민국가 시스템을 기반으로 해서 국민주의와 근대 과학진보주의가 밀접하게 접합되어 있었던 19세기 말 유럽에서 우에다가 가지고 돌아온 언어학은 하나의 국가를 형성하고 보증하는 하나의 표준 언어를 구축하기 위한 것이었다. 말하자면 국민을 위한 근대적 앎이었던 것이다. 박언학과 언어학은 공통적으로 말을 대상으로 삼는 학문이지만, 그것을 실천하는 주체나 그것에 따른 목표가 크게 달랐다.

박언학이 언어학보다 본질적으로 열등하다고는 결코 말할 수 없지만, 국민국가 시스템을 바탕으로 근대화를 추진하는 과정에 유효하고 필요한 표준화와 보편화의 기술을 공급할 수 있었던 것은 박언학이 아니라 언어학이었다. 박언학만 배웠던 오카쿠라는 표준화의 사고양식을 제시하는 지점에는 도달할 수 있었지만, 그것을 어떻게 실현할 수 있는지는 제시하지 못했다. 그가 표준 언어가 필요하다는 예감은 들었지만, 그것을 어떻게 만들어가야 할지 프로그램을 제시하지 못했다면, 그것을 가능하게 했던 사람이 바로 우에다 가즈토시였다.[12]

12 우에다 가즈토시가 독일에서 배웠던 언어사상과 귀국 후 그의 활동은 이연숙의 『'국어'라는 사상』(특히 2부)을 참조.

이리하여 우에다의 유럽 유학을 경계로 우에다와 오카쿠라 두 사람 사이에는 결정적인 차이가 생겨났다. 우에다는 귀국 직후에 제대 박언학 강좌의 교수로 임명되어 곧바로 국어의 제도화에 전념할 수 있는 환경을 손에 얻는다. 그러나 오카쿠라는 직업을 구하기 위해 재팬헤럴드의 기자, 경성일본어학교, 국학원, 부립서중(府立西中), 부립일중(府立一中), 가고시마 중학 등을 전전했다. 마침내 그가 도쿄고등사범에 정착한 것은 1896년이었다. 우에다가 그 다음 해 자신의 학파를 거점으로 한 '국어연구실'을 도쿄제국대학에 설립하고, 나아가 '언어학회'를 설립한 것은 이미 살펴본 바와 같다. 이해에 제국대학에서 박언학이라는 글자는 사라진다.

독일청년 문법학파의 세례를 받은 이론 지향의 우에다에 비하면, 박언학의 방언 조사(각지의 방언을 수집하여 분류하는 필드워크)를 착실하게 해오던 오카쿠라는 챔벌레인의 뛰어난 제자임에 틀림없었다. 다만, 오카쿠라는 방언조사에 매진하면 할수록 국어학을 정력적으로 구축해나간 우에다에게 소재를 제공해주는 방언조사 전문가에 지나지 않았다.

메이지 중기에 다듬어진 언어사상은 무엇인가?

1899년에 우에다와 오카쿠라는 호시나 고이치[保科孝一], 신무라 이즈루[新村出], 후지오카 가츠지[藤岡勝二], 시라토리 구라키치[白鳥庫吉] 등과 함께 『언어학 잡지』를 발간한다. 우에다가 설립한 언어학회의 기관지인 이 잡지는 우에다를 필두로 제대국어연구실 인맥의 언어학자들이 자신

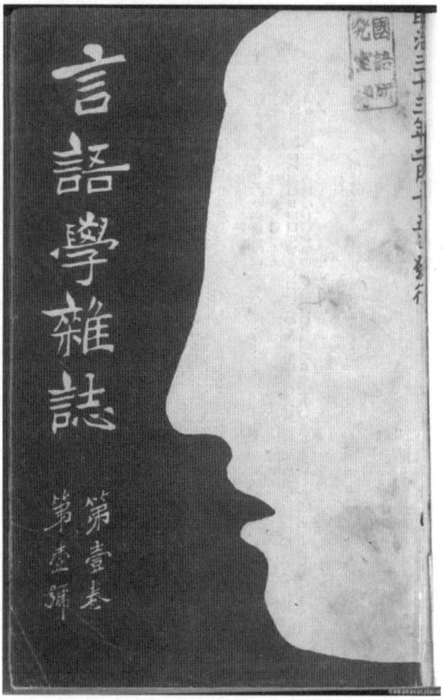

우에다와 오카쿠라 등이 설립한 '언어학회'의 기관지 『언어학 잡지』의 표지(1900년).

들의 언어관을 연마하는 장이었다.

실제로 이로부터 3년 후쯤, 오카쿠라를 필두로 『언어학 잡지』의 주요 구성원들은 일본방송협회와 관계를 맺는다. 그들은 라디오방송 '언어강좌'(첫 회는 1930년) 등을 제작하여 전국으로 방송하고, 1934년에는 '방송해야 하는 국어'를 고안하는 기관인 '방송용어위원회'에 참가한다. 일찍이 국어를 제도화했던 그들은 '방송해야 하는 국어'라는 물음에 어떠한 답을 제시했던 것일까. 그에 관련된 자세한 사정을 뒤에 논의하기 위해서라도(제7장 참조) 여기서는 메이지 중기에 그들이 다듬은 언어사상을 살펴보겠다.

예를 들면 오카쿠라가 1902년에 발표했던 『응용언어학 10회 강화』에서 "언어는 무엇을 위해 사용하는가 하면, 물론 의사를 교환하기 위해 사용한다"고 말하고, 그렇기 때문에 "자기의 사상을 상대방에게 말할 때 되도록 판단과 사상이 통하는 표현이 말을 사용하는 목적에 부합"한다고 본다. 이렇게 소통의 합리성을 논거로 해서 "어떤 지방어를 표준어로 정하고 그 밖의 지방어를 소멸시켜 국어의 통일을 도모하는" 것이 언어학의 본의라고 서술하고 있다.[13] 다만 하나의 지방어를 그대로 표준어로 채용하는 것이 아니라 "표준어는 설령 도쿄 말에서 기초를 채용했다하더라도, 원래 일본 국민의 공유재산이므로 사정이 허락하는 한 지방말에서 좋은 것을 가져다 그 안의 정수를 긁어모아 만들어내야 한다"고 주장한다. 표준어란 방대한 방언 조사 결과를 토대로 형성되어야 할 "아직 존재하지 않는 언어"다.[14]

이상적인 표준어를 만들어내기 위해 언어학자들은 각 지방의 말을 조사, 수집하고 기록한다. 여기까지는 일찍이 『도쿄인류학회잡지』에서 표준어의 필요를 설명하던 무렵과 큰 차이가 없다. 그러나 우에다 등이 시작한 국어학에서는 방언조사가 종료하는 시점에 지방어가 조사대상에서 삭제해야 할 존재로 바뀐다. "국민 일반의 진보를 위해 작은 부분의 이익은 버리지 않으면 안 된다"는 것이다. 그렇기 때문에 "일본국 전체의 이해에서 바라본다면 어떻게 해서라도 그것을 박살내지 않으면 안 된다." 박언학에서 언어학, 그리고 국어학으로 이행하는 길을 우에다 학파와 함께 열어젖힌 오카쿠라에게 지방어는 이미 오키나와의 독사 '반시뱀 같은 것'이었다.

> 일부분은 박제로 만들고, 일부분은 알코올에 담아 표본으로 남겨두고, 그 밖에는 완전히 근절하는 것이 상책이다. 지방어의 처리 방식도 이처럼 일부 학자에게 참고용으로 제공하기 위해 방언이나 지방 특유의 어격을 조사하여 그 표본을 일단 보존해두고, 나머지는 모두 없애버리는 방법보다 더 좋은 것은 없다.[15]

13 오카쿠라 요시사부로, 『응용언어학십회강화』, 成美堂, 1902, 228~231면.
14 '표준어'의 제도화에 대해서는 이연숙의 앞의 책(6장과 10장)을 참조.
15 오카쿠라 요시사부로, 앞의 책, 231~236면.

일찍이 오키나와의 고어도 조사했던 오카쿠라는 으스스하게도 반시뱀에 비유하여 지방어의 박멸을 주장하고 있다.

단순히 표준어를 제도화하고 방언에 손을 대지 않으면, 하나의 국어에 의해 보증되는 하나의 국민국가가 만들어지지 않는다. 표준어에 의한 언어의 일원화와 방언의 폐멸이라는 두 개의 수레바퀴에 의해서만 근대 일본을 보증하는 국어가 탄생하는 것이다. 표준어 일원화라는 언어관은 오카쿠라만의 독창적인 생각이 아니라 우에다 가즈토시와 호시나 고이치 등 『언어학 잡지』 그룹에는 널리 공유된 사상이었다. 예를 들면 호시나 고이치는 그의 저서 『언어학 대의(大意)』에서 "방언을 타파하여 국어의 통일을 꾀하는 것은 당연하고도 긴급한 사업"이고, 그 사업은 "표준어를 제정하여 방언을 박멸"하는 것이라고 논한다.[16]

소세키와 오카쿠라가 영국에서 배운 것

표준어 일원화 = 방언 박멸의 언어관을 선언한 『응용언어학 10회 강화』를 출간한 해에 오카쿠라는 3년간의 관비유학을 위해 유럽으로 떠났다. 당시 전문학무국장으로 문부성에 있던 우에다가 담당한 오카쿠라는 영어 및 어학교수법 연구를 위해 우선 런던으로 향했고, 마찬가지로 영어 연구를 위해 우에다의 담당으로 유학을 떠난 나쓰메 긴노스케[夏目金之助]

16 호시나 고이치, 『언어학대의』, 국어전습소, 1900, 162면; 이연숙, 앞의 책, 222면. 이연숙에 의하면 "호시나의 초기 언어학과 국어학 관련 책에는 반드시 표준어와 방언의 관계를 논하는 장이 들어 있다"고 한다.

와 만난다. 오카쿠라는 영국 유학을 계기로 국어에서 영문학으로 옮겨간다.

잘 알려진 이야기지만, 나쓰메 긴노스케는 영국 유학을 떠나기 전에 관비유학 프로그램의 책임자였던 우에다와 만나 자신은 영어와 영문학 가운데 어느 쪽을 배워야 할지 모르겠다고 질문한 바 있다. 다음 해 나쓰메 긴노스케는『문학론』의 머리말에 다음과 같이 회고한다.

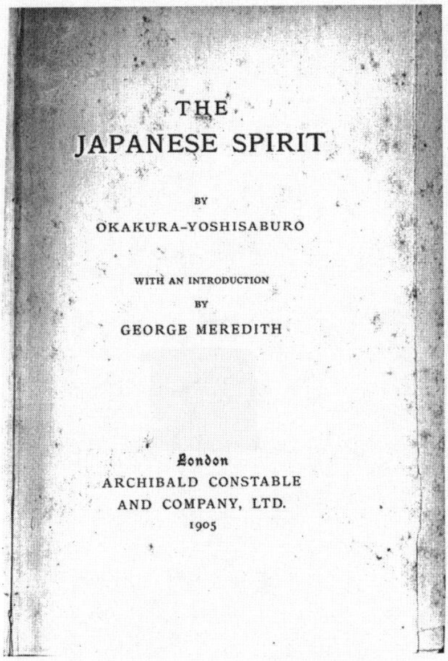
THE
JAPANESE SPIRIT
BY
OKAKURA-YOSHISABURO
WITH AN INTRODUCTION
BY
GEORGE MEREDITH
London
ARCHIBALD CONSTABLE
AND COMPANY, LTD.
1905

오카쿠라 요시사부로가 런던대학(LSE)에서 한 연속강연을 정리한 저작. 형인 오카쿠라 텐신과 마찬가지로, 영일동맹의 체결 직후에 인플레 현상을 보인 '일본에 대한 관심'을 채워주는 역할을 맡았다.

> 내게 주어진 연구 제목은 영어지 영문학이 아니었다. 나는 이 점에 대해 영문학의 범주 및 세목을 알 필요가 있었기 때문에 당시 문부성으로 전문학무국장인 우에다 가즈토시 씨를 찾아가 자세한 것을 물었다.[17]

당시 우에다에게 뾰족한 답을 얻지 못했던 그는 영국에서 영어학이 아닌 영문학을 배우기로 혼자 결정한다. 나쓰메의 선택이 작용한 때문인지, 우에다가 담당한 오카쿠라의 도항 목적은 이전보다 제한적으로 어학교수법 연구에 한정되었다. 그렇게 영어교사였던 나쓰메 긴노스케가 유학 후 근대 '국문학'의 인기작가인 나쓰메 소세키로 교차하듯, '국

17 나쓰메 소세키,『문학론』(소세키전집 11권), 소세키전집간행회, 1936, 서문.

어학' 그룹에 속해 있던 오카쿠라도 유학 후 영어교육계의 지도자가 되었다. 런던 체재 중에도 친교가 있었던 나쓰메와 오카쿠라는 영어와 국어라는 교차로 선명하게 대조적일 정도로 각각 귀국 후 진로를 변경했다. 그렇다면 도대체 둘 다 J. M. 딕슨의 제자였던 이들은 런던에서 얼마나 다른 '영어의 수도'를 체험했던 것일까?[18]

결국 나쓰메가 하숙에 틀어박혀 신경증으로 괴로워하면서 영문학 책을 섭렵했던 것과 대조적으로, 오카쿠라는 과잉 적응이라고 할 정도로 런던에 익숙해져 서유럽 전체를 정력적으로 오가며 사람들을 만나고 다녔다. 예를 들면 런던대학의 언어학자들과 교류하고, 프랑스나 독일, 이탈리아까지 가서 각지의 음성학자나 일본 미술가와도 만났다. 나아가 신설 무렵의 런던대학 정경대학(LSE)의 사회학 강좌에서 일본문화론을 강의했으며, 그것을 정리한 저작 『일본정신(*The Japanese Spirit*)』을 문호 조지 메러디스(George Meredith)[19]의 서문까지 받아 공간하는 등 활발한 행보를 보였다. 오카쿠라는 '영어 및 어학교수법 보급'이라는 공식 업무를 크게 벗어나 영일동맹이 체결된 직후 영국에서 과도하게 나타났던 일본에 대

---

18 오카쿠라와 소세키 두 사람이 체험했던 영어와 영문학의 차이는 일본의 영학(英學)사상 중요한 주제 중 하나다. 런던의 소세키에 대해서는 방대한 연구 서적이 존재하고, 런던의 오카쿠라에 관해서도 몇몇 연구가 이루어졌다. 예를 들면 히라타 유지[平田諭治]의 「오카쿠라 요시사부로 런던대학 강연록」(일본영학사학회, 『영학사 연구』 30호, 1997)을 참조하라. 그러나 오카쿠라에 대한 이들 연구는 박언학 시대, 언어학 및 국어학 시대, 그리고 영어교육 시대에 해당하는 오카쿠라를 유기적으로 연관시키지 않은 채 논의하는 경향이 있다. 따라서 이 장의 목적인 오카쿠라 요시사부로라는 사건으로 근대 일본의 영어와 국어의 상호 관계를 고찰한다는 관점은 공유하지 않고 있다. 나아가 오카쿠라는 독자적으로 로마자 운동을 전개한다든지 몇 개의 동인 잡지를 발간하는 등 인물사의 관점에서도 다시 검증될 필요가 있는 인물이다.

19 【역주】 조지 메러디스(1828~1909) : 영국 소설가 겸 시인. 주지주의(主知主義) 작가라고 불렸으며 작품 속에서 여성 문제를 취급했던 진보파이기도 했다. 대표작으로는 『에고이스트』, 『크로스웨이즈의 다이아나』 등이 있으며 그 밖에 10여 편의 장편소설이 있다.

한 관심을 충족시켜주는 역할을 자신의 형과 함께 적극적으로 수행했던 것이다.

이처럼 오카쿠라와 나쓰메가 체험한 서로 다른 런던은 흥미진진하지만, 여기서는 선명할 정도로 대조적인 영국 체험과는 상관없이 두 사람 모두의 눈을 잡아끌었던 것이 바로 영문학이었다는 사실에 주목하고자 한다.

나쓰메가 귀국 후에 라프카디오 헌의 후임으로 도쿄제대에서 영문학을 강의하고 『문학론』과 이른바 영문학 연구의 대저술을 기획했다는 것은 잘 알려진 사실이다. 그런데 같은 시기에 오카쿠라가 영국에서 가지고 돌아온 것도 '영어 및 어학교수법 연구'를 위한 과학적 교수법이나 영어 연구의 새로운 이론이 아닌 바로 영문학이었다. 영어가 아니라 영문학을 가르치기 위한 영어교육이었던 것이다. 여기서 말하는 영문학이 영어로 쓰인 이야기 일반을 의미하는 것이 아니라 빅토리아 왕조의 사회규범을 체현한 특수한 앎이었다는 사실은 이미 앞 장에서 상세하게 살펴보았다.

일본 국어에 대응하는 일본 영문학의 창출

1905년에 귀국한 오카쿠라는 영국으로 가기 전에 정력적으로 몰두했던 국어학에서 깨끗하고 단호하게 손을 떼고, 영문학의 소개와 영어교육 개발에 전념했다.[20] 그리고 1911년 주저인 『영어교육』을 발표한 다

20 오카쿠라는 귀국 다음 해 메리 브레브너(Mary Brebner)의 저작을 『외국어 최신교수법』이라는 제명으로 번역하고, 부록에 '우리나라 중등교육의 외국어 교육에 관한 관점'이라는 긴 문

음, 이 책의 성공에 힘입어 영어교육계의 지도자 가운데 한 사람으로 우뚝 선다. 『영어교육』은 영국 유학 전에 발표한 같은 내용의 책 『외국어교수신론』을 크게 넘어서는 내용이고 광범한 지지자를 얻어 "우리나라 어학 교수법의 나침반이 되었다"고 평가받기도 한다.[21]

그렇다면 오카쿠라는 본고장 영국으로부터 영문학을 수입함으로써 자신의 활로를 발견하고, 단지 그것으로 인해 성공했을 뿐일까? 그가 유학 이전에 국어학으로 습득했던 언어사상은 유학 이후에 몰두했던 영어교육과 아무 관계가 없는 유물로 전락해버렸는가? 왜 오카쿠라는 국어학에서 배양했던 표준화의 기법으로 영어를 정리하거나 새로운 어학교수법(당시 영어로는 EFL(English as Foreign Language) 교육 연구가 성행했다)을 도입했을까? 그것은 회화 능력을 중시하는 영어를 제도화하지 않고 굳이 영문학 자체를 '일본에서 배워야 할 영어'의 표준으로 삼는 것인데, 이렇게 영어와는 미묘하게 거리가 있는 영문학의 제도화에 힘쓴 까닭은 무엇일까? 그리고 어떻게 오카쿠라의 영문학은 동시대의 영어교육을 향해 설득력을 발휘할 수 있었을까?

만약 영국의 영어 그 자체를 일본에 이식하지 않는다면 어떻게 영어를 말할 수 있을까? 일찍이 소통의 합리성을 논거로 방언의 박멸을 주장했던 오카쿠라가 보기에 일본의 국어란 마치 영어의 방언처럼 보이지 않았을까. 이것은 영어의 권력을 런던에서 체감했던 오카쿠라에게 이론의 차원을 넘어서는 실체적인 위협이었다. 그에게는 단일한 국민국

장을 붙여 출판하였다. 이것은 관비유학 보고서의 성격을 띠는 출판물인데, 오카쿠라가 쓴 부록에서는 영어의 기술보다 영어교육의 자세에 대한 서술이 주를 이룬다.

21 무라오카 히로시[村岡博], 이치가와 산키[市河三喜] 편, 「오카쿠라 요시사부로 선생 약전」, 『오카쿠라선생 기념논문집』, 연구사, 1928, 403~404면.

가로 일본을 보증하는 국어를 위협하지 않으면서 영어를 구축할 필요가 있었기 때문이다.

이렇게 하여 국어와 우호적인 관계를 맺을 뿐만 아니라 국어의 정당성을 상호 보증하는 방식으로 일본의 영어를 제도화한 것이 국어학 이후 오카쿠라의 영문학 교육이다. 바꿔 말하면 오카쿠라는 영어에 일본어가 대응하는 지평이 아니라 일본의 국어와 대응하는 일본의 영문학을 창출했던 것이다.

3. 영문학의 지평

영어와 영문학의 엄격한 구별

1903년에 귀국한 나쓰메 긴나스케와, 그 2년 후에 귀국한 오카쿠라 요시사부로가 영국으로부터 가지고 돌아온 것은 영어가 아니라 영문학이었다. 물론 영어와 영문학에 본질론적인 차이가 있다고 생각하지 않거나 영어연구와 관련이 없는 사람들에게 양자를 엄격하게 구별하는 의식을 이해시키기는 어려울 것이다. 이는 나쓰메의 질문에 대한 우에다의 반응에서도 이해할 수 있다. 그러나 나쓰메가 구속받았고 귀국 후의 오카쿠라가 논했듯이, 그들 일본의 영어교육자들에게 영어와 영문학은 그 의미하는 바가 크게 달랐다. 특히 표준어일원화 = 방언폐지의 국어를 구축하는 작업을 지휘했던 오카쿠라에게 영어와 영문학의 엄격한 구별은 중요한 문제였다.

일찍이 오카쿠라는 커뮤니케이션의 합리성을 논거로 단일한 국어의 제도화에 의한 일본의 근대화와 모든 방언의 박멸을 부르짖었다. 이 같은 논거를 영어와 일본어의 관계에도 적용해버리면 근대화의 인솔자였던 영국의 국어, 즉 영어 앞에서 일본어는 비합리적인 방언처럼 보였고, 동일하게 커뮤니케이션의 합리성을 논거로 삼으면 그것은 머지않아 박멸되어야 할 대상이 되어 버렸다. 이러한 국어의 위기는, 근대화와 서양화를 거의 동일한 것으로 여기며 근대화에의 동경과 모방의 욕망이 강했던 비서양권의 경우 보다 강하게 느꼈던 갈등이었다.

더욱이 오카쿠라의 경우 사정이 더 좋지 않았던 것은, 절대적으로 자율적인 일본어권이라는 언어의 영토를 선험적인 것으로 상정하는 일이 불가능했던 것이다. 일본어의 영토를 담보하는 바탕인 근대국민국가 일본이 대단히 어린 외피밖에 지니지 못했을 뿐만 아니라 그 일본을 담보했던 것이 다름 아니라 국어였다는 것을 오카쿠라는 누구보다도 잘 이해하고 있었다. 왜냐하면 그 자신이 우에다 가즈토시나 호시나 고이치 등과 함께 유구어(琉球語)권이나 대만어권 등의 제각기 다른 언어영토들을 단일의 국어권으로 편입시켜 통합해야한다고 주장한 장본인이었기 때문이다.[22]

22 제각각 다른 지역의 말들을 하나의 '국어'권에 편입시킨 후에도 현실에서는 국어의 언어영토에서 수많은 다른 언어가 존재함을 오카쿠라는 인식하고 있었다. "일본의 영토 안에서는 유구어와 같이 일본어의 한 가지로 봐야할 형태의 언어 외에도, 옛날에는 그것과 소속을 같이 했던 흔적을 언어학상으로 다량으로 보여주고 있는 조선어와 같은 경우도, 그것과는 분명히 성립을 달리 하는 것으로 보이는 지나어계의 대만어 및 남양어계 원주민들의 토착어, 또는 북해도와 사할린과 아이누어 등이 오늘날까지 우리들의 동포에 의해 사용되고 있다. 그것들

커뮤니케이션의 합리성을 근거로 다른 언어의 사용자들에게 국어를 강요했던 과거가 있는 이상, 마찬가지로 일본어의 사용자가 영어를 강요당할 가능성은 언제까지나 열려 있다. 더욱이 메이지 초기의 문부대신인 모리 아리노리[森有礼]가 주장했던 영어공용화론처럼 일본어를 폐지하고 영어에 의한 근대화를 부르짖는 논의가 바로 일본인 쪽에서도 몇 번이나 제출되지 않았던가. 이렇게 근대주의자들은 근대화의 중심으로서의 서양을 동경하여 그것을 모방하면 할수록 자신들의 영토를 위험하게 만들어버린다는 갈등에 직면하게 된다. 이렇게 서양과 일본의 사이에 가로놓인, 넘어설 수 없는 거리 또는 넘어서는 안 되는 경계선을 어떻게 확정해 나가면서도 교류의 회로를 열어둘 것인가.

영어와 재봉의 비교

이러한 갈등과 위협을 초래하는 '영어와 일본어'의 대칭관계를 해소하기 위해 영국유학 후의 오카쿠라는 영어를 브리튼 제도로부터 직수입하지 않고 일본에서의 영어(= 영문학)의 제도화에 몰두하였다. 일찍이 우에다 그룹과 함께 '일본어'가 아니라 '국어'를 구축했던 그는, '영어'가 아니라 '영문학'에 눈을 돌려 그것을 제도화하고 교육해 나갔다. 즉 '국어'의

은 순수한 야마토[大和]계의 일본어로부터는 아무래도 외국의 언어인 것이어서 일본영토의 각지에서 소학교육의 힘 등을 통해 야마토일본어에의 통일운동은 늘 쉼없이 진행되었다. 그럼에도 일본 전 영토, 포구와 포구에서의 국어통일운동은 쉽지 않은 노력을 요구하는 지난한 사업이었다."(오카쿠라 요시사부로, 「국어의 정리와 정화」, 『영어청년』 6월 15일호, 1933, 186~188면.)

대응 개념은 '영어'가 아닌 '영문학'이 되고, '영어와 일본어'의 대칭관계는 '국어와 영문학'의 구도로 자리바꿈 하였던 것이다. 영어를 둘러싼 이 전환은 영문학은 가르치지만 영어는 가르치지 않는다는 일본의 특수한 '영어교육'을 탄생시키는 하나의 계기가 되었다.

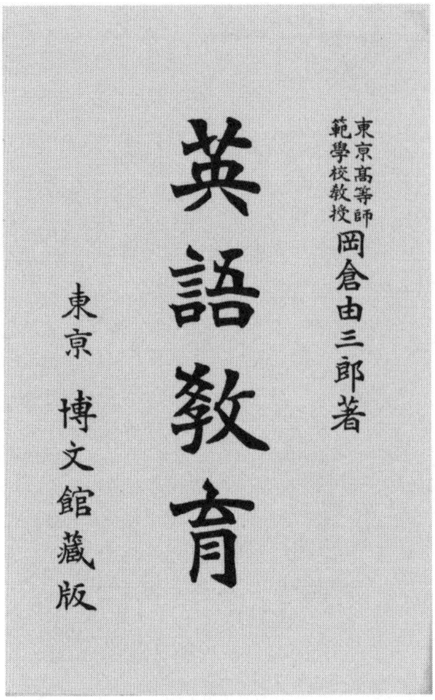

오카쿠라 요시사부로 『영어 교육』(1911년)의 표지. 오늘날에도 종종 반복되는 '교양으로서의 영어'관을 선명하게 선언하고 있다.

'국어와 영문학'의 대칭관계에 기반하여 영문학을 가르쳤던 영어교육은, 오카쿠라 요시사부로가 1911년에 발표한 『영어교육』이라는 저작에서 선명하게 제창되었다. 이 책은 영어교육의 목적을 논한 이론편과, 발음이나 문법 등을 어떻게 가르칠 것인가에 대해 구체적인 지도방법을 쓴 지남(指南)편, 그리고 '교사에 대한 요구'나 사용해야 하는 참고서의 소개 등을 기록한 부록, 이렇게 3부로 구성되어 있다. 여기서 주목하고 싶은 것은 출간 이후 많은 영어교육론자들에 의해 인용되는 제5장의 '영어교수의 요지'에서 영어와 봉재의 비교로부터 논의를 시작하고 있는 부분이다.

오카쿠라는 장남과 차녀가 각기 영어와 봉재를 학교에서 5년간 배웠는데, "형의 경우는 보통의 영어책도 읽지 못하고 쉬운 영문도 쓰지 못하여, 5년간의 수행은 대부분 어떤 정리된 성과를 남기지 못"하는 것에 비해, 동생의 경우는 "대강 옷도 만들고, 정장의 재봉도 어느 정도는 가능하여 5년간의 연습이 확실히 상당한 효과를 얻었다"고 말한다.

그는 영어와 재봉의 학습을 단순 비교하는 것은 가능하지 않음을 인정한 다음, 그 습득 속도의 분명한 차이를 '일상생활에서의 필요성'에서 찾고 있다. "학교에서 영어를 배우면서도 집에 돌아와서 그것을 실제에 연습할 수 있는 기회는 거의 없다. 게다가 영어학습의 효과를 실험할 수 있는 방편도 없어 봉재처럼 가정에서 도움을 얻는 행복한 경우에 처하는 일은 극히 드물다." 이미 오카쿠라가 『영어교육』을 집필한 메이지 말기에 영어는 '일상에 불필요한 말'이 되어 갔던 것이다.

불필요한 영어를 왜 가르치는 것인가

이보다 앞서 메이지 전기의 일본에서는 학문을 위해서는 우선 영어나 또는 독일어, 프랑스어를 습득할 필요가 있었다. 학술서는 구미에서 수입된 것이었고 대부분의 고등교육기관에서는 구미제국에서 초대한 '고용된 외국인 강사'들이 그들의 언어로 강의를 행하고 있었다. 이와 같이 일본어가 통용되지 않는 학문 상황은 메이지 30년대 무렵까지 이어지지만 특히 1874년 이후 관립의 고등교육기관에서는 의학을 제외하고는 독일어나 프랑스어가 아니라 영어가 필수어로 선정되어 영어를 할 수 없으면 지리학도 역사학도 법률학도 할 수 없는, 즉 학문 그 자체가 가능하지 않았던 상황이 있었다.

물론 당시의 고등교육은 극히 소수의 엘리트에 한정된 교육기회였는데, 그만큼이나 영어의 운용능력은 모든 학생에게 자명한 의무였고 '영어교육의 목적이란 무엇인가'라는 문제설정 자체가 불필요했다. 이에 대해 오카쿠라 요시사부로가 『영어교육』에서 '영어'에서 '영문학'에의 전환을 제창한 것은 메이지 말기에서 다이쇼기에 이르는 영어교육의 지평이다. 이 시기, 중등 및 고등교육의 시스템이 급속하게 성숙하고(구체적으로는 학교 수가 배로 늘었다), 일본어로 지리학 등의 학문을 가르칠 수 있는 일본인 강사들이 증가했다. 또 양질의 번역서나 일본어로 된 학술서도 점차 풍부해졌기 때문에 영어가 가능하지 않아도 학문이 가능한 상황이 되었던 것이다.

이미 불필요하게 된 영어를 왜 가르쳐야 하는가. 오카쿠라는 『영어교육』에서 "나는 영어가 원래 실용을 목적으로 한다는 것을 정확히 깨닫는 것을 매우 당연하다고 생각"하는데, "그렇다면, 실용이란 어떤 의미인가"라고 질문한다.

> 어떤 사람들은 이것을 "영어를 말하는 국민과 편지를 한다든지, 또는 담화를 나눈다든지 하는 자격을 만드는 것"이라고 이해하고 있다. 따라서 오로지 회화, 그 다음으로 작문을 영어의 주요한 측면이라고 이해하는 모양이다. 그러나 이것은 정확한 해석은 아니다.[23]

예를 들어 오카쿠라는 "수학에서 미분적분을 배운 후, 일상의 실제 생활에서 어느 정도 사용될 것인가"라고 질문한 후, 이제 영어는 이 수학과 마찬가지로 사고력 양성을 위한 학과이고, "이것들의 학습은 그대로 직접적으로 사용하는 것이 목적이 아니라, 어떠한 분야를 향해서도 노력하기만 한다면 응용할 수 있는 일종의 소양을 만드는 것과 같다"라고 말한다.

23 오카쿠라 요시사부로, 『영어교육』, 博文館, 1911, 30~49면 참조. 인용문은 37면.

이렇게 오카쿠라는 영어습득의 가치를 '교육적 가치(Educational value)와 실용적 가치(Practical value)'로 이분화하고 영어교육이 지향하는 것은 수학교육과 같이 영어적 발상(English way of thinking)이라는 새로운 사고양식을 학습자에게 부여하는 것에 있다고 주장하였다. 이는 이항대립이라기보다 상호보완적인 이분법에 가까운데, 그때까지의 영어교수가 실용적 가치를 중시해왔던 것에 비해 오카쿠라는 영어교육이 지향하는 것을 '영어를 통한 인격수양'으로 설정하였던 것이다.

이 시기는 영어가 절대적으로 필요한 투명한 커뮤니케이션의 도구에서 귀찮고 방해가 되는 이물(異物)이 되기 시작한 때로, 오카쿠라가 이 무렵 이후 영어교육의 지침이 되는 논의를 제시한 것은 그 의미가 크다고 하겠다.

영문독해를 중시하고, 실용과 교양의 이분법으로 영어교육의 가치를 논의하다

이 시기 오카쿠라가 가장 중요하게 제창했던 영어교육은 회화능력이나 작문능력이 아니라 독해력의 습득이었다. 그 이유는 "통역이나 기자를 제외하고 일반인은 직접 외국인과 글로 소통한다든지 대화를 나눈다든지 해서 이익을 얻는 경우가 적고, 대다수 사람들은 서적을 매개로 하여 신지식 신사상을 흡수하는 것"이고, 따라서 영어교육의 제일 목적은 독해력의 양성에 있었다.

독서하는 능력은 영어 각 분과의 중심이고 각 요소의 총화이다. 그러므로 교사다운 사람은, 흔히 주종(主從)·강약의 관계를 고려하지 않은 채 재학 기간 동안 독서·작문·회화·문법을 똑같이 병행하여 진행하는, 노력은 많고 효과는 적은 방법을 취하지 않는다. 평소에 독서를 중심으로 하고, 전체에서 이 부분에 집중시키면서 독서력을 양성한다.[24]

영문독해를 가장 중시하고 실용과 교양의 이분법으로 영어교육의 가치를 논하는, 이후 일본의 영어관을 규정하는 사고양식이 여기에 분명하게 나타나 있다. 오카쿠라의 이러한 『영어교육』은 초판일로부터 4반세기가 흐른 1937년에도 증보 재판될 정도로 오랫동안 지속적으로 읽혔다. 오카쿠라 자신도 『영어교육』의 성공에 의해 영어교육계의 지도자 중 한 사람이 되었고, 위에서 서술한 교양영어관을 스스로 계속 실천하면서 더욱더 제도화에 몰두해 갔다. 이것이, 영어의 운용능력을 가르치는 영어교수와 대치되었던, 교양으로서의 '영문학'을 독해함으로써 인격양성을 지향하는 영어교육의 원형이다.

일본의 영어교육이 지향해야 할 바를 영어의 교수가 아닌 영문학을 통한 인격 양성으로 설정한 것은 일본어의 언어영토를 위협할 만큼 절대적인 합리성을 지닌 영어를 후경화하는 데 도움이 될 뿐만 아니라 '국어와 영문학'의 상호보완적인 대칭관계를 구축하는 데에도 결정적으로 중요

24 위의 책, 42면. 오카쿠라가 『영어교육』에서 제시했던 교양영어관은 일본의 영어관에서 중요한 전환점이 된다. 그러나 교양영어관이 오카쿠라의 개인의 독창적인 것이라고 생각하기는 어렵다. 『영어교육』은 당시의 영어학자 다수가 공동집필한 것을 오카쿠라의 이름으로 발표했다고 하는 전언도 영학사연구에서 찾아볼 수 있다. 이 경우 『영어교육』에 나타난 교양영어관은 동시대의 영어학자 사이에 공유되던 언설임을 방증하는 것이기는 하지만, 공동집필의 사실을 확인할 수 있는 1차 자료는 나타나지 않고 있다.

했다. 영어의 교수 면에서 볼 때 아무리 해도 일본의 영어교육자는 '고용된 외국인' 강사를 넘어설 수 없다. 그러나 교양으로서의 영문학이라면, 그것을 습득한 인격이라면 국적이나 모국어와 관계없이 교육하는 것이 가능해진다. 즉 영문학이라면 일본인도 가르칠 수 있다. 영어교육에서 문제가 되는 것은 소통능력이 아니라 항상 '인격' 그 자체이다. 이러한 교양영어관을 거꾸로 세우면, 보다 교양있는 인격이 되기 위해 영문학에의 소양은 필수적인 것이 되고, 영어를 유창하게 말하는 능력보다 '영어를 매개로 해서 다양한 지식과 감정을 섭취하는 일'이 중시되는 것이다.

국어만으로 근대적 인격은 양성될 수 없으며 영어로도 충분하지 않다. 오카쿠라의 말을 인용하면 "구미의 신선하고 건전한 사상의 조류를 길어 올려 우리 국민의 뇌 속에 그것을 부어넣고 양자가 서로 도와서 일종의 활동소를 배양하는 일"을 지향해야 하는 것이다.

모방 욕망의 역학

한 손에 일본을 담보하는 '국어'를 잡고 한 손에 근대보편의 인격을 양성하는 '영문학'을 잡음으로써 비로소 이상적인 인격을 만들어낸다는 영문학의 사상을, 오카쿠라 요시사부로의 독창적인 생각이라고 보기는 어렵다. 사카이 나오키가 '대 형상화 도식'이라는 개념으로 부각시켰듯이 그것은 일본사상에 공통되었던 사고양식, 즉 근대와 서양이 이중으로 투사되어 보였던, 일본인들에게 공유된 사고양식의 한 유형이었다. 사카이에 의하면 절대적인 타자로서 군림하는 구미로부터 선험적으로 자율적인 국어를 생각해내지 않고, 오히려 구미의 '국어'와 대칭관계에 자신들의 '국어'를 구축해갔던 그들 근대주의자들에게 공통하는 "자기 언급적인 성격은 모방성에의 욕망을 매개로 하여 처음으로 가능"하게 되었다.

> 절대적인 타자를 결코 넘어설 수 없다는 거리에의 자각과 함께, 그러한 타자에의 동경과 흡사한 동일화의 지향을 지속시킴으로써 주체는 일정 근거에서가 아닌 '배움'과 '모방'의 욕망에서 스스로를 만들어낸다. 그리고 모방의 대상은 (…중략…) '이념'이 아니라 '인격(인칭)'이 아니면 안 된다.[25]

이렇게 해서 영문학이 가능하게 하는 '인격' 양성을 모방하는 것이 일본어 및 일본인이 근대화하는 길이 되고, 국어의 지위를 위협하지 않고 그것을 강력하게 보완하는 길이 된다는 '국어와 영문학'의 대칭관계가 성립하였다. 즉 일본의 국어는 구미의 국어에의 모방과 동경에 의해 탄생하고 일본의 영어는 국어와의 대칭관계 속에서 영문학으로서 재편성되었던 것이다.[26]

---

25 사카이 나오키, 『일본사상이라는 문제』, 岩派書店, 1997, 72~73면. 여기서 사카이가 '이념'이 아니라 '인격'을 문제삼았다고 보는 것은 마루야마 마사오 등의 근대적 '국가평등'주의이고, 그 이전의 식민지적 보편주의의 대형상화도식은 '이념'으로서의 '서양이 모방의 대상이 되었다고 논한다. 이 책에서는 식민지적 보편주의 시대의 오카쿠라를 논의하고 있어서 대형상화의 역학을 파악하는 데서의 사카이의 논의와 간극이 있다. 이 간극이 1930년대의 국제주의자들을 분석하는 데 의미가 있음을 이 책의 후반부에서 '영어회화'의 구도를 논의할 때에 밝히고자 한다.

26 사카이의 말을 빌리자면, "자국어의 체계적인 통일체로서의 형상은 이 도식과의 상관관계에 있는 외국어의 형상과 동시에 부여되는 것이고, 자국어는 외국어와 동시에 생산되는 것"(위의 책, 62면)이 된다. 나아가 사카이가 문제삼는 '외국어로부터 자국어로'라는 계기는 '자국어로부터 외국어로'라는 계기와 연동되는 것임을 덧붙이고 싶다. 본문에서 논의하고 있듯이 외국어인 것은 반드시 그 생산지로부터 디지털 전송되는 것이 아니라 외국어의 형상도 자국어와의 상

『영어교육』의 공간(公刊) 후에도 오카쿠라가 점차로 제도화해 갔던 일본의 영문학은, 물론 영국의 영문학(English Literature)의 모방품이었지만 그 사회적 기능에는 일정한 조작이 가해지고 있었다는 사실에 주의하고 싶다. 즉 영문학이 영국의 국민주체를 양성하는 앎일 뿐만 아니라 그것이 근대의 보편적 교양으로서의 기능을 지니고 있는가의 문제는 오카쿠라와 같이 비서양의 영어교육자에게는 바로 사활이 걸린 문제였다.

메이지 말기의 일본에서 영어가 아닌 영문학의 구도가 성립했던 것은, 영문학 독해를 목표로 하는 영어교육이 오랫동안 설득력을 얻은 것도, 꼭 언어로서의 영어가 본질적인 우위성이나 보편성을 지니고 있었기 때문도 아니고, 영어제국주의자들이 행한 일본어 혹은 국어에 대한 침략이 성공했기 때문도 아니다. 오히려 일본의 영어교육자들에 의한 영문학의 자주적인 수입과 적극적인 제도화, 그러한 행위를 재촉한 근대화에 대한 동경과 모방의 욕망이 만들어낸 역학을 고려하지 않으면 이해하기 어렵다.

국어와 영문학이 서로를 보완하는 영문학의 구도는 영문학을 직접적으로 가르치고 배우는 것이 아니라 국어를 통해 영문학을 배운다고 하는 '배움'의 구도에 의해 완성되었다. 영문학은 국어에 의해 배우지 않으면 안 된다. 그것은 영문음독을 가르치기 전에 "자국어의 발음이 확실하게 완성되었는가 아닌가, 이 점도 한번 검토할 필요가 있다"라고 말했던 오카쿠라의 사고에서도 잘 드러나고 있다. 오카쿠라는『영어교육』에서 학생의 출신지에 의해 サ행과 シャ행의 발음이 구별되지 않는 사례 등을

관관계 속에서 토착화(domesticate)되어 편입(appropriate)되는 것이다. 그것은 브리튼제도의 English Literature와 일본제도의 '영문학'과의 관계에서 단적으로 드러난다고 할 수 있다.

지적하면서 국어의 음에 "교정해야할 발음이 있"기 때문에 영어교육의 처음 단계로서 국어의 발음을 가르칠 필요가 있다고 말한다. 왜냐하면,

> 국어발음의 오진(誤診)은 연이어 영어발음에도 영향을 미쳐 학습에 적지 않게 장애를 가져오기 때문에 영어발음 교수가 처음 담당해서 충분히 이것을 교정하여 나중에 폐를 끼치지 않도록 주의가 필요하다. 이렇게 자국어의 발음을 한번쯤 시험해보고 이것이 끝난 후에는 국어와 거의 같은 발음을 가진 영어의 음으로 옮겨 서로 비교하여 교수・연습하는 것이 순서이다.[27]

여기서 말하는 국어 내지 자국어란 표준어를 의미한다. 물론 표준어(내지 일본어)를 발음하지 못해도 영어를 습득할 수 있다는 것을 새삼 확인할 필요는 없다. 그러나 일본에서 영어를 학습하는 주체는 우선 국어를 정확하게 말하는 주체가 되지 않으면 안 되고, 국어를 통해서만 영어를 습득하는 것이 요구되는 것이다. 이렇게 영어와 교섭하는 권리를 공식적으로 소유한 것은 국어뿐이다.

관비유학 후에 국어학으로부터 전신하였던 오카쿠라가 조직했던 영어의 제도화란 사회규범으로서 유효하게 기능하는 영문학을 영국에서 직수입하는 작업만은 아니며, 또한 단순히 일본의 영어를 날조하는 작업도 아니었다. 오카쿠라의 활동은 국어를 위협하지 않을 뿐만 아니라 국어가 영어와의 교섭권을 유일하게 가진 것을 공식적으로 인정하는 영어교육의 구축작업이었고, 근대 보편의 인격을 양성하는 영문학의 재편

27 오카쿠라, 앞의 책, 55면.

영어와 일본어의 도식
〈 언어는 도구다 〉

'커뮤니케이션의 합리성(말이 통하기 위해!)'을 논거로 삼아 '표준어'의 창출과 '방언'의 소거를 실행해가면, 표준어와 방언의 관계가 언어와 일본어의 관계로 바뀌어버린다.

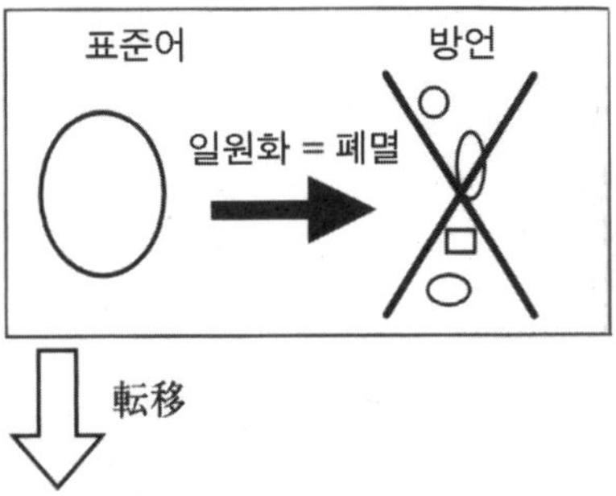

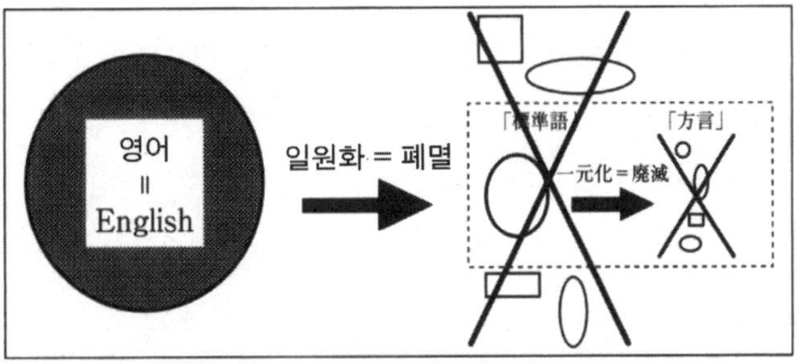

※ '영어'의 공용어를 노리는 자는 영어와 일본어의 도식으로 사고하고 있다.

영어와 국어의 도식
〈 언어는 문화의 결정체다 〉

언어를 도구가 아니라 문화의 결정체로 파악하고, 영어를 English가 아니라 '영문학'으로 설정하면 '일원화=폐멸'의 역학은 '문화' 안에만 한정되어 이문화 사이에는 '동경과 모방'을 원동력으로 삼는 쌍형상화의 역학이 나타난다.

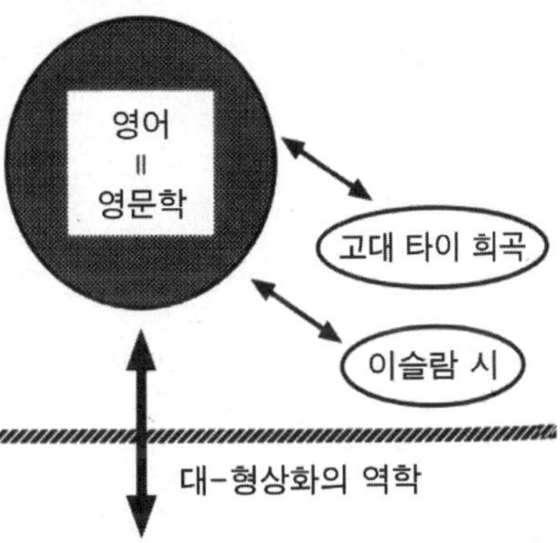

다른 '문화의 경계

※ '영문학'을 배우는 것은 이문학을 배우는 것이 되며, 그것은 '국어'를 위협하지 않는다. 영문학과 국어는 상이한 지평에 서 있기 때문이다. 영문학이 국어와 쌍형상을 이룸으로써 영문학을 모방하는 국어활동(예를 들면 영문학을 배운 나쓰메 소세키의 '국문학')이 활발해진다.

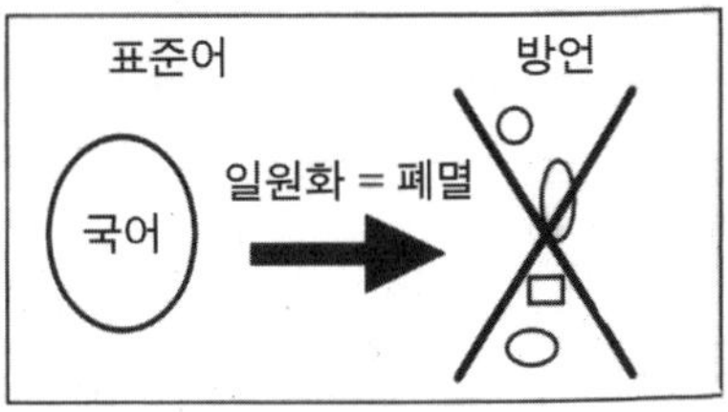

성 작업이었다. 이러한 국어와 영문학이 상호 보완하는 지평에서 나타난 것은 근대보편의 인격을 양성하는 일본인이라는 주체상이었다.

영문학과 방송국

앞장에서 상세하게 보았듯이 1925년부터 라디오 전파를 탔던 '영어강좌'는 '영문학강좌'와 한 조의 교양 프로그램으로 출발하였다. 최초로 방송된 '영어강좌'의 실체가 '영문학'의 독해를 목적으로 하는 '영어교육'이었던 것은 같은 프로그램을 실질적으로 제작하고 강의했던 영어교육자가 다름 아닌 오카쿠라 요시사부로와 그의 제자들이었기 때문이다.

그러나 방송국은 이러한 오카쿠라들의 '영문학'의 사고양식을 어디까지 공유하고 있었던 것일까? 틀림없이 방송국은 '영문학강좌'를 '영어강좌'와 한 조로 방송했지만 2년째 이후의 '영문학강좌'에게는 안정된 방송기간과 방송시간을 부여하지 않았다. 그 프로그램 이름도 첫해에는 '영문학강좌'였던 것이 2년째에는 '영어하기(夏期)강좌 중등과'로 되었고, 3년째에는 '영문학강좌'라는 프로그램 이름을 부활시켰지만 3일 만에 없애버렸다. 하지만 '영어강좌'는 안정된 방송기간과 방송시간을 부여받고 1941년(쇼와16) 12월까지 계속 방송되었다.

방송국은 '영문학강좌'를 1927년 9월에 없애버리고 재개하지 않았다. 게다가 그때까지 계속되고 있던 하기 특별 영어프로그램도 없애버리고 한동안 '영어강좌' 초등과와 중등과만이 3기제로 방송되었다.

왜 '영문학강좌'는 삭제되어버린 것일까? 그것은 왜 1927년이었을까?

다음 장에서 '영문학강좌'가 삭감된 시기의 사회적 문맥을 살펴보고, 영문학 감상을 주창했던 영어교육자들의 교양영어관이 흔들리고 영문학의 지평으로부터 방송국이 거리를 두었던 과정을 살펴보고자 한다.

제3장

영어를 둘러싼 내전

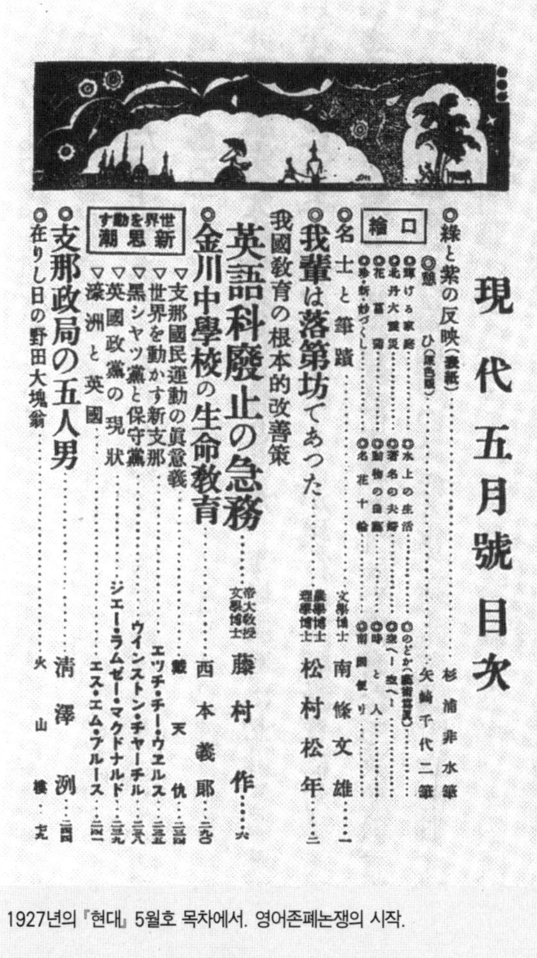

現代五月號目次

◎緑と紫の反映（表紙）……杉浦非水筆
◎憩ひ（原色版）……矢崎千代二筆

口絵

◎輝ける家庭 ◎水上の生活 ◎のどか（藝術寫眞）
◎北丹大震災 ◎著名の夫婦 ◎空へ！空へ！
◎花嫁御 ◎動物の曲藝 ◎時と人
◎夢・新・紗づくし ◎名花十輪 ◎南國便り

◎名士と筆蹟……文學博士 南條文雄……一
◎我輩は落第坊であつた……農學博士 理學博士 松村松年……三

我國教育の根本的改善策
英語科廢止の急務……帝大教授 文學博士 藤村作……六
◎金川中學校の生命教育……西本義郎……二〇

世界を動かす新思潮

▽支那國民運動の眞意義……戴天仇……三四
▽世界を動かす新支那……エッチ・チー・ウエルス……三五
▽黒シヤツ黨と保守黨……ウインストン・チヤーチル……三八
▽英國政黨の現狀……ジエー・ラムゼー・マクドナルド……三九
▽濠洲と英國……エス・エム・ブルース……四一

◎支那政局の五人男……清澤冽……四四
◎在りし日の野田大塊翁……火山樓……五七

1927년의 『현대』 5월호 목차에서. 영어존폐논쟁의 시작.

1장에서 살펴본 바와 같이, 최초의 영어강좌 시리즈는 '영어강좌'와 '영문학강좌'라는 두 프로그램으로 시작했다. 전후의 영어강좌 시리즈가 영어회화를 주로 방송했던 것과는 대조적으로, 초창기 방송국에는 영어회화 프로그램이 존재하지 않았고, 영문학만 '배워야만 할 영어'로 발신하고 있었다. 이렇듯 영문학의 감상을 최종 목표로 삼은 영어관은 오카구라 요시사부로[岡倉由三郎]를 필두로 한 도쿄고등사범 출신 영어교육자들이 라디오 방송으로 가지고 들어온, 말하자면 이미 만들어진 '영어'였다.

그러나 영어강좌 방송 3년 차에 영문학강좌는 홀연 방송편성에서 자취를 감추었다. 반면 영어강좌만 남아 그 후에도 방송되었다. 프로그램 강사를 맡고 있던 도쿄고등사범의 교사들에게는 영문학강좌가 영어강좌보다 중요했던 것이다. 그런데도 방송국은 1927년에 돌연 영문학만 잘라버렸다.

실은 이 해, 영어교육의 시비를 둘러싼 대논쟁이 쏟아져 나왔다. 학교교육에서 영어가 차지하는 특권적인 위치를 정면에서 비판하는 목소리가 급속히 커지면서 많은 사람들이 현행 영어교육에 대한 불만을 표시했다. 이처럼 영어교육에 대한 비판이 분출한 것과 방송국에 출강하던 오카구라 그룹의 영어교육자가 무관하다고는 할 수 없었다. 결과적으로 '영어강좌'의 강사진 거의 전원이 '영어'를 방어하기 위한 논쟁에 참가했다.[1]

1 '영어존폐논쟁'이라 불리는 1927년의 논쟁은 일반적으로 잡지 『현대』(大日本雄弁會講談社)에 게재되었던 후지무라 쓰쿠루의 논문에 의해 불이 붙었다고 생각할 수 있지만, '영어'의 문제를 동시대의 사회문맥에 입각해 고찰한 이 장에서는 이와 다른 입장을 취한다. 후지무라의 논문은 「대번역국」 등 몇 가지 문제가 있을 뿐 아니라, 『현대』 지상에서 후지무라를 전면 지지했던 사람은 손꼽을 정도밖에 없었다. 그러나 그의 논문이 제기했던 논점(특히 두 번째 논점)에는 집중적으로 찬성 의견이 나왔다. 즉 영어존폐논쟁에 참가했던 논자들은 후지무라

1920년대 중반의 영어존폐논쟁은 잡지 『현대』에 게재한 영어교육의 폐지를 주장하는 후지무라 쓰쿠루[藤村作]의 「영어교과 폐지의 급무」(5월호, 1927)라는 논문이 큰 반향을 일으킨 것을 계기로 다른 잡지나 신문 등에서도 앞다투어 이를 쟁점화하면서 반년 이상이나 이어졌다. 가와즈미 데쓰오[川澄哲夫]의 연구에 의하면, 논쟁의 중심무대였던 잡지 『현대』에 기고했던 사람만 해도 1,600명이 넘었다. 영어를 둘러싼 다방면의 의견을 표출한 이들 가운데에는 중·고등학교 및 대학 재학생, 교사, 학교장은 물론, 의사, 신문기자, 청년단원, 도쿄상공회의소 회원, 일본은행 이사, 혹은 미쓰비시상사 중역을 비롯한 실업계 각 분야의 대표자도 있었다. 이를테면 야나기다 구니오[柳田國男]라든가 노가미 도시오[野上俊夫] 같은 사람도 자신의 견해를 기고했다.

왜 쇼와 초기의(에) 영어존폐논쟁이 이렇게까지 큰 반향을 불러일으켰던 것일까? 오카쿠라 요시사부로 같은 영어교육자는 어떠한 영어관을 무기로 논쟁에 임했던 것일까? 그들은 문자 그대로 참패했던 것일까? 혹은 세간의 여론이 요구하는 방향으로 영어를 개선하여 영어교육을 존속시키고자 노력했던 것일까? 만약 그렇다면 영문학의 운명은 어떻게 되었던 것일까?

하지만 이 논쟁 끝에 나온 결론이 '영어교육의 폐지 혹은 존속'이라는 양자택일을 요구하는 단순한 것은 아니었다. 도대체 어떤 '영어'가 교육

논문을 지지했던 것이 아니라, '영어'를 재검토하자는 문제 제기에 공명했다고 볼 수 있다. 이러한 '영어' 비판은 1910년대 중반부터 시작되었고, 합중국의 배일이민법과 원호의 교체(즉 다이쇼에서 쇼와로)의 교체로 인해 더욱 가열되었다. 영어존폐논쟁은 '영어' 비판의 조류 가운데에서 생각해야만 한다. 덧붙이자면 이 장에서 참조했던 자료의 다수는 가와즈미 데스오[川澄哲夫] 편, 『자료 일본영문학사 2 영어교육논쟁사』(大修館書店, 1978)를 참고하여 원전 자료로 삼았다.

의 대상이 되고, 어떤 '영어'가 교육해야 할 앎으로서 승인을 받았던 것일까?

이 장에서는 영어존폐논쟁의 분석을 통해 다양한 '영어'들이 모습을 드러내고, 그것이 서로 경합하거나 경쟁해가는 과정을 밝히려 한다. 그럼으로써 논쟁 이후 방송국이 영문학을 떠나, 다음 장에서 상세하게 살펴볼 '수험영어' 혹은 '영어회화'와 접합하는 단계로 진입하는 상황을 고찰하고자 한다.

1. 영어는 이제 필요하지 않다

적의를 품은 영어 비판

영어교육을 향한 비판은 메이지 초기부터 존재했지만, 방송 개시 전후에 일어난 영어교육 비판은 규모로 보나 논조로 보나 이전의 산만한 양상과는 확실히 달랐다. 이 시기의 영어 비판은 생생한 적의를 원동력으로 삼았기 때문이다.

제1차 세계대전 후, 자국의 대통령이 제창했던 국제연맹에조차 가입하지 않았을 정도로 내부지향적이고 독자적인 외교노선을 걸었던 미합중국에서는 1920년 캘리포니아주가 일본 국적자의 토지 소유를 금하는 '배일토지개정법'을 제정하는 등 배일운동이 확대되었다. 이러한 흐름은 1924년 연방회의가 제정한 '배일이민법'으로 이어졌고, 마침내 미합

중국은 일본인의 이민을 원칙적으로 전면 금지했다. 당시의 이민배척 정책은 일본뿐 아니라 미국의 일부 신문으로부터도 호된 비판을 받았고, 미국 각지에서는 일본인 이민자의 항의 운동이 일어났다. 그때 영국에서는 태평양대전쟁의 개전을 예측한 소설 『태평양전쟁』이 발표되어 화제를 모았다고도 한다.

배일이민법이 성립한 1924년은 미국이 미증유의 호경기를 누린, '골든에이지'(혹은 '재즈에이지')라 불리는 1920년대 중 한가운데였다. 당시는 누구라도 노력만 하면 출신지나 계층에 구애받지 않고 입신출세가 가능하다는 아메리칸 드림을 의심하지 않던 시대였다. 또한 세계경제 속에서 홀로 압도적인 호경기를 누리던 합중국은 세계 각국의 선망과 시기의 대상이었다.

특히 한 해 전인 1923년에 관동대지진으로 괴멸에 가까운 피해를 입은 일본의 입장에서 보면, 그와 같은 미국은 가장 매력적인 이민의 행선지였다. 그렇기에 호황과 불황의 대비가 더욱더 확실해진 그해에 이미 일본의 이민을 배제했다는 충격은 당시 일본을 뒤흔들었다. 일본의 신문, 잡지를 통해 많은 논자가 미국의 배일 자세를 엄중히 비판했고, 양국의 긴장은 단박에 고조되었다.

예를 들어 배일이민법의 제정 직후, 『중앙공론』은 시부가와 겐지[澁川玄耳]의 「무엇을 두려워하는가?」라는 제목의 미국을 비판하는 글을 실었는데, 그 글에서 시부가와는 영어교육의 전면 폐지를 호소했다.[2]

---

2 시부가와 겐지[涉川玄耳], 「무엇을 두려워하는가? 일본」, 『중앙공론』 7월호, 1924. 이를 전후하여 『중앙공론』은 배일이민법에 대한 비판을 다수 게재하는데, 그것들 대부분은 영어교육을 직간접적으로 비판하고 있다.

'일본은 대민족임을 자각하자'는 슬로건을 내걸고 그는 '미국에 보복을 하기' 위해서는 우선 '자주의 정신을 떨쳐 일으키자'고 주장하면서 중고등교육에 과도하게 할당되어 있는 영어교육을 전폐하고, 그 대신 국어학습을 강화하자고 말했다. "영어교육은 영어를 모국어로 삼은 나라의 모방을 장려하는 것과 마찬가지"라는 그의 어학 교육 인식에는 다소 논리적 비약이 느껴지지만, 동시대 사람들에게는 그다지 이상하게 보이지 않았을 것이다. 물론 시부가와처럼 미국 비판과 영어교육 비판을 싸잡아 거론하는 입장이 이 시기의 영어교육 비판의 주류를 이루어갔다. 이리하여 영어교육의 정체라든가 형해화를 개탄하는 1910년대 중기까지의 '영어교육' 비판과는 달리, 영어 자체를 공격하는 '영어'교육 비판이 1910년대 후기부터 이루어졌다.

'국어'와 '영어'라는 대립축

시부가와의 글이 나온 다음 해부터 시작된 라디오방송도 이러한 영어교육 비판과 무관하지 않다. 제1장에서 본 바와 같이, 1925년 7월 12일『도쿄아사히신문』은 라디오방송의 '영어강좌'를 직접 비판하는 투고를 게재했다. 사흘 후에 그에 반론하는 투고도『도쿄아사히신문』에 실렸지만, 여기에서 새삼 주목해야 할 것은 영어강좌의 비판자와 지지자 모두 어떤 의문을 공유하고 있었다는 점이다. 그것은 바로 현행 영어교육에 대한 회의와 학교에서 가르치는 영어에 대한 불신이다.

영어교육에 거센 역풍이 불기 시작한 바로 이 계절에 이제 막 개시한 라디오방송에서는 영어강좌가 흘러나왔다. 오카쿠라 요시사부로를 중심으로 하는 방송 강사들은 영문학강좌를 신설하고, 교실이라는 한정된 공간에서 실천되어온 영문학 독해와 감상을 라디오 전파가 닿는 지역의 사람들에게 제공했다. 동시대 영어교육을 비판하는 흐름으로부터 동떨어진 라디오의 영어강좌 시리즈를 한층 더 확충하는 것처럼 보인 1927년, 그때까지 산발적으로 제기되던 영어교육 비판이 한꺼번에 통합적으로 분출되었는데, 이것이 1927년에 일어난 영어존폐논쟁이다.

이 논쟁의 발단은 잡지 『현대』의 1927년 5월호에 게재된 후지무라 쓰쿠루의 「영어과 폐지의 급무」로서 역시나 영어교육의 전면 폐지를 주장하는 논문이었다.[3] 후지무라는 근세 일본문학 연구로 유명한 도쿄제국대학의 국문학 교수이자 많은 종합잡지에 자주 글을 발표하는 논객이기도 했다. 후지무라의 글로 인해 도쿄제국대학의 '국문학'이 자신의 권위를 빌어 '영어' 교육을 정면에서 비판하는 형국이 되어버렸고, 그것은 '국어'와 '영어'라는 대립축이라는 단순한 이항대립의 도식을 성립시키고 말았다.

그렇지만 후지와라 논문은 시부가와 겐지의 글처럼, 감정론으로 시종하는 영어교육 비판과는 달랐다. 그는 중고등교육의 수업시간 수를 예시로 들어 영어교육의 편중을 논리정연하게 비판했고, 논점을 명확하게 정리하여 구체적인 대안을 제시했다. 후지무라의 논점은 결코 새로운 것은 아니었지만, 비판 요점의 명쾌한 제시와 어조의 간명함으로 인해 기존의 영어교육 비판과는 다른 설득력으로 반향을 불러일으켰다. 후지무라 논문이 제시했던 세 가지의 논점은 이후 반년 간에 걸친 논쟁의 쟁점을 형

3 후지무라 논문이 상당히 커다란 반향을 일으켰기 때문에 잡지 『현대』는 다음호부터 반년 동안 영어존폐논쟁 특집을 기획했다.

성했고, 『현대』에 실린 의견의 대부분은 후지무라 논문의 세 가지 논점에 대한 찬반 표명이었다. 그 때문에 후지무라 논문의 논점을 정리하는 것으로 1927년의 영어존폐논쟁의 내실을 정리해두고자 한다.

우선 첫 번째 논점. 후지무라는 논문의 모두에서 '모방의 시대는 지났다'고 선언한다. 국력이 현저히 열세였던 막부 말기부터 메이지 초기의 일본은 '부득이하게 구미 각국과 접촉할 수밖에 없었고', 힘의 차이 때문에 '열렬히 모방에 힘써왔지만', '오늘날의 일본은 구미 열강과 어깨를 나란히 할 만큼 국력이 충실해지는 데 이르렀기' 때문에 이제는 남을 모방하는 오랜 인습에서 벗어나야 한다고 말한다.

그는 쇼와천황 칙유 제1절인 '모방을 금하고 창조에 힘쓰자'는 말을 대의명분으로 삼으면서 "새로운 쇼와 정신의 실현을 위해서는 반드시 교육제도상의 적절한 개선을 도모해야만 한다"고 진술했다. 과거 열성적으로 외국을 모방했던 행위가 정당했는가를 따지기보다 쇼와라는 새로운 시대에는 그것에 상응하는 새로운 교육제도를 만들자는 입장으로 볼 때, 첫 번째 논점은 '외국 모방의 화신'인 영어교육을 폐지하고 대신 일본의 독자적인 교육을 주장하는 두 개의 논점이 병립하고 있다.

이러한 배외주의를 선언하는 제일의 논점은 단순한 배타적 내셔널리즘의 발로로 보이기도 하며, 또는 국문학 진영의 영어교육 진영 비판이라는 도식으로 보이기도 한다. 사실, '쇼와라는 새로운 시대'의 도래와 배타적 내셔널리즘의 시동을 불가분의 관계로 주창하는 상투적 문구는 쇼와 초기의 다양한 문장의 첫머리에 지나치게 자주 등장한다.[4]

4 이러한 조류에 대해 사쿠라이 야쿠[櫻井役]는 메이지 전기를 '구미 학술의 모방과 이해의 시대', 메이지 후기를 '동화와 응용의 시대'라 한 데 반해, 다이쇼 시기와 쇼와 시기를 '학문 독립

영어의 특권화를 비판

그렇다면 후지무라 쓰쿠루도 시부가와 겐지처럼 외국어 학습과 일본정신의 함양은 양립하지 않는다는 배타적 내셔널리즘의 입장에서 일체의 외국 모방에서 벗어난 학문과 교육의 완전한 독립을 주장하는 것일까? 그렇지 않다. 후지무라의 논리는 시부가와의 외국어 전폐론과 꽤 거리가 멀다. 후지무라는 오히려 영어를 외국어로 채용하여 특권화하는 현행 교육제도에 비판을 가하고 있는 것이다. 그는 외국어 학습을 통한 자각 없는 구미 모방은 비판하지만, 외국의 문화와 사상을 학습하는 기회 자체는 부정하기는커녕 적극적인 의의마저 찾고 있다. 이는 그의 논문에서 독자성을 발휘하는 두 번째 및 세 번째 논점을 보지 않아도 명확하다.

두 번째로 후지무라는 다음 절에서 현행 중등교육과정이 영어교육에 과도한 시간을 할애하고 있는 현황을 구체적인 수업시간 수를 거론하며 비판한다. '과중한 외국어 부담'의 가장 나쁜 예로서, 고등학교 문과 1학년생이 1주일에 8시간이나 영어 수업을 받는 현실을 소리 높여 비판한다. 이는 "제1외국어만 수료한다 해도 총 28 내지 29시간 가운데 4분의 1 가까이 점하고 있다." 또 정도의 차는 있지만, 중학교나 여학교에서도 비슷한 편중의 영어 커리큘럼을 시행하고 있고, 상급학교 진학을 목표로 삼는 사립에서는 실로 3분의 1 이상의 수업시간을 영어교육이 잡아먹고 있는 곳도 있다고 한다. 게다가 각종 고등교육기관 입학 자격시험

의 시대'라고 규정하고, 3단계에 이르러 급격히 영어교육의 사회적 지위가 급락했다고 적고 있다. 사쿠라이 야쿠(櫻井役), 『일본 영어교육사고(教育史稿)』(文化評論出版, 1935) 가운데 「다이쇼 쇼와 시대」를 참조하라.

에 외국어를 필수 과목으로 채택하여 수험영어가 학교 교육 전체에 큰 폐해를 미치는 실태도 비판한다.

그리하여 후지무라는 이렇게 묻는다. 이렇게까지 대량의 시간과 노력을 소모해야 할 만큼 외국어 학습의 이유가 있느냐고. "우리가 볼 때, 국민생활에 외국어가 필요하다는 주장은 심히 의심스럽다." 이렇게 일상생활에서는 외국어가 불필요하다는 두 번째 논거를 통해 그는 쓸데없는 영어교육의 폐지를 주장한다. 영어존폐논쟁의 전개 가운데 다른 논자들 다수가 후지무라의 주장을 지지하는데, 그것들은 일상생활과 영어가 무관하다는 사례를 하나하나 늘어놓으면서 영어학습에 소모하는 막대한 노력을 다른 교과(특히 국어) 쪽으로 돌려야 한다고 서술하고 있다.

대번역국

무엇보다도 후지무라의 독자성은 세 번째 논점에 나타난다. 실제로 사용할 기회가 없는 외국어의 교육을 폐지하면, "외국어를 이해하지 못하는 보통 국민이 다수 생겨날 것은 예상할 수 있다. 외국 서적에서 직접적으로 지식과 사상을 흡수하는 것도 감소한다." 그러나 첫 번째 논점으로 1920년대 중반 일본의 정신적 독립을 주장했던 후지무라는 지식의 쇄국 상태를 우려하는 태도는 보이지 않는다. 그는 외국사상의 완전한 배척을 주장하지 않았을 뿐 아니라 외국 여러 나라에서 지식과 사상을 배워야 할 의의와 중요성을 충분히 인식하고 있었다. 여기에서 그가 제시한 대안은 '외국어과 폐지와 함께 국가가 대번역국(大飜譯局)을 신설

할 것'이었다.

대번역국은 정부의 직할기관으로서 '각 학과의 권위 있는 전문 학자로 위원들을 구성하고, 영, 독, 불, 노 등 각국 언어에 정통한 동시에 국어국문에 뛰어나고 문장이 훌륭한 사람을 추천하여 번역관으로 삼고, 위원이 선택한 것을 번역관이 번역하여 공동 간행하는 역할'을 맡는다는 구체적인 계획까지 제시한다.

대번역국의 설치라는 세 번째 논점은 두 가지를 내포한다. 한편으로는 외국 사상을 완전히 배척하지는 않고 오히려 해외 지식 수입의 중요성을 인식하여 '안정'적인 수입 경로를 확보한다는 목적이 있다는 것이고, 다른 한편으로는 외국사상의 창구를 하나로 묶어 일본어권에서 유통되는 외래 사상의 관리와 규제를 용이하게 하려는 저의가 있다는 점이다.

여기에서 당연히 거론될 수 있는 후자에 대한 비판을 예상하여 그는 개인기업 출판사에서 많은 번역서를 출판하지만 '민간사업으로는 새롭고 기이하게 움직이는 세태에 영합하는 경향이 생길 우려도 있다'고 한다. 그 때문에 대번역국은 국가기관으로 설치해야 한다고 단언하는 것이다. 마침 당시 일본에는 사회주의 사상을 대표로 하는 새로운 외래사상이 유통되어 큰 사회적 조류를 일으키고 있었다. 이러한 '사상 혼란의 원인 중 하나가 외국 사상 수입의 난잡함'에 있으므로 "외국어과의 정리는 사상의 정리와 조정을 위해서도 필요성이 야기된다"고 그는 결론짓는다.

1920년대 중반 일본을 사상통제라는 관점에서 생각해보면, 시부가와 겐지류의 외국 사상을 배척하고 국어를 존중하는 주장보다 후지무라류의 외국어를 배척하고 대번역국을 설치하자는 제안이 더욱 교묘한 사상 관리 기법으로서 기능할 것은 명확한 듯하다. 그렇지만 대번역국의 설치 제안은 다른 논자로부터 그다지 지지를 받지 못하고, 도리어 후지무라 논문의 약점이 되어버린다.

후지무라 논문에 대한 최초의 반론은 대번역국 설치에 대한 비판이었다. 와세다대학 교수인 호아시리 이치로[帆足理一郞]는 『현대』 7월호에 「폐지에는 반대다」라는 제목의 글을 기고한다. 여기에서 호아시리는 "자기를 바로 알려면 타인의 지위에 입각하여 자기를 비판할 필요가 있다. 마찬가지로 자국의 문화를 비판하고 개선하려면 늘 타국의 견지에 서는 것을 잊어서는 안 된다"고 서술하면서 외국사상 수입의 적극적 의의를 확실히 밝혔고, 이를 위해 영어로 대표되는 외국어 학습을 권장해야 한다고 논했다.

특히 후지무라가 제안한 대번역국에 의해 외국어의 독점이 일어난다면, "일본문화에 대한 비판적 견해를 구할 여지가 없다"고 하여, 그것이 사상적 빈곤과 사회적 곤궁을 초래할 것이라고 반론한다. '자국 문화를 상대화하는 계기'로서 타국 문화의 학습만큼 최고 효력을 발휘하는 것은 없으며 "외국어 연구가 왕성하지 않은 곳, 그곳에 사상의 자유는 없을 것"이라고 예견하는 호아시리의 의견은 이른 시점에 후지무라의 논문에 대해 설득력 있는 반론을 제시했다고 보인다.

야나기다 구니오의 의견

야나기다 구니오도 「대학교육과 외국어」라는 제목의 신문 기고문에서 후지무라의 대번역국 설치안에 대해 말하기를, 설치해야 할 것은 번역국이 아니며 희망자에게 외국어 교육과 연구의 기회를 주는 '연구소를 통해' 문제를 해결할 수 있다고 한다. 요컨대 외래 사상의 일괄적인 관리를 견제하고 있는 것이다.[5]

이 밖에도 대번역국 제안에 관한 기고문은 수없이 실렸지만, 후지무라가 주장하는 외국사상의 국가 통제를 명백히 또는 암암리에 비판하는 의견이 대부분이었다. 또한 개중에 찬동하는 자가 있다 해도 '외국어 문학을 전문적으로 번역하기 위한 새로운 역할을 하는 곳', 바꿔 말하면 관영 출판사라는 위상의 번역국 설치를 지지하는 것일 뿐, 국가기관에 의한 외국어의 일원적인 집중 관리를 수수방관하며 지지하는 의견은 보이지 않았다.

그렇지만 야나기다 구니오는 호아시리 이치로와는 달리, 후지무라 논문의 두 번째 논점을 지지하면서 외국어 교육이 사실상 대학의 입학과 졸업을 위한 특수기술로 변해버린 현상을 개선하자고 주장한다.

> 졸업장을 받고 양복을 입고는 세상 가운데 한 걸음 발을 내딛자마자 영구히 외국어 전문서와 절연해야만 하는 학생이 오늘날 얼마나 증가하고 있는가?

그는 일상생활은 물론 학문에서조차 메이지시대만큼 외국어의 필요성이 드러나지 않는 현재, "중학교 이래 7년, 8년을 아무 소용도 없이 언어 시험에 골몰하다가 야위거나 병들 필요는 없다"고 말한다. 그는 외국어 교육의 전폐까지 바란 것은 아니지만 근본적 개혁의 필요를 제언하고 있었던 것이다.

---

5 『도쿄아사히신문』, 1927.10.2.

2. 영문학의 조직화

배타적 내셔널리즘

약 반년간 『현대』 지상에 펼쳐진 논쟁을 통해 영어를 둘러싼 다양한 의견이 개진되었지만, 후지무라 쓰쿠루와 같이 영어교육의 전면적 폐지를 주장하는 자는 몇몇에 지나지 않았다. 대다수의 논자는 야나기다 구니오처럼 영어교육의 존속을 바라면서도 근본적으로 삭감이나 개정을 요구하고 있었다.

후지무라는 야나기다가 원고를 기고한 같은 달에 두 회에 걸쳐 「영어과 처분의 논쟁에 대해」를 『현대』에 실었다. 두 논문에서는 집중적으로 비판받았던 대번역국안은 삭제되고, 두 번째 논점, 즉 일상생활에서의 외국어 불필요성도 거의 다루지 않는다. 거기에는 첫 번째 논점인 1920년대 일본의 정신적 독립과 외래문화 배척을 전면에 드러내는 배타적 내셔널리즘이 가득 차 있었다. 그런 감정을 노출한 때문인지, 영어교육의 전폐를 주장하는 의견은 이후 자취를 감추었다.

전폐를 주창하는 사람이 없어진 것과 반비례하여 증가한 것은 일상생활에 불필요한 영어에 왜 그토록 노력과 시간을 허비하느냐고 묻는 후지무라의 두 번째 논점을 지지하는 자들이었다. 영어존폐논쟁을 거치며 이제 영어교육의 현상 유지를 무조건 주창하는 자는 나타나지 않았다. 당시 영어교육의 권위자였던 오카쿠라 요시사부로라든가 이치카와 산키[市河三喜]조차 자신들이 주도한 영어교육에 약간 문제점이 있다는 것을 인식하고 있었다. 예를 들어 오카쿠라는 『현대』 8월호에 「후지무라 츠쿠로씨의 반성을 촉구한다」라는 제목의 글을 기고하여 꽤 감정적인 반론을 퍼부었지만, 그럼에도 현재 영어교육에는 '솔직히 여러 가지 부조리한 면과 개량의 여지'가 있다는 것을 인정하고 있다.[6]

조직적인 '영어' 특강

그런데 '영어'를 비판하는 논자가 각자의 생활체험이라든가 지식을 토대로 다양한 의견을 제시하는 반면, 영어교육자 측에는 공통의 반론을 위한 특정한 코드가 존재했다. 논쟁이 시작되고 얼마 되지 않아 사이토 다케시[齊藤勇], 호리에이 시로[堀英四郎], 후쿠하라 린타로우[福原麟太郎] 등 오카쿠라 요시사부로와 함께 라디오의 영어강좌 시리즈에 출강했던 영어교육자가 의견을 발표했다. 그들은 오카쿠라와 마찬가지로 현행 영어교육에 일정하게 부족한 점이 있다는 것은 인정하면서도, 동일한 영어관을 되풀이하여 주장하면서 조직적으로 영어의 보호와 유지를 위한 반론을 전개했다.

그들이 되풀이했던 영어관은 영어존폐논쟁의 와중에 도쿄고등사범 영어과가 발표했던 『우리나라 중등교육 안의 외국어』에 정리되어 있다. 이 부자연스러운 소책자는 후지무라의 논문과 그 후 『현대』 지상의 논쟁을 명백히 의식하여 출간한 것인데, 후지무라 논문의 두 번째 논점에 답

6 오카쿠라 요시사부로, 「후지무라 쓰쿠루 씨의 반성을 촉구한다」, 『현대』 8월호, 1927.

변하기 위해 「외국어 학습의 필요」라는 소제목으로 시작한다. "오늘날 세계에서 문화가 다소라도 진보한 민족은 모두 타국의 언어를 배우고 있다"고 하면서, "외국어 학습이 통상무역 등 실용상의 편익을 가져다주는 것은 말할 나위조차 없다. 일반 지능의 훈련에 필요한 교육적 가치의 증대와 더불어 자국어의 세련과 발달에도 도움이 된다는 것은 자명하다"는 인식 아래, 외국어 교육은 실로 "사회의 중견이 되기 위해 국민이 꼭 배워야 할 교양을 제공해준다"는 것이다.[7]

영어교육의 가치는 일상생활의 실용성이라는 견지에서만 측정할 수 있는 것이 아니라, 광범위한 일반 지능 훈련에도 도움이 된다는 교양적 가치 측면에서도 배려를 촉구하고 있다. 그러므로 영어존폐논쟁에서 영어교육을 비판하는 것은 후자를 간과하는 것이라고 반박하는 것이다. '교양으로서의 영어'야말로 영어존폐논쟁에서 '영어'를 지켜야 한다고 주장하는 영어교육자들이 내세운 가치였다.

『현대』 논쟁에 이어 잡지 『영어청년』에는 1928년 10월 1일부터 영어교육의 필요성과 향후 구체적인 개선 방법을 검토하는 특집이 꾸며졌다. 당시 영어교육계의 기관지 역할을 담당했던 『영어청년』에서는 역시나 영어교육의 폐지를 주장하는 글은 실리지 않았다. 그리하여 잡지 『현대』의 특집의 테마는 '영어교육은 왜 필요한가?'에서 '어떻게 하면 영어교육의 본뜻을 살릴 수 있을까?"로 이행하고 있다.

『영어청년』이 특집을 게재한 기간은 앞에 나온 교양영어관이 다듬어

7 이 소책자에서는 영어존폐논쟁에 답하기 위해 맨 마지막에 「교수법의 개선」이라는 절을 두고 다섯 가지 개선점을 거론하고 있지만, 거기에는 구체성이 매우 결여되어 있다. 따라서 격려하는 정도이지, 어떻게 실행하자는 프로그램은 제시되어 있지 않다.

져 전국 각지의 영어교육자들에게 침투해가는 과정과 겹친다. 영어교육의 소멸 혹은 근본적인 개혁을 추구하는 수많은 논자를 향해 전국의 영어교육자들은 '교양으로서의 영어'라는 하나의 논점으로 반론을 제기했던 것이다.

THE RISING GENERATION

英語青年

昭和三年 十月十五日發行

第六十巻 第二號

目次

John Clare と「發見」について

Silas Marner に現はれた方言

A deep and unprobed lesion

The Nagasaki Press

EDGAR ALLAN POE.

일본의 영어계에서 중심적인 역할을 담당했던 전문잡지 『영어청년』(1899년 창간). 사진은 오카쿠라 요시사부로나 사이토 다케시가 기고한 1928년 10월 15일자 표지.

이를테면 도호쿠[東北]제국대학 교수인 도이 고치[土居光知]는 "학문적 상식, 신사 숙녀다운 **인격적 교양**을 부여할 수 있는 곳으로 중학교, 여학교를 만들어가기 위해서는"(강조는 역자) 이들 학교의 교과를 실용성으로만 평가해서는 안 된다고 논한다. 나아가 "영어는 영미인과 회화하고 글로 소통한다는 의미에서 실용적이기 때문에 중등학교 과정에 있는 것이 아니고, 어학적 훈련과 일반적인 교양을 위해 가르치는 것"이라고 하여, 영어교육의 목적은 실용적인 기술의 습득이 아니라 인격적 교양의 섭취에 있다고 주장한다.

규수[九州]제국대학의 도요다 미노루[豊田實]은 "전문지식 및 타산적 생각과 분리하여 **교양에 도움이 되는 영어**라는 점도 잊어서는 안 된다"(강조는 역자)고 적는다. 도요다의 글은 논지뿐 아니라 사용하고 있는 어구까지 도쿄고등사범의 『우리나라 중등교육 안의 외국어』와 흡사하다.

나아가 경성제국대학의 영어학 교수인 사토 기요시[佐藤清]는 언어로서의 '영어'를 깨끗하게 완전히 떼어 내버리고, 인격 양성의 기능만을 순화했다는 점에서 상징적이다. 그는 중등학교에서 가르치는 수준의 영어로는 학생이 영어 원전을 스스로 읽는 것이 불가능하고 편지를 쓰는 것조차 뜻대로 되지 않을 것이라고 하면서 자기 발목을 잡을 수도 있는 영어교육의 한계를 매우 간단히 지적한다.

그러나 영어교육의 본뜻은 실용지식의 전수가 아니라 영어교육을 통한 인격 형성에 있다고 단언한 그는 "영어에 능숙한 자가 될 수 없다고 해도 **연습의 노력을 쌓는 것 자체가 교육**이 되고, 그것이 사람을 만드는 까닭인 것"(강조는 역자)이라고 한다. 그래서 비용이라든가 시간이 많으면 많을수록 '교양으로서의 영어'의 효력은 높아진다고 한다. '노고가 많은 데 비해 전혀 쓸데가 없는 것'이라고 영어교육을 비판해온 이유를 거꾸로 취해 사토 기요시는 "그런 대목이야말로 영어의 궁극적 의미가 들어 있는 곳"이라고 주장한다. 그의 주장을 통해 영어는 타자와 커뮤니케이션 하는 언어가 아니라 인격을 양성하기 위한 수행의 도구가 되었던 것이다.

'영문학'의 재편성과 그 제도화

이렇게 영어존폐논쟁으로 충격을 받은 영어교육자들은 그 과정에서 분출한 비판을 바탕으로 자신들의 '영어'관을 개량하는 방법을 택하지 않고, '교양으로서의 영어'라는 종래의 영어관을 더욱 다듬고 강화하여 똘똘 뭉치는 길을 택했다.[8]

하지만 그러한 교양영어관이 도쿄고등사범 고유의 독창적인 것은 아니다. 소책자 『우리나라 중등교육안의 외국어』에서 영어교육자에게 반론의 무기를 제공했던 교양영어관은 이미 앞장에서 보았듯, 도쿄고등사범의 영어과 주임교수로 오래 근무했던 오카쿠라 요시사부로가 일찍이 『영어교육』에서 전개했던 영어관이었다. 따라서 오래 지속된 영어존폐논쟁을 통한 결과는 새로운 '영어'의 창조도, 새로운 영어교수법의 개발도 아닌, '교양으로서의 영어'의 재강화이자 전국적 침투일 뿐이었다.

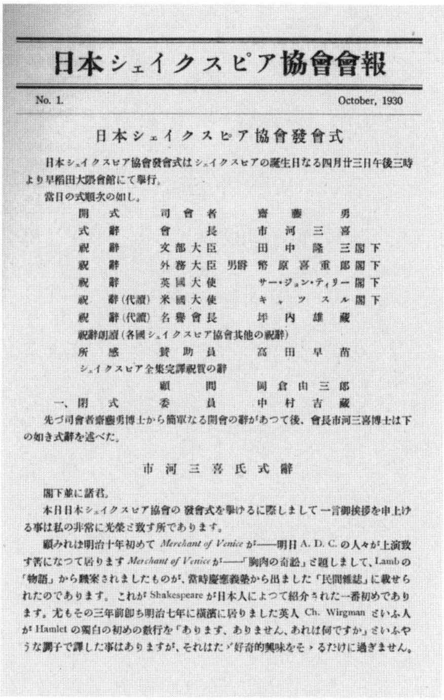
日本シェイクスピア協會會報

No. 1. October, 1930

日本シェイクスピア協會發會式

日本シェイクスピア協會發會式はシェイクスピアの誕生日なる四月廿三日午後三時より早稻田大隈會館にて擧行。

當日の式順次の如し。

開　式	司會者		齋藤　勇
式　辭	會　長		市河三喜
祝　辭	文部大臣		田中隆三閣下
祝　辭	外務大臣	男爵	幣原喜重郎閣下
祝　辭	英國大使		サー・ジョン・ティリー閣下
祝　辭(代讀)	米國大使		キャッスル閣下
祝　辭(代讀)	名譽會長		坪内雄藏
祝辭朗讀(各國シェイクスピア協會其他の祝辭)			
所　感	贊助員		高田早苗
シェイクスピア全集完譯祝賀の辭			
	顧　問		岡倉由三郎
一、閉　式	委　員		中村吉藏

先づ司會者齋藤勇博士から簡單なる開會の辭があつて後、會長市河三喜博士は下の如き式辭を述べた。

市河三喜氏式辭

閣下並に諸君。

本日日本シェイクスピア協會の發會式を擧げるに際しまして一言御挨拶を申上げる事は私の非常に光榮と致す所であります。

顧みれば明治十年初めて *Merchant of Venice* が——明日 A. D. C. の人々が上演致す害になつて居ります *Merchant of Venice* が——「胸肉の奇訟」と題しまして、Lamb の「物語」から飜案されましたものが、當時慶應義塾から出ました「民間雜誌」に載せられたのであります。これが Shakespeare が日本人によつて紹介された一番初めであります。尤もその三年前即ち明治七年に橫濱に居りました英人 Ch. Wirgman といふ人が Hamlet の獨白の初めの數行を「あります、ありません、あれは何ですか」といふやうな調子で譯した事はありますが、それはたゞ好奇的興味をそゝるだけに過ぎません。

'일본셰익스피어협회'의 회보. 사진에 보이는 창간호에는 협회의 '발족식'의 식순이 수록되어 있지만, 와세다대학의 쓰보우치 유조[坪内雄藏, 逍遙]와 다카다 사나에[高田早苗]와 아울러, 사이토, 이치카와, 오카쿠라 같은 낯익은 영어학자들도 단상에 초대받았다는 것을 알 수 있다.

더욱 흥미로운 것은 영어존폐논쟁을 거치며 주류파 영어교육자 사이에서 새로운 '영어'의 탐색이 아니라 '영문학'의 재편성과 제도화가 활발하게 이루어졌다는 점이다.

논쟁이 일어나자마자 1929년 당시까지 도쿄제국대학 출신의 영문학 연구자에게 살롱 같은 역할을 해온 도쿄제국대학 영문학회는 전국적 조직인 '일본영문학회'로 조직을 개편했고, 동인지와 다름 없었던 『영문학

8　土居光知, 「중학교 및 여학교에서의 영어」, 『영어청년』, 1928.10.1; 豊田實, 「영어과 문제 사견」, 『영어청년』, 1928.10.1; 佐藤清, 「영어교육 절대필요」 『영어청년』, 1928.10.1.

연구』는 동 학회의 '열린' 기관지가 되었다. 이리하여 일본의 영문학자가 집필할 만한 영문학 연구의 근거지가 형성되었다. 다음 해에는 '일본셰익스피어협회'가 설립되었고, 비슷한 무렵 협회의 연구지가 발행되었다. 한편 게이오[慶應]대학에서는 *English Literature and Phiosophy*를 냈고, 릿교[立敎]대학에서는 『영미문학』 같은 영문학 연구지를 차례로 창간했다.

1932년에는 이치카와 산키와 오카쿠라 요시사부로가 편집책임자를 맡고 1921년부터 계속 진행해온 백 수십여 권의 『영문학총서』(研究社)를 완성했고, 이어 영문학 연구논문집인 『영미문학평전총서』(103권)를 간행하기 시작하면서 갑작스레 '영문학'의 재편성과 재조직화가 활발해졌다. 그때까지 영문학은 감상해야 하는 것일 뿐, 일본인이 영문학을 비평하는 일은 생각할 수 없었다. 그러나 '영문학'의 재편성과 조직화 과정을 통해 영문학은 과학적인 연구 대상으로 재설정되었다.

돌이켜보면 영어존폐논쟁에서 많은 논자가 비판했던 것은 교양영어관을 뒷받침하는 '영문학' 교육이었지 영문학의 부실화는 아니었다. 하지만 영어교육자들은 논쟁을 통해 비판받은 '영문학'을 개선하지 않았을 뿐 아니라 새로운 '영어'를 개발하여 대체하지도 않았다. 어디까지나 그들은 '영문학'을 재편성하고 영문학의 윤곽을 강고하게 만들었고, '영문학'의 기치 아래 일사불란한 모습으로 '근시안적인' 실용론자의 비판을 물리쳤던 것이다.

그들의 시도는 이후 일본에서의 '영문학'의 존속과 강고한 조직화를 고려하면, 성공을 거둔 것처럼 보이기도 한다. 이리하여 영어존폐논쟁은 영문학을 약화시키기는커녕 도리어 그것을 조직화하고 촉진하는 방향으로 나아갔다.

'수험영어'와 '영어회화'의 탄생

그렇다면 영어교육자가 표방한 '영문학'이라는 답변은 "일상생활에서 불필요한 영어인데 도대체 왜 그렇게 막대한 노력을 지불하는가?" 하고 물었던 후지무라 논문의 두 번째 논점이나 거기에 찬동하여 영어교육의 개선을 요구했던 논자들에게 반론이라 할 정도로 만족스러운 것이었을까?

영어존폐논쟁이 끓어오른 것에서도 분명히 알 수 있듯, 1920년대 중반에는 '영어'를 중심으로 한 외국어 교육이 시련과 곤란을 맞이했다. 러일전쟁을 통해 근대국가의 모습을 확립하기에 이른 일본은 세계적으로 제국주의 열강의 일익이 되자 식민지의 확대를 서둘렀고, 그에 따라 구미 여러 나라와 급속히 관계가 악화되었다.

신문이나 잡지 등 언론에서는 '모방의 시대'의 종언을 소리 높이 외치는 이데올로기와 뒤섞여 식민지 개척을 향한 동경이 부풀어가고 있었다. 이는 쇼와라는 새 원호가 등장함과 동시에 기나긴 불황에 돌입하자 끓어오르기 시작한 터뜨릴 곳 없는 불만을 '밖'으로 돌리려는 하나의 시도가 되었다. 외국어 학습의 수난 시대는 단순히 신문잡지의 활자공간 안의 유행에만 그치지 않았다. 특히 영어학습에 의문을 던지는 흐름은 학교교육의 제도개혁과 연결되어 의심할 바 없는 근본적인 변혁을 초래했다.

문부성은 1928년 9월 28일에 『자순(諮詢)』 11호를 문정(文政)심의회에 제출하고 영어수업 시간수를 줄이는 방향으로 움직였다. 이 안은 영어교육 관계자로부터 대대적인 공격을 받아 『영어청년』도 비판하는 글을 다수 게재했는데, 일부 수정을 거쳐 1931년 교육과정부터 전국적으로 시행되기에 이르렀다. 다음 페이지의 표는 학제 시행부터 1931년까지의 중등 교육과정 외국어 수업시간 수의 변천을 나타낸다.

여기에서는 5년의 중학교 과정에서 주당 30시간 이상이던 외국어 수업 시간이 1931년에는 주당 16시간 정도만 배우면 졸업할 수 있는 '을종' 과정으로 설정되는 바람에 실제로 절반가량의 외국어 수업시간이 삭감된 점을 주목해야 한다.[9] 당시 중학교에서는 독어와 영어를 이수하는 곳이 세 학교, 불어와 영어를 이수하는 곳이 세 학교, 중국어와 영어를 이수하는 곳이 세 학교로, 나머지 545개 학교에서는 영어만 이수하고 있다. 즉 문부성이 실시한 외국어 수업시간 수 삭감은 직접적으로 영어교육의 소멸을 의미하지는 않았다고 할 수 있다.[10]

영어존폐논쟁을 거치며 영어교육자들의 '영어'는 지식인층의 비판만 강하게 받은 것이 아니라, 현실적 토대가 되는 교육과정에서도 난감한 상황에 몰렸다. 같은 시기 방송국의 '영문학강좌'가 폐지된 것도 이러한 영어를 둘러싼 사회적 분위기 때문이라고 이해할 수 있다. 방송사업 초년에는 영어강좌 시리즈가 방송 제작의 선구적인 실험장으로서 교양방송의 중핵을 담당할 정도였지만, 영어존폐논쟁이 들끓었던 그해에는 '영문학강좌'가 없어지고 청취자가 가장 많은 시간대인 저녁 6시에서 아침 6시로 시간을 옮기면서 주변적 위치로 밀려났다. 제2방송이 개시된 1931년까지 영어강좌 시리즈는 '영어강좌'라는 프로그램 하나로만 유지되었다.

그러나 방송국은 영어존폐논쟁에 참가했던 대다수의 논자들이 그랬듯,

9 사쿠라이 야쿠[櫻井役], 앞의 책, 245항의 표에 각 과정의 합계 시간수를 가해 작성했다.

10 위의 책, 242항의 난외의 데이터. 다만 이 숫자는 1935년도의 조사결과다. 여기에서 문제가 되는 1931년도와는 4년의 격차가 있기 때문에 그 사이에 외국어 과목에 변화가 있었다고도 생각할 수 있다.

영어의 전면적 부정이라기보다는 영어의 개선을 요구했으며, '영문학'이 아닌 '영어'를 지향하여 실천했다. 그것이 제2방송과 함께 생겨난 '수험영어'와 '영어회화'다. 다음 장에서는 이 두 가지 '영어'를 살펴보도록 하자.

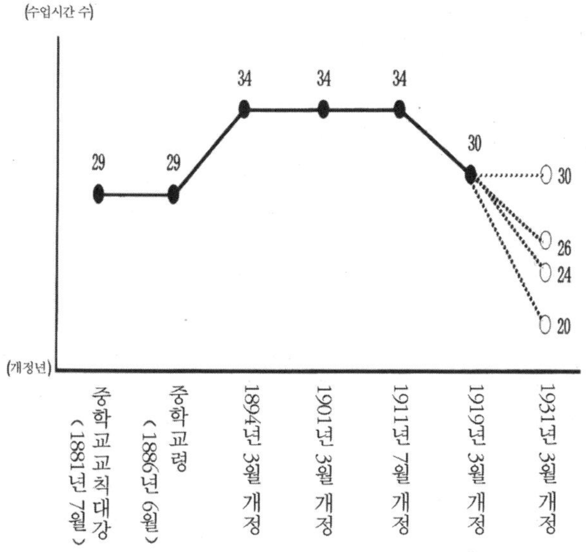

합계	29	29	34	34	34	30	20 - 30
제1학년	6	6	6	7	6	6	5
제2학년	6	6	7	7	7	7	5
제3학년	6	7	7	7	7	7	6
제4학년	6	5	7	7	7	5	일종 2-5 이종 4-7
제5학년	5	5	7	6	7	5	일종 2-5 이종 4-7

중학교의 외국어 수업시간 수(주당)의 추이
1931년도 개정 과정에서는 제1종과 제2종 외국어 수업시간 수가 다르게 편성되었지만, 제1종으로 수학하는 학생 쪽이 압도적으로 많았기 때문에 이 해의 개정은 실질적인 영어수업시간의 대폭 삭감을 초래하였다.

제4장

제2방송과 '수험영어'

'새 내셔널 수신기'의 광고포스터
로스앤젤레스 올림픽(1932년)의 중계를 내셔널 라디오로 듣자는 메시지가 담겨 있다. 여기에는 현재까지도 이어지는 '스포츠'와 '히노마루'와 '미디어'라는 삼위일체의 도식이 나타나 있다.
(『마쓰시타[松下]전기 선전 70년사』, 1988)

영어존폐논쟁을 통해 분출한 현행 영어교육에 대한 비판이 이루어지고 나서, 영어교육자들은 '영어' 개선이나 개발이 아니라 오히려 비판 대상인 '영문학'을 다시 강화하고 조직하는 쪽으로 나아갔다. 논쟁 후에 영문학 연구조직이나 연구지가 신설되어 영문학의 조직화가 급속하게 진행된 것은 앞에서 본 바와 같다.

그러나 이때 방송국은 영문학의 요새를 구축하는 작업에 가담하지 않고 반대로 영문학강좌를 폐지했다. 방송 사업을 시작한 직후에는 오카쿠라 요시사부로 등이 들고 들어온 영문학을 그대로 라디오 전파에 실어 발신하던 방송국이 영어존폐논쟁을 기점으로 영문학이 아닌 영어 쪽으로 스스로 모색의 진로를 바꾸었다.

방송국이 영문학강좌를 폐지한 이유는 영어존폐논쟁 때 영어 옹호자인 오카쿠라 등이 제시한 교양영어관에 찬성할 수 없었기 때문만은 아니다. 마침 그때 방송국은 서서히 힘을 쌓으면서 남이 만들어준 프로그램을 발신하는 단계를 벗어나 스스로 '방송해야 할 앎[知]'을 창출할 수 있게 되었던 것이다. 즉 방송국은 외부의 전문가에게 맡기지 않고 스스로 '방송해야 할 영어'를 모색하기 시작했고, 그 과정에서 영문학강좌는 방송해야 할 앎으로서 부적합하다는 판정을 받았다.

방송국은 프로그램(특히 영어강좌 시리즈 같은 전문성이 높은 것)을 제작하는 노하우를 확립함에 따라 불안정하고 산발적인 방송편성을 정리하여 효율화해갔다. 출연자의 상태에 따라 방송시간이 좌우되지 않는 방송을 조금씩 늘렸고, 단발성 프로그램보다 연속방송 시리즈를 많이 확보했다. 그 결과 시간조정을 위해 삽입하던 음악방송이나 무전(無電, 무음 시간)이 편성표에서 사라져감으로써 더욱 유기적인 방송편성이 가능해졌다. 이른바 방송국은 자각적이고 통일적인 방송상을 구축하는 시기로 접어든 것이다.

방송이 오늘날과 같은 모습을 갖추어가게 된 몇몇 계기 가운데, 본 장에서는 1931년에 도쿄에서 시작한 '제2방송'에 주목하고자 한다. 제2방송국은 제1방송과는 달리, 처음 생겨날 때부터 '교양방송을 발신하기 위한 라디오 전파'라는 성격을 명확하게 부여받았다고 한다. 이로써 제2방송과 함께 새로운 영어방송이 탄생했다. '수험영어강좌'가 그것이다. 이는 얼핏 보면 격조 높은 영문학과는 거리가 먼, 실리적인 영어를 발신하는 방송이었다.

도대체 왜 영문학을 멀리하던 방송국은 이제 막 신설한 제2방송의 전파에 수험영어라는 앎을 실었을까. 수험영어는 당시 사회적 문맥에서 어떤 성질을 지닌 영어였을까. 본 장에서는 우선 제2방송이 전면적인 '교양' 미디어로서 성립해가는 궤적을 살펴보고, 제2방송의 신생 프로그램 3개인 수험영어강좌 시리즈를 분석할 것이다. 이 수험영어의 분석은 다음 장 이후에 나오는 영어회화를 생각할 때 중요한 비교자료를 제공할 것이다.

1. 제2방송의 신설

내셔널 미디어

방송의 전파를 이중화(二重化)하여 더 많은 프로그램을 제공한다는 안건은 전국방송망의 설치와 나란히 1926년 일본방송협회가 합동으로 발족할 때 '사업계획'에 기재되어 있던 사안이었다. 그러나 방송협회가 발족하고 나서 2개월 되었을 때 다이쇼천황이 서거하고 쇼와라는 새로운 시대가 열리자, 협회는 전국방송망의 완성을 최우선으로 삼았고, 이중방송화를 포함한 다른 안건은 뒤로 미루었다. 내셔널 미디어로서 막 재출발한 일본방송협회로서는 장례가 끝난 직후 쇼와천황의 즉위식이라는 절호의 내셔널 이벤트를 전국에 중계하기 위해 전국방송망의 완성을 서둘렀던 것이다.

이리하여 전국방송망은 1928년 11월 5일, 즉 쇼와천황의 즉위식('대례의식') 전날 간신히 완성을 보았고, 방송협회는 세기의 내셔널 이벤트 중계를 해낼 수 있었다.

1930년 1월, 드디어 방송협회는 구체적인 이중방송계획을 체신성에 다시 제출했다. 이에 따르면 제2방송은 3단계 실시계획에 따라 개시할 예정으로, 우선 도쿄, 나고야, 오사카 3대 도시에서 실시한 다음, 삿포로, 센다이, 히로시마, 구마모토라는 네 도시와 그 다음 기타 지역에서 수신 가능하게 한다는 것이었다.

여기에서도 전국방송망의 설립 시기 때 보였던 중앙도시에서 지방도

시로, 또 주변지역으로 퍼진다는 정보집권화의 도식은 변함이 없었다. 이 계획은 같은 해 10월에 실시를 허가 받아 다음 해인 1931년 6월부터 도쿄에서, 오사카와 나고야에서는 1933년 6월 26일부터 제2방송을 시작했다. 그러나 그 밖의 지역에서는 제2방송이 전후까지 실현되지 않았다. 그것은 수신계약의 해약수가 증가하여 방송협회의 재정난이 심각해졌고, 또 만주사변이나 국제연맹 탈퇴로 인해 서방으로부터 무역규제를 받은 결과 대형송신기나 방송용 기자재를 해외에서 조달할 수 없었기 때문이었다. 전쟁 중에는 2중방송이 3대 도시에서만 실현되어 도시방송이라고도 불렸다.[11]

두 배로 늘어난 방송시간

제1방송과 제2방송은 기술적으로 조건이 똑같은 방송설비를 갖추었으며, 같은 출력수로 송신했다. 둘 사이에 유일하게 다른 점은 345미터와 490미터라는 방송 파장이었다. 그럼에도 제2방송 전파는 처음부터 '국민계몽을 위한 전용전파'(『라디오연감』, 1931)라는 성격으로 교양프로그램의 발신이 주요한 역할이었다.

그럼 왜 만주사변을 일으켜 '시국' 태세에 들어간 해에 방송협회는 보도프로그램이 아니라 교양프로그램을 위한 전파를 신설했을까.

1930년 12월, 즉 제2방송의 실험방송을 시작하기 직전에 일본방송협

11 도쿄의 이중방송도 1941년 12월 8일에 이르러 중지된다. 상세한 것은 나중에 분석하겠지만, 도시방송의 지위는 1937년 중일전쟁 이후에 크게 하락한다.

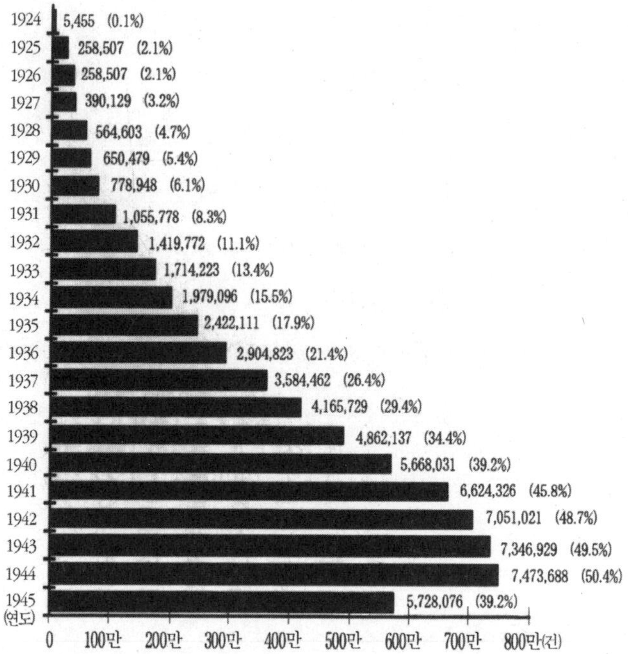

수신계약수와 보급률(1924~1945년)
『방송 50년사 자료편』(1977) 608면의 표를 그래프로 만들었다. 수신계약은 만주사변 이후 급속하게 늘어간다.

회는 'JOKA 이중방송 고지 및 부탁'이라는 팸플릿을 제작하여 방송관계자와 수신계약자에게 배포했다.[12] "오늘날 라디오를 단순한 가정오락의 하나로 보는 사람은 한 사람도 없을 것입니다"라는 글로 시작하여 "이 복잡한 사회조직의 요소로서 누구라도 가정에 수신기 하나쯤 구비하지 않으면 안 되게 되었습니다. 벽시계나 신문지처럼 사회생활에 없어서는 안 될 물건이 되었습니다"라고 하여 일상생활에서 라디오가 차지하는 역할을 선전하고 있다. 그리고 "사회상태가 복잡해짐에 따라 방송에 필요한

12 이것은 관동지부(도쿄방송국의 소속지부)가 작성하여 수신계약자에게 우송한 팸플릿이다.

시간은 날로 증가하는바, 이를 감소시키는 것은 절대 불가능합니다"라는 인식 아래, 방송시간을 늘리는 수단으로서 이중방송의 필요성을 설명한다. 그러면 단순계산으로 2배가 된 방송시간을 통해 도대체 무엇을 하려고 한 것일까. 팸플릿에 따르면 그것은 바로 '국민교육'이었다.

> 그런데 국민교육이라는 분야를 살펴보면, 학교교육 이외의 보습교육, 직업교육, 성인교육은 오늘날 우리나라가 가장 절실하게 필요로 하는 것입니다. 이를 문부성에서도 적극적으로 장려하고 있으므로, 우리 방송국에서도 새 파장을 이용하여 주로 교육 방면의 개척에 힘쓰려 합니다.[13]

윗글에는 완곡한 표현으로나마 문부성의 관제교육과는 조금 다른 식으로 방송에 의한 새로운 사회교육을 지향하겠다는 자세가 엿보인다. 교육에 대한 높은 관심은 근대국민국가의 특징으로서, 그 핵심을 차지하는 학교교육은 이상적인 국민이라는 주체상을 가장 뚜렷하게 실현하고자 하는 공간이다. 그러나 방송은 문부성의 학교교육 커리큘럼에 따른 교육프로그램이 아니라 독자적인 커리큘럼에 의해 편성 제작한 교양프로그램을 발신하는 전파로서 제2방송을 신설했다. 도대체 방송협회가 생각하는 교육과 교양은 어떤 관계가 있는 것일까. 방송의 입장에서 교양이란 어떤 의미를 지녔던 것일까.

---

13 일본방송협회, 『JOAK 이중방송의 알림과 부탁』, 일본방송협회, 1931.12.

교양과 교육의 차이

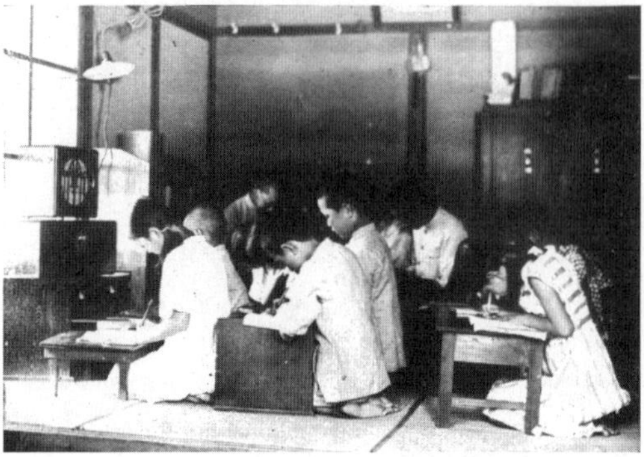

라디오로 공부하는 아이들(시즈오카현 개인 집에서).
이 시대의 방송협회는 문부성에서 관장하는 '교육'과 그 외부로 확장하는 사회교육의 경계선에서 독자적인 '교양프로그램'이 나아가야 할 길을 모색했다.(中山龍次, 『라디오를 이야기하다』, 1933)

교양이라는 말은 독일어의 Bildung 또는 영어의 culture의 번역어로서 메이지시대에 정착했는데, 그 낱말 자체는 메이지 이전부터 존재했다. 『일본국어대사전』(小學館 간행)에는 교양에 두 가지 뜻이 있다고 한다. "① 가르쳐 기르는 것, 교육"과 "② 학문, 지식 등에 의해 길러진 품위. 문화에 관한 넓은 지식"이 그것이다.[14] 즉 메이지 이전에는 교양과 교육을 구분하지 않았다고 여겨진다. 그래서 여기에서는 교양과 교육의 본질주의적인 차이를 찾아내려고 하거나 교양의 역사적 특수성을 무시한 모델화를 시도하지 않고, 제2방송을 창출한 방송협회가 이 두 낱말을 어떻게 분별해 사용했는가를 살펴보겠다.

일본방송협회가 1931년부터 발행한 『라디오연감』에는 교양프로그램의 방침을 설명하는 장이 반드시 들어 있었다. 우선 1931년 판에서는 크게 나누어 "① 순전히 학교식 교육방송, 즉 라디오학교라고 할 만한 조직적, 체계적, 장기 연속적 교육방송과, ② 사회인으로서 부단한 교양

14 『일본국어대사전』(小學館), 1973년 판의 '교양' 항목을 참조.

과 상식을 기르기 위한 이른바 사회교육적 방송"이 있다고 하면서 후자를 교양프로그램이라고 정의한다.[15]

이러한 차이는 1933년도 판『연감』에 따르면 더욱 명확하게 갈라진다. 우선 교양이란 "지정의(知情意)의 계발 및 육성에 관하여 이끌어주는 것 모두를 가리킨다"고 하면서, 라디오방송은 "교양적일 수는 있으되 교육일 수는 없다"고 단정한다. 이때는 이미 제2방송이 나고야나 오사카에서도 시작되어 제1방송의 교양방송 시간수가 상승일로에 있었다. 하지만 "라디오가 작용할 수 있는 대사회적 교양이란 사적 자유에 맡겨진 교육 분야를 넘어서는 안 된다"고 하여 금욕적일 정도로 공교육과 사적 교양의 경계선을 지킨다. 그리하여 방송이 학교교육의 영역에 관여하지 않는 한에서 교육적인 프로그램을 발신하는 것은 교양방송에 속한다는 것을 확인하고 있다.[16]

이른바 방송의 입장에서 교육이란 문부성이 전담하는 국가 = 학교교육을 의미하고, 방송 사업이 개척할 분야는 교육의 바깥쪽에서 널리 이루어지는 사회교육, 즉 교양일 뿐이라고 한다. 이러한 구분에는 까닭이 있었다. 방송 사업은 체신성의 관할인 한편, 학교교육을 중심으로 한 교육 사업의 관할은 문부성이었다. 그러니 만약 방송국이 문부성의 허가를 받지 않고 교육방송을 실시한다면 문부성이 가만히 있을 리 만무했던 것이다. 문부성과 교육 사업을 둘러싸고 다투는 것을 체신성이 바랄 리 없고, 그렇다고 기득권을 잃으면서까지 자기가 나서서 방송 사업을 문부성과 공동으로 관리할 리도 없었다. 그래서 방송국이 제작하는 교

15 일본방송협회 편,『라디오연감 1931년도』, 일본방송협회, 1931, 307면.
16 일본방송협회 편,『라디오연감 1933년도』, 일본방송협회, 1933, 160면.

양방송은 교육계의 외곽에 있는 사회교육의 틀 안에서 이루어진다는 것을 강조할 필요가 있었다. 방송에서 교양이란 무엇보다 학교에서만 이루어지는 교육과 섞여서는 곤란했다.

교양의 기능과 사회적 의의

방송에서는 위와 같은 소극적인 이유에서 교양과 교육을 구별했지만, 방송협회는 교양에 대한 적극적이고 긍정적인 자세도 드러냈다. 특히 1934년도 판 『라디오연감』에는 교양 기능과 사회적 의의에 대한 적극적인 정의가 두드러진다.[17]

교양은 "상식 및 취미의 수요에 대응하는 일군의 앎"이지만, "방송에서 교양은 결코 이른바 '앎' 그 자체에만 국한되지 않는다. 그것은 교양에 도달하게 하며 교양을 육성하는 온상의 분위기를 띠어야 한다." 사람들을 이끌고 규율하며 훈육하는 교양방송이라는 이상은 일찍이 방송 첫날에 고토 신페가 연설에서 제시한 방송상과 매우 비슷하다. 다음 글에는 '방송해야 할 앎'으로서 '교양'이 지향하는 지점이 어디인지 선명하게 제시하고 있다. 즉 교양방송이란,

> 사회적 사실에 관한 왜곡 없는 지식을 보급하고 정치적 현상을 올바르고 투철하게 이해하게 하는 일인 동시에, 국민적 의식의 고양을 꾀하여 민족정신을 고취

17 『라디오연감 1934년도』, 118~149면.

하는 것이다. 이는 곧 민중의 사상성을 끊임없이 채찍질하여 신선한 비판성을 기르고, 사물을 고찰하는 사고력이라는 수레바퀴에 기름칠을 하는 것이다.[18]

이런 성격을 지닌 교양방송을 제작하기 위해 제2방송을 신설하는 계기를 제공한 것이 영국의 공공방송인 BBC였음을 지나칠 수 없다. BBC는 일본방송협회가 설립 당초부터 늘 모범으로 삼아왔는데, 상당한 정도로 교육 전용 방송전파를 가지고 있었던 것이다. 그러나 BBC의 교육방송과 비교하면 일본방송협회의 교양방송에서는 단순히 BBC를 흉내 냈다고 보기에는 어려운 차이점을 찾아낼 수 있다.

BBC의 교육방송은 **학교에서** 집단적으로 청취하는 것을 기본으로 삼고 방송내용은 공교육 커리큘럼에 따랐기 때문에 문자 그대로 '방송학교' 였음에 비해, 도쿄에서 시작한 제2방송은 다음과 같은 세 가지 특징을 지니고 있었다.

첫째, 교실이 아닌 가정에서 개인적으로 청취하는 것을 기본으로 삼고, 학교교육의 커리큘럼에서 독립한 방송내용을 주로 발신했다. 둘째, 제2방송의 총 방송시간 전부를 교양방송에 할애하지 않고 낮에는 야구 중계나 음악방송도 많이 내보냈다. 셋째, 제2방송의 대부분 교양프로그램이 제1방송에서 말하는 강좌프로그램과 어학프로그램으로만 이루어졌다.[19]

개중에도 제2방송의 신설로 눈에 띄게 늘어난 것은 어학프로그램이다. 그때까지 여름방학에 한정해 방송하던 독어, 불어강좌를 제2방송으

18 『라디오연감 1933년도』, 164면.

19 학교 교육과정과 관련된 학교방송은 일찍부터 오사카방송국이 독자적으로 뛰어들어 1935년부터는 전국에서 시작되었지만, 문부성의 교육과정과 완전하게 연동한 것은 아니라는 점에 주목할 필요가 있다.

로 옮겨 영어강좌와 마찬가지로 초등과와 중등과로 나누어 3학기제 연속강좌로 운영했고, 방송시간도 대폭 확장했다. 나아가 9월 10일부터는 중국어강좌가 등장했다. 이는 세 개의 서양언어 강좌만큼 안정적인 방송은 아니었지만, 그래도 3년째인 1934년에는 매주 2회, 1회 30분의 3학기제 연속방송으로 운영했다.[20] 이렇게 제2방송에서는 영어강좌로 출발한 방송교재를 활용한 어학방송을 다수 발신해갔다.[21] 이들 어학방송이 제2방송의 전파를 탄 시간은 저녁 6시부터 9시 사이에 집중되어 있었고, 주말을 포함하여 매일 발신했다. 가장 청취자 수가 많으리라 예상한 시간대에 어학방송을 배치할 만큼 어학강좌는 신설한 제2방송에서 특별한 위치를 점했다.

앞장에서 보았듯이 문부성이 외국어(실질적으로는 영어)의 수업시간을 대폭 삭감한 1931년에 제2방송은 어학방송시간을 대폭 늘렸다. 나아가 영문학강좌를 폐지한 방송협회는 제2방송에서 새로운 영어방송을 개시했다. 어디까지나 방송협회는 문부성과 선을 긋는 독자노선으로 방송을 편성했던 것이다.

---

20 불어, 독어, 중국어의 어학강좌는 어학방송 전체의 고문이었던 오카쿠라 요시사부로의 휘하에 있었지만, 실제로는 영어강좌와 마찬가지로 각각의 언어교육계로부터 권위적인 강사를 불러 방송 제작을 위탁했다. 따라서 본론에서 전개하는 영어강좌에 대한 고찰 모두가 불어, 독어, 중국어의 각 강좌에도 직접 해당한다고는 보지 않는다. 그중에서도 유일한 비서양어인 중국어의 어학강좌는 의미가 남다르다. 이것은 당시 제국일본의 식민주의 및 식민지 경영, 나아가 제국주의적 지리관과 관련하여 고찰해야 하는 문제로서 앞으로 연구해야 할 커다란 과제임을 의식할 필요가 있다.

21 다만 1931년에는 제2방송이 닿는 범위는 수도권에 한정되어 있었다. 1933년에는 나고야, 오사카에서도 제2방송을 시작하여 불어, 독어, 중국어의 어학강좌를 신설 혹은 증설했다. 하지만 이런 어학강좌는 도시에서만 수신할 수 있었다.

‘시국화’와 역행하는 듯한 어학강좌의 확대

제2방송과 더불어 출발한 ‘지나어강좌’의 방송교재.
이 밖에도 중국어 어학강좌로는 ‘만주어강좌’도 방송했다.

물론 영어존폐논쟁으로 봇물이 터진 영어에 대한 비판이 이때라고 잠잠했다고 보기는 어렵다. 물론 국제사회에서 일본이 점하는 위치를 생각하면 외국과의 관계가 한층 더 긴박해졌다. 일본군이 일으킨 만주사변으로 기나긴 전쟁이 터진 것도 1931년이며, 이태 뒤에는 국제연맹을 탈퇴하는 등 구미열강과 빚는 마찰은 격심해졌다.

이런 시기에 방송협회는 영어강좌의 새로운 시리즈를 제작하였고 독어강좌와 불어강좌를 확대 편성했을 뿐 아니라 중국어강좌까지 신설했다. 전전(戰前)의 라디오방송을 ‘통제미디어’로만 파악하는 관점에서는 마치 ‘시국화’와 역행하는 듯한 제2방송의 어학방송 확대 편성을 설명할 길이 없을 것이다. 외국어가 ‘방송해야 할 교양’으로서 제2방송의 핵심을 차지한 채 방송을 탔다는 사실을 우리는 어떻게 이해해야 할까.

물론 정치관계가 양호하지 않은 나라의 언어나 생활습관을 연구하거나 학습하려는 움직임은 어디에서나 볼 수 있다. 그 대표적인 예가 미합

중국 태평양육군총사령부의 대적첩보부 활동인데, 그들이 잠재적인 적인 일본에 대해 얼마나 경이적인 수준의 연구를 수행했는가는 아주 유명하다. 그러나 군사조직에 의한 적국정보의 수집과 분석은 극히 소수의 전문가에게 맡겨진다.

한편 일본의 방송협회는 영어를 교실에서 해방하여 라디오전파를 수신할 수 있는 모든 일본국민에게 영어학습의 기회를 제공했다. 나아가 불어와 '중국어'의 강좌도 방송했다.

같은 해 만주사변 이후 제1방송에서는 '시국방송'이 늘어나 군부나 정부에서 초빙한 대신급 요인이 마이크 앞에 서서 '만주국' 건설의 의의나 아시아에서 제국일본이 해내야 할 역할 등을 선전하는 시간이 늘어났다. 이렇게 전쟁협력에 할애하는 시간과 나란히 제2방송에서는 외국어를 교양으로서 강의하는 어학방송을 다수 제작하여 교양프로그램을 중요한 저녁시간대에 배치했다.

오늘날 우리의 관점에서 보면 모순인 듯한 두 가지 흐름이 동시대인에게는 전혀 모순되지 않는 것처럼 받아들여졌던 것이다. 이런 현상은 과도기에 나타나는 단순한 어긋남이나 고려할 가치가 없는 잊어버려도 좋은 사소한 사건은 아니다. 제2방송에서 대량으로 신설한 어학강좌는 앞에서 본 방송협회의 교양관을 뒷받침하는 실천이자 일본 방송의 독특한 실천이었다.

그러면 방송협회가 새삼스레 제작한 새로운 영어강좌는 어떤 영어관에 기초한 실천이었을까. 제2방송에서 말하는 영어는 인격양성을 표방한 영문학의 영어교육과 어떤 관계를 맺고 있었을까. 새로운 영어가 영어존폐 논쟁 후에도 그다지 비판을 받지 않고 널리 수용된 까닭은 무엇이었을까.

2. 사가와 슌스이와 수험영어

수험영어강좌 시리즈의 신설

제2방송의 신설과 동시에 시작한 새로운 영어방송은 어떤 면에서는 주류파인 오카쿠라 요시사부로 그룹의 영어교육자가 출강했던 제1방송의 영어강좌와 연속적인 형식을 띠면서도, 명백히 이질적인 성질을 지닌 영어를 발신했다. 그것이 사가와 슌스이[佐川春水]를 강사로 맞이하여 제작한 수험영어강좌 시리즈다.

첫해 수험영어강좌 시리즈의 방송 기간은 대단히 짧았다. 이것은 영어강좌 시리즈에 속하긴 하지만 그 정도로 중요한 프로그램은 아니었을지도 모른다. 이를테면 주도면밀한 준비를 거쳐 시작한 오카쿠라 그룹의 영어강좌와는 대조적으로, 첫해의 수험영어강좌는 방송 텍스트도 만들지 않았고 오로지 1주일(6회) 분량을 두 종류 내보냈으므로 도합 12회만 방송했을 뿐이다.

이처럼 파일럿 프로그램으로서 출발한 수험영어강좌 시리즈는 다음 해부터 놀랄 만큼 빠르게 프로그램 수와 방송 기간을 늘려가며, 방송시간도 해마다 증가해갔다. 이 시리즈는 프로그램 타이틀에 따라 분류하자면, '영문해석', '화문영역(和文英譯)', '프레이즈연구'라는 세 가지로 구성되었다. 이들 세 프로그램은 수험영어강좌라는 공통시리즈의 이름 아래 통괄되어 있었다. 다음 표에서 보듯이 '영문해석'과 '화문영역' 두 개는 1931년부터 1937년까지 거의 매년 방송했다(1936년 '화문영역'의 방송

'수험영어강좌'의 프로그램

연도/ 프로그램명	방송기간	요일	방송시간	담당강사
1931년도 영문해석 화문영역	1932년 2.1~2.6 2.23~2.29	월~토 월~토	14:00~14:40 14:00~14:40	사가와 슌스이 오카타 지쓰마로
1932년도 영문해석 화문영역 프레이즈연구	1932년 11.16~12.26 1933년 1.10~2.10 2.14~2.24	수, 토 화, 금 화, 금	17:00~17:30 17:35~18:00 17:35~18:00	사가와 슌스이 오카타 지쓰마로 오노 게지로
1933년도 영문해석 화문영역	1933년 10.24~12.22 1934년 1.9~3.2	화, 금 화, 금	17:25~18:00 17:25~18:00	사가와 슌스이 오카타 지쓰마로
1934년도 영문해석 화문영역	1934년 10.8~10.20 10.29~12.20	월~토 월, 목	21:00~21:30 21:00~21:30	사가와 슌스이 오카타 지쓰마로
1935년도 영문해석 화문영역	1935년 9.11~10.19 10.23~11.16	수, 토 수, 토	21:00~21:30 21:00~21:30	사가와 슌스이 오카타 지쓰마로
1936년도 영어	1936년 10.1~10.31	화, 수, 토	19:30~20:00	사가와 슌스이
1937년도 영문해석 화문영역	1937년 10.20~11.10 11.12~11.22	월, 화, 금 월, 화, 금	18:25~18:55 18:25~18:55	사가와 슌스이 사가와 슌스이

이 결락된 것은 담당강사인 오카타 지쓰마로[岡田實麿]의 병가로 미루어졌기 때문이다).[22] 한편 '프레이즈연구'는 1933년 2월에 열흘 동안 방송한 작은 프로그램으로 강사를 역임한 오노 게지로[小野圭次郎]는 당시 인기를 모은 수험참고서의 저자였다. 오노 게지로가 라디오방송에 출강한 것은 이때 단 한 번뿐이었다.

결국 제2방송의 수험영어강좌 시리즈는 기본적으로 '영문해석'과 '화문영역' 두 가지 프로그램으로 이루어졌으며, 사가와 슌스이와 오노 게지

22 이 표는 우사미 쇼조[宇佐美昇三], 「영어교육개략사」 권말에 있는 표를 바탕으로 각 연도의 『프로그램 확정표』와 당시 방송협회 기관지인 『방송』 및 『영어청년』에서 얻은 정보를 손질하여 작성했다.

로 두 사람이 제작한 영어방송이었다고 할 수 있다. 특히 사가와는 '영문해석'의 강사일 뿐 아니라 수험영어강좌를 총괄하는 역할을 맡았다. 여기에서는 주로 사가와 순스이의 영어 교육관을 분석하면서 '방송해야 할 앎'으로서 해마다 세를 넓혀간 수험영어의 내용을 살펴보자.

1937년의 '수험강좌' 교재

제2방송의 무대 전면으로

제2방송의 수험영어강좌 시리즈는 제1방송에서 자리를 잡은 오카쿠라 그룹의 영어강좌와 비교해볼 때, 다음과 같은 특징을 지닌다. 첫째로, 이 시리즈는 방송시간과 방송기간을 매년 크게 변경했다. 대개 저녁 6시 30분부터 방송하던 영어강좌에 비하면, 초기의 수험영어강좌는 매번 방송 시작 시간을 변경하는 등 아주 불안정하게 편성된 프로그램이었다.

하지만 이는 수험영어강좌에만 해당하는 문제가 아니라 제2방송 전체의 편성이 불안정했기 때문이라고 여겨진다. 여기에서 제2방송이 제1방송과 마찬가지로 초기 몇 해 동안은 혼란과 시행착오를 겪었다는 점을 엿볼 수 있다. 나아가 수험영어강좌는 입학시험 대책을 위한 특별한 프로그램이었기 때문에 1년 내내 열리는 것이 아니라 단기 집중의 특별방송으로서 입시 직전에 방송했다. 예를 들어 첫해에는 '영문해석'도 '화문영역'도 오로지 1주일만 방송했는데, 더욱이 청취자를 예상할 수 없는 (학생이라면 대개 학교에 있을 시간인) 오후 2시라는 방송시간을 택했을 뿐 아니라, 방송 텍스트도 제작하지 않았다.

그러나 2년째부터는 급속하게 제2방송의 무대 전면으로 나서기 시작했다. 1932년부터 '영문해석'이 약 5주 동안(매주 2회) 연속방송으로서 정착했고 '화문영역'도 1개월 동안 지속했으며, '프레이즈연구'라는 새 프로그램까지 만들었다. 첫해 단지 2주일이었던 시리즈 합계 방송기간은 2년째에 3개월 남짓으로 급속하게 늘어났던 것이다. 방송 시간대도 학생이 귀가하여 청취할 수 있는 저녁 5시대로 옮겼다. 1933년에는 시리즈 합계 방송기간은 실로 4개월이나 되었고 1934년에는 사가와 슌스이의 '영어해석'만 2개월이었는데, 그것도 월요일부터 토요일까지 매일 밤 9시부터 방송함으로써 제1방송의 영어강좌와 어깨를 나란히 하는 대형 연속프로그램으로 자리를 잡는다.

사가와 슌스이란 누구인가

왜 수험영어강좌는 이렇게까지 방송기간을 매년 급증시킬 수 있었을까. 우선 프로그램이 호평을 얻어 매년 확대하게 되었다고 보는 것이 타당할 것이다.[23] 그러나 청취자의 호평만으로 프로그램의 확대가 이루어

23 예를 들어 1931년의 『닛신영어』에는 "JOAK의 수험강좌에서 수많은 합격 편지가 당도했다. 라디오선생인 사가와 슌스이 선생 덕분"이라는 글에서도 알 수 있듯이 수험영어강좌 시리즈가 어느 정도 라디오 청취자를 끌어 모으고 있었다고 여겨진다(『닛신영어』 5월호, 닛신영어학교, 1932, '방송영어 월평[月旦]'에서).

졌다고 본다면, 1935년 이후에 사태가 변하여 방송 시간을 축소한 사정을 이해하기 어렵다. 1935년 이후에 수험영어강좌가 갑자기 불필요하게 되었을 리 없다. 역시 수험영어강좌의 성장과 쇠퇴, 그리고 1938년에 이르러 폐지라는 일련의 과정에는 제2방송의 방침 및 방송협회 전체의 방향 전환이 반영되어 있다.

사가와 슌스이.
수험영어 분야뿐 아니라
하이쿠의 세계에서도 활약했다.

수험영어강좌 시리즈의 두 번째 특징은 담당강사가 고정되어 있었다는 점이다. 특히 사가와 슌스이는 첫해부터 방송 편성이 중단되는 1937년까지 일관하여 강사를 담당하고 있으며, 오카다 지쓰마로도 1935년까지 '화문영역'을 혼자서 맡았다. 본가인 제1방송의 영어강좌에서 영어교육계의 권위자인 오카쿠라 요시사부로가 첫해부터 강사를 담당한 것과 비슷하게 사가와 슌스이는 7년 동안 전부 수험영어강좌를 담당했던 것이다.[24]

도대체 사가와 슌스이가 누구이기에 혼자서 수험영어강좌의 강사를 역임했던 것일까. 또한 사가와 슌스이가 실천한 영어는 오카쿠라 그룹의 영어과 어떤 관계를 맺고 있을까.

수험영어강좌를 시작한 1931년 당시, 사가와 슌스이의 본업은 오늘날 입시학원에 해당하는 예비고등학교[豫備校]의 경영자 겸 간판강사였다. 그는 도쿄 간다에 닛신[日進]영어학교라는 대학수험 예비학교를 1920년

24 본서 제2장에서 오카쿠라 요시사부로를 분석한 것과 마찬가지로, 사가와 슌스이의 활동 궤적을 사가와 슌스이 개인의 인생사가 아니라 하나의 사회적 사건으로서 파악하여 그것이 지닌 사회적 문맥을 분석하고자 시도했다.

에 열고, 1930년에는 수험전문잡지인 『닛신영어』를 자기 손으로 편집하여 발행하는 등, 정력적으로 수험영어계를 선도하고 있었다. 그의 닛신영어학교는 전쟁 전 간다에 무성했던 수험예비학교 중에서도 발군을 나타내어 학생 수가 많았던 듯하며, 사가와 슌스이는 입담이 좋은 영어강사로서 인기가 높았다.

분명 사가와 슌스이는 당시 수험영어계의 중심인물이었다. 그러나 영어교육자의 아류에 불과하다고 손가락질 받던 예비학교의 강사가 도쿄고등사범학교의 교수진과 나란히 방송국에서 영어를 가르친다는 데에는 오늘날 우리의 상상을 뛰어넘는 위화감이 깃들어 있었다. 비록 수험영어의 강좌를 개설한다고 해도 대학교수를 강사로 부를 수도 있었을 터이며, 혹은 전통 있는 수험예비학교인 마사노리[正則]영어학교에서 강사를 선정할 수도 있었을 것이다.

그런데도 사가와 슌스이가 첫해부터 '영문해석'을 담당했을 뿐 아니라 다른 프로그램의 강사를 선임하여 제작에까지 손을 댈 정도로 수험영어 강좌 시리즈의 견인차 역할을 맡았던 까닭은 영어교육자로서 쌓은 비범한 그의 경력 때문이었다. 사가와 슌스이는 1903년에 도쿄고등사범학교의 영어전수과(專修科)를 졸업했는데, 그곳 영어과 교수가 된 지 5년째인 오카쿠라 요시사부로에게서 영어를 직접 배웠다. 졸업 후에는 도쿄고등사범학교의 부속학교에서 조교수로서 영어를 가르치고, 나중에 오카쿠라의 동인회인 요요주쿠(제1장 참조)에도 드나들었다. 즉 사가와 슌스이는 오카쿠라 = 도쿄고등사범학교의 인맥에 속한 영어교사였다.

하지만 그는 단 3년 만에 도쿄고등사범학교를 떠나 전국의 학교를 떠돌게 된다. 그러다가 사이토 히데사부로[齋藤秀三郎]가 1896년에 설립한 수험예비학교의 효시인 마사노리영어학교에서 자리를 얻는다. 이리하여 사가와 순스이는 영어교육계의 정통 엘리트인 도쿄고등사범학교의 영어교사에서 아류 엘리트인 마사노리의 영어강사로 전락했다. 당시 예비학교 강사라는 직업은 고등학교나 대학교수가 용돈을 벌기 위해 몰래 하는 부업 정도로 여겨졌고, 비록 전통 있는 마사노리영어학교의 전임강사라 해도 도쿄고등사범학교 출신이 다닐 만한 직장이라고는 여겨지지 않았다.

영문학과 수험영어를 접속하려는 시도

그러나 사가와 순스이 자신은 '정통' 영어교육계와 '아류' 수험영어계의 가교 역할을 자임하여 적극적으로 영문학과 수험영어의 접속을 시도하려고 한다. 마사노리에서 자리를 잡고 나서 2년이 지난 뒤, 사가와 순스이는 사이토 히데사부로의 지원을 얻어 『영어지일본(英語之日本)』이라는 잡지를 창간한다.

대학수험생과 예비학교 관계자뿐 아니라 고등학교나 대학의 영어강사들을 독자로 상정한 본격적인 이 영어전문 잡지는 영문법 강의나 입시문제의 해설 같은 수험생을 위한 실용적인 기사를 싣는 한편, 영어교육을 어떻게 해야 할까를 논의하거나 난해한 영문학 문장을 솜씨 좋게 해석하는 사가와 순스이의 글을 매 호 빠짐없이 게재했다. 『영어지일본』은 1917년까지 발행했는데, 같은 해 사가와 순스이가 마사노리영어학교로 떠나자 폐간되었다. 1920년 그는 마사노리와 같이 간다 땅에 닛신영어학교를 창립하고 스스로 경영에 나선다. 닛신은 수험생의 인기를 얻어 사가와 슌스이가 라디오에서 수험영어강좌를 담당할 당시에는 재적수가 4천 명 남짓이었다고 한다.[25]

그런데 이른바 영문학과 수험영어 양쪽을 훌륭하게 넘나들었던 사가와 슌스이가 라디오방송에 처음 등장한 것은 제2방송의 수험영어강좌가 아니라 방송 개시 2년째의 영문학강좌였다.[26] 그가 출강한 그 방송의 텍스트에서 채용한 교재는 이미 제1장에서 자세히 분석한 로버트 베이든파월 장군의 『보이스카우트의 우애』였다. 사가와 슌스이는 영어존폐 논쟁 전야에 영문학을 라디오에서 발신했던 것이다. 이렇게 그는 수험영어계에 속한 사람이면서도 영어교육자의 주류파만 점유하고 있던 영문학을 강의할 수 있는 자격을 갖춘 자로서, 오카쿠라가 주도한 영어강좌 시리즈의 강사가 될 수 있었던 특이한 존재였다.

하지만 사가와 슌스이는 이후 영문학 강의는 하지 않고 라디오에도 나오지 않았다. 1931년에 그가 라디오로 복귀하면서 방송국으로 들고 온 영어는 영문학이 아니었다. 그것은 입학시험 통과라는 한정된 목표를 겨냥한 수험영어였고, 얼마나 '빠르고 정확하게' 영문을 해석하느냐 하는 기술의 체계였다. 그러면 중고등학교의 교실에서 가르친 영문학의 내용이 빅토리아왕조의 이데올로기를 내포한 고전문학이었던 데 반

25 그 후에도 닛신영어학교는 발전을 구가했지만, 1944년에 당국의 압력으로 폐교 조치를 받고, 다음 해 공습으로 교사가 잿더미로 변했다. 전후에 사가와 슌스이는 닛신영어학교를 재건하지 않고 고향인 마쓰에[松江]로 내려가 막 새로 세운 시마네[島根]대학에서 1955년까지 교편을 잡았다. 사가와 슌스이와 라디오방송과의 인연은 다른 식으로 계속된다. 본래 하이쿠 시인으로 이름이 알려진 사가와 슌스이는 전후에 NHK마쓰에 방송국의 '라디오하이단[俳壇]'이라는 하이쿠 프로그램에서 강사를 역임했고, 이는 타계하는 1968년까지 지속되었다.

26 사가와 슌스이가 강사진의 일원이었던 것은 1926년에 여름학기 한정으로 방송한 '영어하기강좌 중등과'였는데, 이것은 이미 보았듯이 '영문학강좌'의 별칭이다.

해, 수험영어는 어떤 영어였던 것일까.

실은 제2방송의 수험영어강좌에서 방송 텍스트로 쓰이면서 닛신영어학교 같은 수험예비학교에서 가르치던 수험영어는 영문학과 다를 바 없는 빅토리아왕조의 고전문학이었다. 영어를 듣고 말하는 능력을 잘라버리고 읽고 쓰는 능력에만 힘을 쏟는다는 점도 학교교육의 영문학과 비슷했다.

그런데 수험영어의 교육자 / 학습자들은 영문학을 읽으면서도 거기에 나타난 메시지를 읽지 않았다. 수험영어의 텍스트는 이미 문학도 아니고 인류 보편의 교양도 아니며, 더구나 English(브리튼제도의 언어 중 하나)도 아니었다. 수험영어의 텍스트는 의미를 묻지 않는 기호체계였으며 형식만이 지배하는 '해독(decoding)'의 대상이었다. 좀 더 정확하게 말하면 텍스트 내부로부터 의미를 읽어낼 수는 없으면서도 텍스트의 독해 행위와 그 '정확함'을 겨루는 형식성의 차원으로 가득 차 있었다.

수험영어의 기원

가와스미 데쓰오[川澄哲夫]의 정치한 영어교육사 연구에 따르면, 상급학교의 입학시험에 붙기 위한 수험영어라는 앎은 메이지 중기로 거슬러 올라간다. 메이지 때 이미 세를 형성한 수험영어는 다이쇼 시대에 중등교육의 대중화가 이루어짐으로써 유례없는 수험 격화와 함께 성숙해갔다고 한다.[27]

수험영어라는 앎이 탄생하게 된 중요한 계기 중 하나가 1903년에 난니치 쓰네타로[南日恒太郎]가 출판한 『난해분류영문상해(難解分類英文詳解)』다. 이것은 학교 교실에서 읽는 영문학에서 뽑은 난해한 단문 1,189개에 해석을 붙인 관용구집이었다. 난니치의 『영문상해』는 수험참고서의 원형이 되었는데, 이후 이 책을 답습하여 야마자키 테이[山崎貞]가 『영문해석연구』(1912)를, 오노 게이지로가 『영문해석』(1921)을 각각 간행했다(앞에서 서술했듯이 오노 게이지로는 1932년도 제2방송의 '프레이즈연구'로 사가와 순스이와 함께 프로그램 강사를 역임했다).

이들 수험참고서 세 권은 전전에 내내 베스트셀러였으며, 그중 야마자키 테이의 『영문해석연구』처럼 전후에도 오랫동안 인기를 누린 수험참고서도 있었다. 물론 이밖에도 수험참고서는 수없이 나와 있는 상태라 영어 수험참고서의 기반은 이미 형성되어 있다고 볼 수 있다.

이러한 수험참고서 대부분이 수록할 예문을 구한 곳은 학교 교실에서 다루던, 입시문제에도 자주 인용된 영어교과서였다. 최초에 나온 『Self-Help』는 글자 그대로 'Self-Help(자조노력)', 즉 입신출세를 주제로 삼은 이야기인데, "나카무라 마사나오[中村正直]가 『서국입지편(西國立志編)』이라는 제목으로 번역하여 메이지의 '성서'라 일컬어졌다"고 한다.[28] 거기에 실린 글의 주제는 "정직과 근면만 있으면 어떻게라도 출세가 가능하다"는 것이었는데, 실로 근대일본의 교육시스템이 입신출세의 길로서 성립해간 시대와 잘 조화를 이루는 영문학이었다. 문장은 "실로 빈곤한 것이 불행이라고 해도 각고의 노력을 기울이면 그것은 분명 축복으로 변할 것

27 가와스미 데쓰오[川澄哲夫] 편, 『자료 일본영학사 2 영어교육논쟁사』, 大修館書店, 1978, 3~4면.

28 위의 책.

이다(Indeed, so far from poverty being a misfortune, it may, by vigorous self-help, be converted into a blessing)" 같은 유명한 문장이 대표하듯이, 도치와 형용이 과도하게 쓰인, 아주 읽기 어려운 글이었을 뿐 아니라 각 문장에는 격언 같은 문구가 자주 섞여 있었다.

본래 『Self-Help』는 비영어권에서 사용할 영어교과서를 상정한 것이 아니라 어디까지나 참된 빅토리아왕조의 이데올로기를 내포한 영문학이었다. 메이지시대 일본에서는 『Self-Help』가 대표하는 몇몇 영문학(아이들을 대상으로 한 것이 많다)을 영어교과서로 채택했다. 그래서 수험영어에서도 영문학의 문장을 읽혔던 것이다. 이러한 사정에서 시험문제에 잘 나오는 영문학 텍스트에서 해석하기 어려운 부분, 특히 장식적인 표현과 관용구가 많아서 읽기 어려운 문장이나 불규칙적인 구문으로 쓰인 문장을 뽑아내어 정리한 것이 위에서 꼽은 대표적인 수험참고서였다.

나아가 더 이상 『Self-Help』를 교실에서 읽지 않게 된 메이지 후기, 그리고 독자적인 영어 커리큘럼이 확립된 다이쇼시대에 들어서도 『Self-Help』에서 인용한 단문만큼은 수험영어로 살아남았다. 더욱 놀라운 것은 『Self-Help』의 문장이 쇼와시대에도 입학 영어시험에 자주 등장했다는 점이다. 실로 수험영어는 텍스트의 의미나 감상능력을 묻지 않고 기호배열을 다른 기호배열로 바꾸는(decoding) 것을 목적으로 삼는 앎이었다.

예를 들어 1937년 수험영어강좌에서 사가와 슌스이가 강의한 영문의 일절을 살펴보자.

> Our path through life is strewn with many sad memories : and were we to brood over them always we could not find the heart to go on bravely with our work

among the living(우리 인생행로에는 수많은 슬픈 추억이 흩어져 있다. 그래서 만약 우리가 끊임없이 그런 일만 자꾸 되새긴다면 살아있는 자 사이에서는 건강하게 일을 계속해나갈 만한 용기가 도저히 솟아나지 않을 것이다).[29]

평범한 단어를 쓰면서도 도치법과 가정법이 섞여 있는 구문이 많은 이런 문장을 읽으면 『Self-Help』가 교실에서 읽힌 시대로부터 반세기나 흐른 사가와 슌스이의 텍스트에서조차 권학과 입신출세 이데올로기가 짙게 깔려 있음을 알 수 있다. 아니 누구도 수험영어 텍스트의 의미를 문제 삼지 않았다. 수험영어의 참고서는 학교에서 사용하는 교과서와 같은 영문학에서 예문을 뽑으면서도 문맥에서 떨어진 영문을 감상의 대상으로 삼지 않고 단지 기호해석의 대상으로 삼았다. 참고서에 모아놓은 영문학은 이미 고전이나 교양이 아니라 일정한 법칙에 따라 배열된 '무'의미한 기호의 난수표에 불과했다.

형식주의 미학

사가와 슌스이가 실천한 수험영어에서는 어째서 영어를 배우는가, 어떤 영어를 배우는가, 왜 독해력을 중시하는가 같은 질문은 하지 않았는데, 영어존폐논쟁 후에도 이런 것은 문제 삼지 않았다.

이런 질문들은 주류파 영어교육자인 오카쿠라 그룹을 괴롭혔지만, 사

29 라디오텍스트『수험영어 영문해석 · 화문영역』, 일본방송협회, 1937, 영문은 26면, 일문은 35면.

가와 슌스이는 "입학시험에 출제되는 것을 가르친다"는 점으로 모든 문제를 해소했다. 그래서 입시에 나오는 문장을 읽는 기법만 과도하게 발전했던 것이다. 수험영어의 학습목적은 보편적 진리인 교양을 감상하는 것이나 타자와 의사소통하는 능력을 습득하는 것이 아니라, 어떤 법칙에 따라 구성된 기호배열을 다른 기호체계로 '해독'하는 기술의 습득이었다.

그러면 수험영어의 학습은 단순하고 무미건조한 기호배열의 기술 습득으로 시종일관했을까. 아니, 적어도 사가와 슌스이가 이끄는 닛신영어학교에서는 오히려 그러한 실리주의적 영어교육을 부정하고 경멸했다. 도쿄 간다에 난립하던 수험예비학교 중에서 닛신영어학교가 눈에 띄는 존재가 될 무렵, 그 학교가 발간하던 잡지 『닛신영어』에는 수험기술보다 수험생이 갖춰야 할 정신을 강조하는 기사가 매 호 권두에 실렸다. 이런 주장은 사가와 슌스이 자신이 『닛신영어』를 창간하기 3년 전에 냈던 『필수3천문(*Three Thousand Typical Sentences*)』(제목 그대로 영문학의 관용구집)에 이미 나타나 있다.[30] "수험의 목표는 수험생 제군이 충분한 영어실력을 습득하여 무난히 상급학교에 진학해야 한다는 실용적 목표도 있지만, 한편으로는 수양과정을 통해 각고의 노력을 다하여 올바른 교양인으로서 자기단련을 행하는 정신적 목표도 존재한다"고 그는 말한다.[31] 영어교육을 실용면과 정신면이라는 이분법으로 나누고 실용성보다 정신성을 강조하는 논법은 일찍이 오카쿠라 요시사부로가 그의 저서 『영

30 사가와 슌스이, *Three Thousand Typical Sentences*, Shobundo, 1927(제2판은 1928년). 이 수험참고서는 오노 게이지로가 1921년에 낸 『영문해석』을 의식하여 쓰여진 것인데, 애초에 닛신영어학교에서 사용하는 부교재로 편집한 책인 만큼, 독학하기에는 해석이 불친절하여 오노 게이지로의 책만큼 지지를 얻지 못했다.

31 위의 책, 8면.

어교육』에서 전개한 교양영어관과 비슷하며, 주류파 영어교육자들이 내건 영문학교육을 따라가는 것처럼 보인다.

여기에서는 학교영어계와 수험영어계라는 두 분야를 겸해온 사가와 슌스이가 희구한 영어의 지평이 드러나 있다. 즉 철저한 실리주의에 기울어도 좋은 수험영어에서도 교육만큼은 인격양성을 강조한 행위로 설정하고 있는 것이다.[32]

하지만 사가와 슌스이가 실천한 수험영어는 영문학의 완전한 복제는 아니었다. 같은 텍스트를 사용하면서도 영문학에서는 의미를 탐색하는 '감상'에 역점을 두는 데 비해, 수험영어에서는 의미를 잘라버리고 극단적인 형식주의에 바탕을 둔 '독해'에 역점을 두었다.

수험참고서의 성립과정에서도 보았듯이 이는 사가와 슌스이의 독창적인 생각이 아니라 수험영어에 나타난 공통의 성질이었다. 수험영어라는 앎은 학교 교실에서 읽혔던 빅토리아왕조의 영문학을 교재로 삼으면서도 그것을 잘게 조각 내고 문맥성을 표백했다. 그런 다음 마치 수식처럼 공식화된 구문이나 관용구를 핵심으로 추려 반복 이용 가능한 기호체(예를 들면 be able to 같이)로 재구성했던 것이다. 수험영어계의 교사들은 기호체계를 학생들에게 일방적으로 전수한다. 수험영어의 공간에서 교사는 늘 올바른 답을 갖고 있으며 학생은 늘 교사의 가르침을 의심하는 일 없이 통째로 삼켜야 한다는 것이 전제로 깔려 있었다.

32 이렇게 정신주의를 강조하는 수험교육 방식은 현재 예비학교의 풍토와 일정한 연속성을 지닌다. 전전부터 줄곧 형식주의 미학을 강조하는 것이 예비학교의 문화인지 아닌지는 불분명하지만, 현재 대규모 예비학교가 대학수험의 효율적인 기법을 활발하게 가르치는 한편, 실제로 강사들의 입에서는 시험공부를 통해 인격을 양성해야 한다는 점을 강조하는 교양주의 담론이 흘러나온다. 그것은 어떤 의미에서 때로 예비학교 강사가 비웃는 학교 교사들이 입에 담는 교양주의보다 더 금욕적이며 정신주의적, 회고주의적이기조차 하다.

다른 의견이나 다양한 해석을 용인하지 않는 수험영어의 공간에서는 교사가 오류를 범해도 학생은 아무도 지적하지 않고 교사를 상대화하지 않는다. 그들은 오로지 교사라는 절대적인 '앎의 사제' 앞에서 정신을 단련하여 인내하는 신체를 만들어야 할 뿐이다. 이렇게 철저한 형식주의의 미학으로 무장한 절대적인 권력공간이야말로 사가와 슌스이의 수험영어강좌 시리즈가 제2방송에서 실천한 영어의 권력공간이었다.

수험영어는 영문학에서 나온 것임에도 이미 문학이나 교양이 아닐 뿐 아니라 입학시험을 통과하기 위한 일시적인 지식도 아니었다. 그것은 의미가 무엇인지 절대로 묻지 않는 형식주의의 기호체계이며 무의미하기 때문에 유의미한 기능을 수행하는 형식주의의 도구였다. 즉 자기 규율 = 훈육화하는 주체를 양성하는 기술이었다. 방송해야 할 앎으로서 방송국에 도입된 수험영어는 어떤 의미에서 영문학의 사회적 기능만을 순화시킨 것으로 고도로 신체기술적인 특성을 지닌 앎이었다.

1934년 여름

이윽고 제2방송의 수험영어강좌 시리즈가 방송시간을 가장 길게 확보한 1934년 여름 제1방송에서는 새 영어방송을 발신했다. 이것이 라디오방송 영어회화강좌의 시작이다. 영문학의 폐지로부터 7년이 지난 뒤, 또한 수험영어를 도입한 지 3년 뒤, 방송협회는 제3의 영어를 발신했다.

영어회화라는 앎은 오카쿠라 요시사부로나 사가와 슌스이 같은 권위에 의해 방송국 외부에서 들여온 앎이 아니라 방송국이 주도적으로 창출하여 송출한 앎이었다. 나아가 방송의 영어회화는 방송 햇수가 늘어남에 따라 이제까지의 영문학이나 수험영어와는 결정적으로 다른 성질을 띠게 된다. 이제 방송과 접속하여 나타난 영어회화를 분석해보자.

제5장

시국화 속의 영어회화

마루에서 라디오를 듣는 가족.(『도쿄방송국 연혁사』, 1928)

1934년 일본방송협회는 근본적인 조직개혁을 단행했다. 우선 인사만 보더라도 협회중앙의 상무를 비롯한 주요 관리직에 체신성 출신자가 들어왔고, 각지의 방송국 윗자리에도 체신성과 인연이 깊은 인물이 속속 취임했다. 또한 각지의 방송국이 독자적으로 편성할 수 있었던 시간을 최대한 축소하고 도쿄중앙방송국이 제작하는 프로그램을 전국에 일률적으로 중계 방송하도록 하는 '전국중계 시간'을 확충해갔다. 이를 실현하기 위해 각지의 방송국 프로그램편성을 일괄하여 책정하는 편성회를 중앙에 설치했는데, 이 회의에 출석할 수 있는 것은 협회 간부와 각 방송국의 국장 등, 이른바 체신성 출신자뿐이었다. 이리하여 1934년 일본의 방송은 명실상부하게 정부에 종속하는 중앙집권형의 내셔널 미디어가 되었다.[1]

물론 협회조직의 대개혁은 인사와 편성에 멈추지 않았다. 방송협회는 만주사변 이후의 '시국화'에 호응하기 위해 군부의 장교나 정부의 고관이 마이크 앞에 서서 전쟁 수행을 위한 프로파간다를 육성으로 호소하는 '시국강좌'나 궁성 쪽을 향해 전국에서 일제히 시행하는 '라디오체조', 청취자가 보내온 편지나 음악으로 전쟁터와 후방[銃後]을 잇는 각종 위문프로그램 등 수많은 시국프로그램을 개발하여 자주적이면서도 적극적으로 발신하고 있었다. 이러한 경향은 조직개혁 후에 한층 더 강화되어 청취자가 가장 많이 들을 수 있는 시간대에 새로운 시국프로그램을 힘껏 배치했다. 부인프로그램 등 예전부터 있었던 교양프로그램도

1 물론 그때까지도 방송협회는 체신성의 감독 아래 있었고, 필요하면 정부와 황실도 가차 없이 비판하는 저널리즘 기관일 수 없었다. 하지만 1934년까지 방송협회는 민간 출자와 민간인에 의해 만들어졌다.

'시국하의 부인이야말로 가장 라디오를 잘 이용해야 한다'는 슬로건 아래 재편되었다.

실로 국가의 전쟁체제를 뒷받침하는 내셔널 미디어가 되기 위해 라디오는 커다란 변화를 시작했다. 그런데 영어회화강좌가 본격적으로 닻을 올린 것은 조직개혁과 같은 시기인 1934년이다. '만주국'의 건국을 둘러싸고 영국, 미국과 관계 악화가 심각해지고 세계적으로 비난을 받아 국제연맹을 탈퇴한 다음 해, 체신성의 직접 지배 아래 놓인 방송협회가 '영어회화'라는 앎을 전국으로 제공한 것이다.

이러한 방송의 시국화(내셔널화)와 영어회화의 송출(인터내셔널화)은 마치 모순된 두 가지 조류처럼 보인다. 그러나 방송협회가 정부에 징용당한 해에 영어회화가 신설되었고, 그 후에도 매년 발신했다는 사실은 단순한 우연이 아니다. 이제까지 이 책에서 분석해온 영문학 및 수험영어의 비교를 통해 새로운 영어회화를 살펴보면, 거기에는 분명한 성격의 차이가 떠오를 것이다.

이 장에서는 방송협회가 발신한 영어회화의 성격을 이해하기 위해 우선 매년 '영어회화강좌'의 프로그램 내용을 구체적으로 짚어보기로 한다. 나아가 방송 '영어회화'와 동시대의 '영어'의 관계를 고찰하고, 마지막으로 시국화하는 방송이 영어회화에 어떻게 도달했는지 그 궤적을 살펴보겠다.

1. 영어회화 강좌의 탄생

방송국 주도

1934년 초여름에 방송한 '하기영어강좌'는 다음 해에는 '영어회화강좌'라는 이름으로 바꾸었고, 나아가 1938년에는 '실용영어회화'가 되었다. 이렇게 프로그램 제목은 두 번이나 바뀌었지만 방송시기와 방송 스타일에는 분명한 연속성을 볼 수 있다. 이것이 영어강좌와 수험영어강좌에 이어 영어강좌 시리즈의 제3계통인 영어회화강좌다. 1934년부터 1939년에 이르는 6년 동안, 매년 전국으로 방송한 영어회화강좌의 개요는 168~169쪽의 표로 정리했다.[2]

영어회화강좌에는 영어강좌와 수험영어강좌라는 두 계통에 속하는 다른 영어강좌 시리즈에는 없는 두드러진 특징이 있었다. 우선 첫째로 영어회화강좌는 특정한 유명강사에게 맡기는 강자 주도의 프로그램이 아니었다. 예를 들어 영어강좌의 초등과는 오카쿠라 요시사부로, 수험영어강좌는 사가와 슌스이가 처음부터 주도적으로 프로그램 내용을 제작하고 스스로 마이크 앞에 섰다. 반면 영어회화강좌에는 주도적인 역할

2 영어회화강좌의 개략표는 NHK방송박물관이 소장하고 있는 각 연도의 프로그램 텍스트와 『프로그램 확정표』, 그리고 영어 잡지(『영어청년』 등)의 관련 기사를 바탕으로 작성했다. 몇 가지 점에서 우사미 쇼조[宇佐美昇三]의 「영어교육 개략사」와는 상이하지만, 가장 중요한 차이는 영어회회강좌의 개시 연도일 것이다. 우사미 쇼조는 1930년도의 영어회화 속성강좌를 영어강좌 시리즈의 효시로 보고 있지만, 나중에 이 장에서 상술하듯 이 책에서는 영어회화라는 앎을 자각적으로 구조 변화시킨 1934년도의 하기영어강좌를 '영어회화'의 발견 시점으로 파악하고자 한다.

을 맡은 영어교육자가 보이지 않는다. 강사는 매년 교체했고 방송교재에 실리는 내용도 해마다 바뀌었다.

영어회화라는 교양프로그램은 다른 영어 프로그램과는 달리 권위 있는 영어교사가 전부 떠맡아 제작하는 프로그램이 아니라 방송국이 강사의 선정부터 방송내용의 제작까지 통괄했다. 바꾸어 말하면 외부의 권위나 인맥에 의지하지 않고 높은 전문성을 요하는 어학프로그램을 제작할 수 있을 만큼 조직의 대개혁을 통해 방송협회는 성숙했고 힘을 길렀던 것이다.

게다가 영어회화강좌에는 종래의 영어방송처럼 도쿄방송국이 알아서 제작하고 그것을 전국으로 중계하는 중앙발신형의 제작 스타일이 아니라 방송 기간에 따라 오카사방송국이나 나고야방송국 등 큰 방송국은 물론, 나가노방송국 등 신설방송국도 제작에 참가하여 각지의 방송국에서 전국에 발신하는 스타일을 취했다. 이들 방송국은 오카쿠라 요시사부로나 사가와 슌스이 같은 인맥에 기대지 않고 각 지역의 고등학교와 외국어학교에서 교편을 잡고 있는 외국인강사를 직접 교섭하여 방송 강사로 모셨다.

복수의 방송국이 공동으로 제작했기 때문에 확실히 영어회화강좌의 내용은 본가인 영어강좌나 분가인 수험영어강좌에 비해 부족한 점이 있었다. 예를 들어 발음연습이나 문법해설도 없이 출연자의 개인적인 '이야기'를 계속 듣게 하기도 하고, 기본적인 영어단어만 가지고도 흥미로운 전개의 스토리를 들려주는 영어연속극을 방송하는 해도 있었다.[3] 영

3 전자는 1934년도의 찰스 퍼커와 필리스 아갈이 맡은 회(回), 후자는 1937년도의 J. P. 리드와 J. A. 클라크의 회를 말한다.

어교육의 관점에서 보면, 이렇게 부족하고 임기응변으로 보이는 영어회화 방송은 문제점이 많을지도 모른다.

그러나 방송협회의 입장에서는 큰 방송국뿐 아니라 중간규모 방송국도 전국적 프로그램을 릴레이 방식으로 만들어가는 실험장이었고, 그런 점에서 영어회화강좌는 이상적인 교양프로그램이었다. 특히 앞선 두 계통과 비교해볼 때 방송국 주도로 전문성이 높은 어학 방송의 제작을 실현하고, 전국방송망에 새로운 프로그램을 공급한 영어회화강좌는 조직의 대개혁을 단행한 방송협회에는 더할 나위 없는 교양프로그램이었다. 이제 전전의 영어회화강좌가 어떤 내용이었는지 구체적으로 분석해보자.

영어회화강좌 시리즈의 프로그램

방송연도	프로그램 제목	방송시간과 기간	방송 강사	프로그램의 특징
1930년	영어회화 연속강좌	8/4~8/30 월~토 7:00~7:30	Frank H. Lee	· 한 사람의 강사가 제작하고 강의 · 강사가 학습자에게 일방적으로 가르치는 교실 스타일 · 테마는 '영국 사정'
1934년	하기영어강좌	8/1~8/31 월~토 6:30~7:00	8/1~8/11 Charles K. Parker Phyllis Argall 8/13~8/31 高垣松雄 清野陽一郎	· 방송국이 주도하여 제작 · 복수의 방송 강사 · 2인 1조의 영어화자의 회화를 학습자가 듣는 극장 스타일
1935년	영어회화강좌	7/22~9/6 월, 수, 금 6:30~7:00	7/22~8/14 Thomas Lyell 萩原恭平 8/16~9/6 Glenn W. Shaw Glenn S. Shaw	· 미국 억양이 방송시간의 절반을 차지함 · 나가노방송국의 발신
1936년	영어회화강좌	7/29~9/18 월, 수, 금 6:30~7:00	7/29~8/26 Charles K. Parker Henry W. Johns 8/28~9/18	· 호리 에이지로[堀英四郎]의 등장 · 정형적인 표현의 역할 연습 · '듣는 영어'에서 '실제로 사용하는 영어'로 전환

방송연도	프로그램 제목	방송시간과 기간	방송 강사	프로그램의 특징
			Andrew F. Thomas 堀英四郎	
1937년	영어회화강좌	7/27~9/11 화, 목, 토 6:30~7:00	7/27~8/17 Frank H. Lee 梅谷興一 8/19~9/11 J. P. Read J. A. Clark	· 전년도와 기본적으로 같은 구조 · 연속 '영어라디오드라마'
1938년	실용영어회화	7/25~9/9 월, 수, 금 6:30~7:00	7/25~8/8 S. H. Griggs J. A. Sargent 8/10~8/24 Charles K. Parker Elizabeth Oxford 8/26~9/9 H. V. Redman 西脇 Marjorie	· 프로그램 제목에 '실용'이 붙음 · 니시와키 머조리[西脇 Marjorie]의 등장 · '일본'을 영어로 이야기하다
1939년	실용영어회화	7/24~9/8 월, 수, 금 6:30~7:00	7/24~8/7 J. B. Harris A. C. Pinder 8/9~8/23 Charlotte Smith Caroline Smith 8/25~9/8 Andrew F. Thomas 藤巻 Lillian	· Japan에서 Nippon으로 바뀜 · '국제언어'로서의 '영어' · '왜곡된 일본상'을 교정하기 위해 Nippon을 발신하라

두 개의 선행 프로그램

실은 1934년 이전에 영어회화강좌의 기초를 만들었다고 보이는 두 개의 프로그램이 있었다. 둘 다 단 한 회의 방송으로 자취를 감추어버린 단발 프로그램이었지만, 그것들은 '영어회화'와 만나는 과정에서 간과할 수 없다.

하나는 1933년 제2방송에서 내보낸 하기영어강좌라는 프로그램이다.

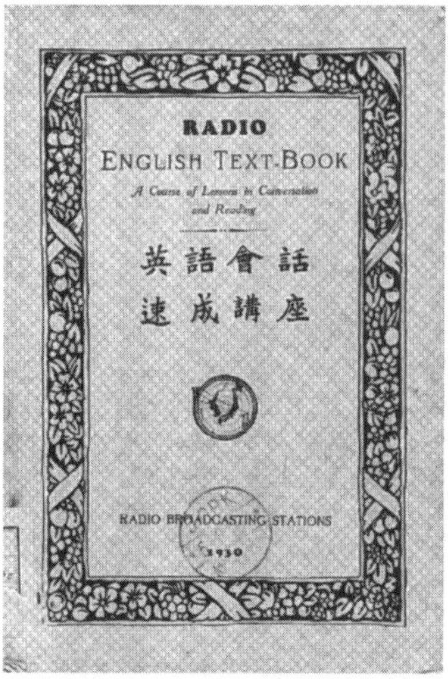

1930년의 '영어회화 연속강좌' 교재.

제2방송의 하기 한정 프로그램은 오사카와 나고야에서도 제2방송파가 개설된 것을 기념으로 도쿄의 제2방송을 합친 세 방송국 사이의 '제2중계망'을 활용한 실험 방송이었다. 이 방송은 7월 21일부터 9월 9일까지 월, 수, 금요일 오전 7시 반부터 30분 동안 방송되었다.[4]

방송내용은 영어를 제1언어로 이야기하는 강사가 영어 글(회화체가 아닌 문장)을 낭독하는 것으로 오사카방송국이 5회 내보냈고, 이어 도쿄방송국과 나고야방송국이 일본인 강사의 영문 독해 강의를 각 8회씩 발신했다.

세 방송국이 개별적으로 방송을 제작했기 때문에 각각 기간에 유기적인 연관은 보이지 않지만, 프로그램 전체는 도쿄방송국의 어느 일본인 강사가 총괄하고 있었다. 그것은 수험영어강좌의 사가와 슌스이였다. 사가와 슌스이는 담당 기간 동안에 도쿄방송국의 '수험영어'를 강의했고, 그 전의 오사카방송국에서는 외국인 강사가 영문낭독을, 그 후 나고야방송국에서는 영문해석을 방송했다. 1933년도의 하기영어강좌는 지나치게 부족한 점이 많아 매끄럽지 않은 내용의 실험 방송이었기 때문에 다음 해부터 제1방송에서 시작하는 같은 제목의 하기영어강좌와는 방송 **내용**에서 연속성이 별로 없었다. 그러나 방송 **형식**에서는 하나의 중계 프로그램을 복수의 방송국이 릴레이 방식으로 만들어가는 수법

4 1933년도의 하기영어강좌는 오사카방송국이 담당한 최초의 5회가 주목할 만하다. 프로그램 강사인 찰스 퍼커는 이후에도 3회, 영어강좌 시리즈의 강사로 마이크 앞에 섰다.

등 방송국에 몇 가지 수확을 가져다주었다고 여겨진다.

거꾸로 방송 내용의 연속성이라면 또 하나의 선행 프로그램인 1930년의 '영어회화 속성강좌'를 주목해볼 만하다. 이것도 하기 한정의 한 회만으로 끝난 단명 프로그램으로 방송기간은 같은 해 8월 4일부터 30일까지, 방송시간은 월요일부터 토요일까지 매일 오전 7시부터 7시 반까지 30분 동안이었다. 프로그램 제목에 '영어회화'라고 못 박은 것은 이것이 처음이었고, 도쿄상과대학의 영어교수인 프랭크 H. 리가 모범적인 브리티쉬 억양이 섞인 매끄러운 영어로 강의했다고 한다. 1930년 방송국에서는 외국인 강사가 연속 방송을 혼자 담당하는 것이 이례적이었다면, 오카쿠라 요시사부로의 인맥에 속하지 않는 영어교육자를 등용했던 것도 이례적이었다.

이 방송은 약 1개월 방송기간을 모두 프랭크 H. 리가 강의했고 방송교재도 그가 준비했다. 방송기간의 전반부는 개인적인 체험기를 교재로 사용했고, 후반부는 그의 고향인 영국의 지리 안내(*A London Chronicle*과 *St. Paul's Cathedral* 등의 제목을 붙인 그의 에세이)를 교재에 실었다. '영문학'을 교재로 삼지 않았다는 점에서 오카쿠라 같은 일본인 영어교육자가 실천한 영어관과 커다란 차이점을 보인다.

그러나 프로그램 제목을 '영어회화 속성강좌'라고 붙인 것 치고는 방송교재에 1회분의 몇 페이지밖에 회화체의 내용을 게재하지 않았고, 나머지는 프랭크 H. 리의 연설만 눈에 띈다. 1930년도 방송에는 발음연습과 정형적인 표현의 역할 연습 같은 것이 전혀 없었고, 이른바 오로지 강사의 영어연설만 들려주는 프로그램이었다. 방송교재에 개재한 강의 1회분의 영어 글은 전부 길었고, 이를 30분에 강의하려면 상당히 빠른 말투로 읽어 내려가지 않았을까 짐작된다. 방송스타일도 한 사람이 권위를 갖고 방송내용을 제작하고 강사도 겸하는 오카쿠라식 영어강좌를 답습하여, 나중에 영어회화강좌가 시도한 복수의 방송국이 프로그램을 제작하는 릴레이 방식은 아니었다.

1930년도 영어회화 속성강좌는 확실히 문어의 영어가 아니라 구어의 영어에 초점을 맞추었다는 점에서 획기적인 방송이었을지 모른다. 그러나 그 실체는 명문고교 영어교육자의 역량에 의존한 종래의 어학프로그램이었고, 눈에 띄는 성과는 올리지 못했다. 무엇보다 이 방송에서는 '영문학'과 차별화를 꾀하는 '영어회화'라는 새로운 앎의 태동을 엿볼 수 없다.[5]

'회화를 위한 영어'와 구조 전환

1934년도의 하기영어강좌와 1930년도의 영어회화 속성강좌를 비교하면, 1934년 여름에 방송한 하기영어강좌는 그때까지 영어강좌 시리즈에서 가르치지 않았던 '영어'를 새로운 스타일로 발신했다는 것을 알 수 있다. 프로그램 제목에 영어회화라는 말을 집어넣지는 않았지만, 처음으로 '회화를 위한 영어'에 힘을 쏟았던 것이다.

전년도 제2방송에서 시작한 같은 제목의 프로그램 스타일을 답습하면서도 1934년도 하기영어강좌는 방송교재의 168페이지 가운데 70%가 넘는 122페이지를 외국인 강사 두 사람의 대화 문장으로 채웠고, 나머

5 이밖에도 오사카방송국의 교양프로그램에는 몇 가지 독자적으로 제작한 영어프로그램이 있었다. 그 대다수는 전국으로 방송하지 않았지만, 개중에는 〈커런트 토픽스〉 같이 성장한 프로그램도 있었다.

지를 다카가키 마쓰오[高垣松雄]의 영문강의에 할당했다. 물론 구어를 기록한 문장은 문어로 쓰인 글보다 길어지는 것이 일반적이므로 영어회화의 122페이지에 대해 영문학은 46페이지라는 단순 비교는 성립하지 않을지도 모른다.

또 하나 주목해야 할 점은 이 방송이 단지 '글로 쓴 영어'에서 '말하는 영어'로 무게중심을 이동했다는 것뿐만 아니라 '영어'와 학습자가 손잡는 관계의 구조 자체를 밑바닥부터 변환시키기 시작했다는 것이다. 그러면 영어회화가 달성한 구조 전환의 실제는 어떠했을까.

이 방송에서 122페이지에 달하는 회화문을 10회에 걸쳐 읽은 사람은 영국인이자 오사카고등학교의 정규 영어교사였던 찰스 K. 파커(Charles K. Parker)와 젊은 캐나다인 필리스 아골(Phyllis Argall)이다. 두 사람은 아골이 아직 대학에 막 입학했을 무렵 캐나다에서 만난 듯한데, 처음 몇 번의 강의는 그들의 사적인 대화로만 이루어졌다.

이러한 '사적인 대화'가 방송 전에 판매한 방송교재에 실렸다는 점은 놀랄 만하다. 이 방송은 녹화방송이 아니라 중계방송이었기 때문에 찰스 K. 파커와 필리스 아골이 마이크 앞에서 읽은 '사적인 대화'가 실제로 얼마나 '사적'이었는지는 알 수 없다.

내용이 아니라 스타일의 변화

강의 중반을 넘기면서 그들은 서로의 일본 체험을 주로 이야기한다. 예를 들어 6회에서 아골이 일요일 아침에 일본인 가족이 긴 거리를 불평

한마디 하지 않고 이동하는 것이 자주 눈에 띈다고 말하면, 파커는 다음과 같이 응수한다.

Parker : Japanese are trained from early children in the ways of endurance. You know their favorite daily expression, don't you, "Gaman shite"?

파커 : 일본인은 어릴 적부터 참는 것이 익숙해지도록 단련하지요. 그들이 언제나 즐겨 말하는 '참아'라는 표현을 당신도 들은 적이 있지요?

Argall : I think I've heard it occasionally.

아골 : 아마 어딘가에서 들은 적이 있는 것 같아요.

Parker : Students often encourage the players on a team to stick it out to the very end by shouting, "Gambare, Gambare."

파커 : 학생들이 자주 '힘내라, 힘내라'라고 외치면서 팀의 선수들과 함께 최후의 순간까지 노력하도록 격려를 하잖아요.

Argall : Yes, I've heard that.

아골 : 아, 그런 말도 들은 적 있어요.

Parker : It's very expressive, isn't it? But whether they say it or not, Japanese people have the "gambare" spirit in the Japanese that I most sincerely admire.

파커 : 아주 감동적이지 않나요? 그러나 입으로 외치든 그렇지 않든, 일본인들은 '힘내라' 정신을 일본적인 것 안에 품고 있어요. 그 점에 경의를 보내야 한다고 생각합니다.

Argall : Really?

아골 : 정말요?

Parker : Yes. There is a bold, determined, do-or-die element in the Japanese spirit that helps them both as individuals and as a nation, to de great things.

파커 : 네. 일본 정신 안에는 용감하고 의지가 강해서 '할 것인가 죽을 것인가' 라는 요소가 있습니다. 그 점이 개인으로서도 국민 전체로서도 훌륭한 일을 이루는 데 도움이 된답니다.

Argall : I suppose that's the old samurai tradition, isn't it?

아골 : 그것은 오래된 사무라이 전통이 아닐까요?

Parker : I think it is older than the samurai tradition probably.

파커 : 아마 사무라이 전통이라기보다 더 오래된 것이라고 생각됩니다.[6]

여기에서는 확실히 1930년도에 방송한 영어회화 속성강좌에서 프랭크 리가 이야기한 것과 동일한 내용을 이야기하고 있다. 이토록 전형적인 일본인론은 그리 새로운 것도 아니다. 그러나 1934년도의 영어회화가 지닌 새로운 스타일과 그것이 근대일본의 영어교육 공간에 불러일으킨 구조 전환에는 주목해야 한다.

1930년도 강좌에서는 도쿄의 명문고에서 영어를 가르치는 영국인 프랭크 리가 일방적으로 영국문화와 일본문화에 대해 연설했다. 여기에서는 유일한 발화자인 영국인이 수많은 청취자인 일본인을 향해 일방적으로 강의한다는 청취구조가 성립한다. 프랭크 리의 위치는 결코 비판이나 의견이 닿지 않는 앎의 사제라는 위치다. 이러한 일방적인 '가르침

6 라디오텍스트 『하기영어강좌』, 일본방송협회, 1934, 74~75면. 일본어 번역은 야마구치가 붙였다.

–배움'이란 도식에 따라 영어교육을 실천했다는 점에서 오카쿠라 요시사부로와 사가와 슌스이와 그리 다르지 않다. 이 세 사람이 가르치는 것은 영문학, 수험영어, 구어 영어로 각각 다르지만, 특권적인 지위에서 무수한 청취자에게 앎을 전수한다는 구도에는 변함이 없는 것이다.

반면 1934년도의 영어회화는 파커와 아골이라는 두 영어화자가 '일본'에 관해 이야기하는 것을 제3자의 위치에서 청취자가 듣는 스타일로 꾸며졌다. 물론 거기에도 '가르침–배움'이라는 권력은 늘 작동한다. 그 점을 확인하면서 새로운 영어회화가 새로운 청취자 = 학습자의 위치를 준비했다는 점에 주목해보자.

영어회화 청취자의 위치는 교실에 있는 학생의 위치보다 극장에 있는 관객 위치에 가깝다. 오카쿠라와 프랭크 리의 방송은 종속적인 학습 주체인 청취자를 미리 전제한다는 구조에 입각하지만, 1934년도 영어회화강좌는 무대 위에서 벌어지는 일처럼 자기완결적인 '영어화자들의 대화'를 발신하고, 청취자는 무대 위의 대화를 제3자의 위치에서 들어야 했다. 이러한 새로운 영어는 특권적인 곳에서 무수한 학습자에게 일방적으로 앎을 전수하는 구조와는 다르다. 한마디로 새로운 권력공간을 개척한 것이다.

상대화되는 '영국'

그러면 청취자는 어떤 위치에 설 것을 요구받았으며 어떠한 새로운 권력공간이 영어회화의 탄생과 더불어 작동하기 시작했는가? 1934년도 방송 이후 영어공간의 구조 변환이 진전됨에 따라 청취자의 위치와 그에 따른 방송내용의 변화가 서서히 드러나기 시작했다.

1935년도의 영어회화강좌 교재

1935년 프로그램 제목을 영어회화강좌라고 개명한 이 방송은 주 3일 방송으로 6주 동안 오전 6시 반부터 7시까지 전국 방송으로 편성되었다. 전년도까지는 영어회화와 영문독해 양쪽을 다루었지만, 이 해부터는 영어회화만 방송하게 되었다. 전반부는 도쿄방송국에서 도쿄외국어대학의 토마스 라이엘(Thomas Lyell)과 와세다대학 고등사범부의 하기와라 교헤[萩原恭平]가, 후반부는 나가노방송국에서 가루이자와에서 피서 중이었던 오사카외국어대학의 글렌 W. 쇼(Glenn W. Shaw)가 아들 글렌 S. 쇼(Glenn S. Shaw)와 함께 각각 3주씩 강의했다. 방송 스타일은 전년도의 파커와 아골식과 마찬가지로 영어화자 두 사람이 나누는 대화 형식으로 구성되었다(다만 전반부의 하기와라 교헤는 일본인 영어화자였다).

전반부의 토마스 라이엘과 하기와라 교헤의 대화 글에는 주로 영국의 교육제도나 테임즈 강가에 흩어져 있는 런던 시의 유적, 영국 각지의 기후와 풍토 등을 이야기했다. 그 대화는 늘 '라이엘이 화자, 하기와라가 청자'라는 구도로 진행되었다. 일본의 교육제도나 기후에 대해서도 몇 번 언급하지만, 그것은 늘 영국과 비교하는 가운데 참조하는 정도에 그쳤다. 역시 영어로 이야기해야 할 것은 영국의 사정이며, 가장 친근한 일본의 사정은 그저 친근한 비교 대상에 지나지 않았다. 이 해의 강사는 일본인을 등용했지만, 그로 인해 영어회화의 시점은 늘 영국 쪽에 있고 이야기해야 할 것은 영어권, 특히 영국의 사정이라는 암묵의 전제가 분명히 드러났다.

한편, 후반부 쇼 부자의 회화에서는 그들이 사는 오사카의 체험기나 그들이 감상한 미국 영화, 미국 문학을 화제에 올렸다. 놀랍게도 그들은 그때까지 영어강화 시리즈에서 전제로 삼아온 '영어는 브리티쉬 억양'이라는 불문율을 깨고 미국 억양으로 3주 동안이나 전국 방송을 담당했다. 분명 오카쿠라 같은 주류파 영어교육자가 담당한 영어강좌에서도 미국 문학을 언급할 때가 있었지만, 미국 억양을 브리티쉬 억양과 같은 비율로 발신한 것은 이 방송이 처음이었다.

일본의 주류파 영어교육자들에게 영국산 고전문학이야말로 '영문학'이었던 것처럼 상류계급의 잉글랜드인이 말하는 브리티쉬 억양이야말로 '정확한 영어 발음'이었다.[7] 그러나 방송협회는 의도적으로 미국 억양과 브리티쉬 억양의 방송기간을 동일하게 조정하고 미국 억양으로 말하는 영어회화를 전국으로 방송함으로써 브리티쉬 억양주의에 입각한 영어강좌 시리즈를 스스로 상대화시켰다. 쇼 부자가 실제로 미국의 어느 지역 억양으로 발음했는지는 알 수 없지만, 브리티쉬 억양에 익숙한 청취자가 미국 억양을 전면에 내세운 후반부 방송을 들었을 때 결코 적지 않게 '놀랐을' 것이다.

---

7 아메리칸 억양을 익힌 영어교육자가 고생한 이야기는 꽤 많은데, 패전 직후에 '컴 컴 영어'의 애칭으로 유명해진 영어회화강좌의 강사 히라카와[平川唯一]도 미국에서 익힌 억양 때문에 대다수 영어교육자들로부터 비판을 받았다.

1938년 '실용영어회화'로 개명

이리하여 오카쿠라 요시사부로의 인맥에 따른 강사진이 담당한 영어 강좌와는 확연히 이질적인 영어회화를 발신하기 시작한 방송협회는 다음 해의 영어회화강좌에서는 영국 사정의 소개를 더욱 줄이고 미국 억양의 영어교육자를 다시 마이크 앞에 불러 세웠다.

또한 이 해 후반기의 강사로는 일본인 강사인 호리 에이지로[堀英四郎]를 기용했는데, 그는 오카쿠라 요시사부로가 사망한 뒤 영어강좌의 간판 강사를 계승하여 일미 개전일(開戰日)까지 라디오에서 영어를 강의한 전전 영어강좌 시리즈의 중요한 인물이다. 그가 뒤를 이은 영어강좌는 오카쿠라의 영어강좌와는 다른 영어를 실천해갔는데, 이에 대해서는 나중에 상세하게 분석할 것이다(제7장을 참조). 여기에서는 영어회화의 강사인 호리 에이지로가 마이크 앞에 서서 앤드류 F. 토마스(Andrew F. Thomas)와 함께 '전차에서(In The Train)', '길 묻기(Asking One's Way)', '병원에서(At The Doctor's)' 같은 장면의 정형적인 표현을 역할별로 연습하는 스타일의 강의를 처음으로 발신했다는 점에 주의를 기울이고 싶다.

정형적인 역할 연습을 채용한 것으로 보아 전년도까지 '듣기만 하는 영어회화'에서 '듣고 이야기하는 영어회화'로 전환했음을 알 수 있다. 이른바 영어회화라는 앎은 단지 입을 다물고 정숙하게 경청하는 타자의 앎에서 스스로 쓸 수 있는 공유의 앎으로 구조의 전환을 이루었던 것이다.

1936년부터 선명하게 모습을 드러낸 '말하는 영어회화'는 다음 해 영어회화강좌에도 이어져 더욱 다채로운 장면을 설정했다. 같은 해 방송기간 전반부에서는 '전화 걸 때(On The Telephone)' 같은 정형적인 표현을 역할 연습으로 외우는 스타일을 답습하고, 후반부에서는 미국 억양의 영어화자 두 사람이 '일본 여행(A Trip To Japan)'과 '시카고 여행(A Trip To Chicago)'이라는 두 개의 영어극을 방송했다.[8]

1938년 영어회화강좌는 프로그램 제목을 '실용영어회화'로 변경한다. 이 영어회화강좌는 다음 해 방송으로 막을 내리기 때문에 실용영어회화라는 명칭으로는 2년밖에 방송을 타지 못했다. 그러나 하필이면 왜 이 시기에 영어회화의 실용성을 강조할 필요가 있었을까?

1938년과 1939년의 실용영어회화라는 프로그램 형식을 보면 그 이전의 영어회화강좌와 크게 달라진 점은 없다. 여름 6주 동안 전국방송, 강사 두 사람이 대화하는 유닛이 2기인가 3기, 브리티쉬 억양과 미국 억양의 병용, 그리고 정형적인 표현의 역할 연습 등이 그러하다. 방송국이 개발한 영어회화의 방송 형식은 변화하지 않았지만 이야기해야 할 내용에는 새로운 변화의 조짐이 나타났다.

'닛폰'을 이야기하는 영어

우선 1938년의 프로그램은 6주라는 방송기간을 3기로 나누었는데, 예년처럼 전반기에 정형 표현의 역할 연습, 중반기에 강사 두 사람이 이야

8 1937년도의 영어회화강좌는 전전의 영어회화 중에서도 가장 흥미로운 내용을 가진 프로그램이라고 할 수 있다. 특히 라디오드라마 풍으로 만든 후반부에서는 미국의 대도시 시카고에서 생활하는 사람들의 일상을 상세하게 묘사하고 있다. 이것은 중일전쟁이 일어난 해에 방송을 탄 프로그램이라고 생각할 수 없을 만큼, 잠재적인 적국인 미국의 생활을 자세하게 소개하는 내용을 방송했다.

기하는 개인적인 일본 체험을 방송했다. 그러나 후반기 10회분에서는 강사 두 사람이 '개인적이지 않은' 일본 체험기, 이른바 '닛폰' 일반을 이야기하는 영어화자 두 사람의 대화를 내보냈다. 후반기 강사는 도쿄부립고교의 H. V. 레드먼(H. V. Redman)과 니시와키 머조리(西脇, Marjorie)였다. 니시카와 머조리는 1924년 영국에 유학했던 니시와키 준사부로와 결혼하여 일본 국적을 취득한 앵글로색슨계 영국인 화가였다.

실용을 높이 외친 영어회화의 교재(1939)

이 두 사람이 강사를 맡은 방송기간에는 '일본미술에 대하여(On Japanese Art)', '일본정부에 대해(On Japanese Government)'라는 화제를 채용했다. 니시와키와 레드먼은 영국과 비교하면서 일본의 상황을 이야기하는 형식으로 진행했는데, 이를테면 두 사람은 일본미술을 주제로 삼은 회차에서는 Kakemono[9]나 Ukiyoe[10]라는 개인적인 취향을 이야기했다. 나아가 화가인 니시와키 머조리가 일본화에 독특한 기법을 소개하고, 그것이 유럽에서 얼마나 높은 평가를 받고 있는지, 서양미술에 어떤 영향을 미쳤는지 자세하게 설명했다. '일본정부에 대해'에서는 일본의 내각과 국회를 영국과 비교하여 양자의 차이를 해설했고, 아울러 니시와키가 일본에 독자적인 '귀족원' 의원의 선출 방식이나 '궁내대신'의 특수한 임관제도를 자세하게 설명하여 일본 내각제의 '자유로움'을 몇 번이

9 【역주】 족자나 걸이그림을 뜻한다.

10 【역주】 에도시대에 유행한 유녀나 연극을 다룬 풍속화.

나 대변하였다.

그런데 영어회화를 배우고자 할 정도의 사회계층에 속한 사람이 '우키요에는 거듭 찍어내는 판화'라는 지식이나 '일본의 내각임관 제도'를 일부러 외국어로 재확인할 필요가 있었을까 하는 점은 의문이다.

이미 살펴보았듯이 방송의 초기에는 영국의 역사나 기후, 유적 같은 영국의 소개가 주요 내용이었고, 일본에 관해서는 영국과 비교하는 범위 안에서 거론하는 정도였다. 그러나 실용영어회화에서는 '일본'이 주로 이야기의 대상이고 영국의 위치는 역전되어 '일본'의 비교대상의 하나가 되었다. 특히 미국 억양으로 현대 미국문화를 소개하는 방송기간이 매년 설정되고 나서는 영어 프로그램이면서도 영국의 위치는 항상 미국과 비교되어 상대화되었다. 영국은 일찍이 영문학강좌가 부여했던 특권적이고 절대적인 지위를 더 이상 유지할 수 없게 되었다.

1939년도의 실용영어회화에서도 영어로 이야기해야 할 제재의 중심에는 '닛폰'의 현대 사정이 놓여 있었다. 그리고 영국과 미국은 닛폰의 윤곽을 그려내는 참조점으로 언급되는 경향이 더욱 뚜렷해진다. 강사들은 빈번하게 현재의 닛폰을 이야기하면서 왜곡된 닛폰의 이미지에 우려를 표명했던 것이다.

A : Tell me, is your outfit all **Nippon** made?

A : 당신이 입고 있는 건 모두 메이드 인 **닛폰**입니까?

B : Yes, I believe in using the domestic products whenever possible.

B : 네, 될수록 우리 땅에서 난 산물을 사용하려고 합니다.

A : Right, that is the propper spirit.

A : 그래요, 좋은 생각이에요.[11] (강조는 역자)

위 대화에서 보듯 같은 해 전반기에는 japan이라는 말 대신 Nippon이라는 말을 사용하고 있다.

올바른 '닛폰'을 세계로 발신하기 위한 발화의 기능

또한 후반기에 들어가면 1936년도에 호리 에이지로와 짝을 이루었던 앤드류 F. 토마스가 후지마키 릴리먼(藤巻, Lillian)과 함께 마이크 앞에 선다. 그들이 영어회화로 이야기하는 것은 영국도 미국도 아니고 역시 일본이다. 후지마키는 전 해의 니시와키 머조리와 마찬가지로 일본을 대변해주리라는 기대를 받는 영국 국적의 앵글로색슨계 일본인이다. 토마스와 후지마키는 많은 일본인 학생이 영국으로 유학을 떠나는 것에 비해 영국인 학생은 일본으로 오지 않는 교류의 불균형을 다음과 같이 우려한다.

Fujimaki : But with all the literature there is written on Japan, in English, which I suppose has a right to be called **the International Language,** is the need so great for English students to come to Japan?

후키마키 : 그러나 영어, 그것은 **국제공통어**라고 해도 좋을 자격이 있다고 생

11 라디오텍스트 『실용영어회화 1939년도』, 일본방송협회, 1939, 6~7면. 이 영문에는 일본어 번역도 붙어 있었기 때문에 양쪽 모두 방송텍스트로부터 인용했다. 강사는 J. B. 해리스와 A. C. 빈더였다.

각합니다만, 그런 영어로 쓰인 일본에 대한 문헌이 있음에도 영국인 학생이 일본까지 와야 할 필요가 있을까요?

Thomas : Again I agree that there is some force in your argument. But at the same time you must admit that regarding books in English about Japan, or in fact reading them in any language, in not quite the same as visiting Japan and seeing the country. This is particularly so when there are, as you must agree, so many **distorted ideas about Japan** in the West?

토마스 : 과연 당신의 의견에는 일리가 있습니다. 하지만 일본에 대해 영어로 쓴 책을 읽는 것, 아니 어떤 언어든 책으로 쓰인 것으로 일본을 아는 일은 실제로 일본에 와서 이 나라를 보는 것과는 전혀 다릅니다. 당신도 잘 알듯 **일본에 대한 지나친 왜곡된 생각**이 서양에 횡행하고 있을 때에는 이런 일이 특히 더 심하게 일어납니다.

Fujimaki : Yes, I suppose that's so.

후지마키 : 네, 나도 그렇게 생각합니다.[12](강조는 역자)

이미 영어는 영국만 독점권을 가진 특정국가의 언어가 아니라 세계적으로 유통되는 '국제공통어'인 것이다. 이러한 '국제공통어인 영어'는 영국과 영국의 식민지(특히 미국)로부터 다른 지역(여기에서는 일본)으로 일방적으로 발화하는 기능이 아니라 '왜곡된 일본상'을 수정하고 올바른 닛폰을 세계로 발신하기 위한 발화의 기능을 가진다. 토마스와 후지마

12 앞의 텍스트, 45면. 강조와 일본어 번역은 야마구치.

키의 대화는 런던의 국제문화진흥회(현재 국제교류기금), 일본교통공사, 재영방인협회의 활동도 언급하여 영어를 통한 닛폰의 발신을 높이 평가하는 동시에 한층 더 폭넓은 문화의 발신을 촉구하여 왜곡된 일본상의 교정을 기대한다.

벌써 훤히 밝혀졌듯 1934년부터 전국방송을 시작한 영어회화라는 앎은 주류파 영어교육자들이 쌓아올린 영문학과는 매우 다른 영어였다. 일찍이 영문학의 독해를 영어교육의 궁극적인 목표로 설정했을 무렵, 읽어야 할 텍스트에 Japan도 Nippon도 나오지 않은 것은 당연했다. 일본인에게는 영문학의 창작이 문제가 될 리 없었고, 영문학을 읽는 주체의 위치도 특별히 의문에 붙여지지 않았다. 그러나 영어회화에서는 실로 Japan이라는 단어가 자주 나타났고, 주체의 위치를 문제 삼으며 발신할 것을 요구받았다. 영어회화로 발신해야 할 내용은 닛폰, 그러니까 왜곡되지 않은 진실된 일본상이었다.

1934년부터 1939년까지 6년에 걸쳐 전국방송을 탄 영어회화는 동맹국 독일이 영국과 개전하면서 막을 내렸고, 태평양전쟁에 패배하여 미군이 진주해온 1945년 9월까지 방송되지 않았다.

패전 후의 영어회화 붐은 유명한데, 종전 직후부터 오늘날에까지 이르는 뿌리 깊은 영어회화 인기를 생각하기 위해서도 전전의 방송협회가 일본 전국에 발신하던 영어회화라는 앎의 사회적 위치와 영어회화가 획득한 언어 권력의 메커니즘을 상세하게 고찰해야 한다. 다음에서는 방송 내용의 분석을 통해 분명히 드러난 방송의 영어회화가 동시대 사회 문맥 속에서 어떤 위치에 있었는지, 특히 학교 교실에서 가르친 영어와 어떤 관계에 놓여 있었는지 살펴보자.

영어 공간의 구조 전환

반드시 '영어'와 'Nippon'이 대칭관계에 있다고는 전제할 수 없음에도, 실용영어회화에서는 영어권과 대칭을 이루는 Nippon이 부상하고, 청취자 = 학습자는 Nippon의 영어화자에게 스스로를 동화시킬 것을 요구받았다. 이러한 Nippon의 영어 공간을 욕망하는 목소리는 현재에도 떠오르고 있는데, 그것이 함의한 정치성에 대해서는 다음 장을 참조하기 바란다.

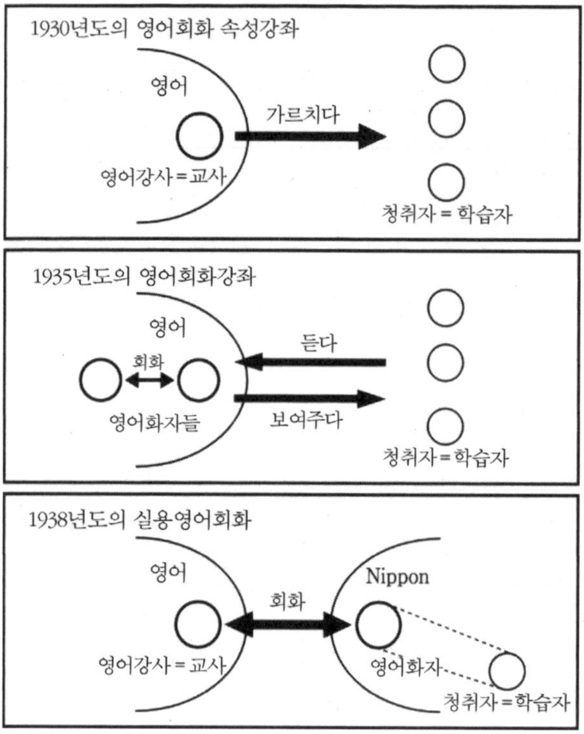

영어공간의 구조 전환

2. '영어회화'와 English의 관계

영어회화강좌의 특징

앞에서 상세하게 살펴보았듯 1934년에 등장한 영어회화강좌는 그때까지 있었던 영어강좌 시리즈에서는 볼 수 없었던 특징을 내포하고 있었다. 우선 방송 형식에서는 ① 오카쿠라나 사가와 같은 주도적인 강사가 없었고, ② 각지의 방송국이 릴레이 방식으로 프로그램을 제작하여 전국 방송망으로 내보냈다는 점이다. 이로써 알 수 있는 바는 영어회화강좌가 종래의 영어강좌 시리즈와는 달리, 권위적인 영어교육자에게 의존하지 않고 방송국이 스스로 제작을 주도하는 동시에 매년 다른 강사들과 협력하여 교양프로그램을 만들었다는 점이다.

나아가 방송내용으로는 네 가지 특징을 꼽을 수 있다. ① 한 사람의 강사가 무수한 청취자들에게 일방적으로 이야기를 들려주는 교실 스타일이 아니라 두 사람의 영어화자가 대화하는 것을 청취자가 듣는다는 극적인 스타일을 채용했다는 것, ② 처음으로 미국 억양이 브리티쉬 억양과 비슷한 비율로 방송되었다는 것, ③ '전화 걸 때'나 '병원에서' 같은 장면을 설정하여 정형적인 표현의 역할 연습을 도입하여 '읽는 영어'에서 '듣는 영어'로 전환했을 뿐 아니라 '말하는 영어'로 전환을 시도했다는 것, ④ 해를 거듭할수록 대화의 중심화제는 영국에서 Japan 혹은 Nippon으로 옮겨갔다는 것이 그것이다.

이 중에 특히 주목해야 할 점은 ③과 ④다. 여기에는 고분고분하게 감상하는 타자의 앎이었던 영문학에서는 찾아볼 수 없었던, Nippon을 이야기하는 영어회화라는 앎의 회로가 열려 있었다. 다른 식으로 말하면 일본의 영어는 읽어야 할 교양으로서뿐 아니라 왜곡된 일본상을 수정하기 위한 국제공통어의 기능도 요구받기 시작했다고 볼 수 있다.

메이지 초기의 영어회화와 쇼와 초기의 영어회화

이러한 특징을 지닌 영어회화 방송은 과연 전혀 새로운 앎의 탄생이었을까? 이를테면 영어회화라는 단어는 방송이 맨 처음 만들어냈을까? 영문학의 조직화를 추진한 1920년대 중반의 영어교육자들은 영어회화에 대해 어떤 입장을 취했을까?

우선 '읽고 쓰는 영어'가 아니라 '말하고 듣는 영어'가 학습의 대상이 된 것은 1934년 라디오방송이 처음은 아니었다. 예를 들어 1872년에는 일찍이 구메노 덴페[久米野伝平]가 서명(書名)에 영어회화라는 말을 채용한 영단어 용례집 『영어회화 도해』를 편찬했다. 더구나 그해에는 마쓰오카 아키라[松岡章]의 『화영통화(通話)』, 나카가와 고스케[中川厚助]의 『화영(和英)회화 편람』, 아베 다메토[阿部爲任]의 『영국[英吉利] 회화 자재』, 시마 게이탄[島桂潭]의 『삽역(揷譯) 영길리 회화편』 같은 책이 속속 나왔고, 메이지 초기에는 '말하고 듣는 영어'에 대한 학습의식이 지극히 높았다는 것을 알 수 있다.[13]

13 이들 책의 제목에는 영어회화라는 단어가 들어가 있지 않지만, 모두 말하는 영어를 위한 학습서였던 점에서는 공통된다. 예를 들어 다케무라 사토루[竹村覺], 『일본영학(英學)발달

오히려 에도시대 말기부터 메이지 초기까지 영어는 외교와 교육의 가장 중요한 도구였고, 그런 만큼 영어를 듣고 말하는 능력과 읽고 쓰는 능력은 분리해서 생각할 수 없었다. 이러한 전반적인 영어운용 능력을 필요로 하는 상황은 고등교육기관에서 영어가 공용어로 쓰이던 1890년대까지 계속되었을 것이다. 괄호에 넣지 않은 영어(English)를 자유롭게 구사하지 못하면 지리학도 농학도 상학도 배울 수 없었던 1890년대까지는 영문학과 분리하여 성립하는 영어회화라는 개념은 존재하지 않았다고 생각할 수 있다.

다시 말하면 영어회화라는 말 자체는 꽤 예전 시대부터 찾아볼 수 있지만, 그것이 영어교육이라는 대분류 가운데 하나의 자율적인 소분류로 성립한 것은 영문학이라는 짝 개념이 탄생한 이후, 그러니까 영어가 독해주의라는 교양 영어관으로 석권당한 1900년대 이후의 일이다.

일본어로 학문을 가르치는 교사가 각지 고등교육기관에 증가하고 일본인 영어교육자의 공급이 충분히 이루어지기 시작한 1890년대 후반부터 1900년대에 걸쳐 영어는 영문학을 의미했고, 말하고 듣는 영어는 교실에서 퇴장 당했다. 물론 명문 학교에서는 영국식 발음(단순한 영국식 발음이 아니라 잉글랜드의 상층계급이 사용하는 '브리티쉬 억양')을 엄격하게 가르쳤고, 오카쿠라 요시사부로 같은 윗세대 영어교육자는 특히 영단어의 발음에 많은 시간을 할애했다. 하지만 그것은 '영문학을 낭독하기 위한 영어 발음'이었지 영어화자와 대화하기 위한 영어회화는 아니었다는 점을 유의해두어야 한다.[14]

사』(연구사, 1933)를 참조하라.

14 이러한 독해 중심의 영문학교육 성립에 관한 상세한 내용은 이미 이 책 제2장에서 논하였다.

문부고관의 화려한 플레이와 대부호의 기부로 일본에 초빙

그러면 일본의 영어교육계에서는 1870년대부터 영어회화를 잘라내고 영문학만 가르쳐온 것일까? 아니, 영문학 성립 이후에도 말하고 듣는 영어를 교육하는 시도는 몇 번인가 있었다. 그중 가장 커다란 계기는 1922년 런던대학 음성학자 해롤드 E. 팔머(Harold E. Palmer)를 일본에 초빙한 것과 그가 실천한 구어(Speech) 중시의 영어교수법일 것이다. 이하에서는 팔머가 가르친 말하고 듣는 영어를 '구어 영어(Speech English)'이라고 기술하겠다.

팔머는 1877년에 런던에서 태어난 영국인으로 벨기에 등지에서 '외국어로서의 영어(English as Foreign Language, EFL)'를 가르치는 한편, 독자적인 영어교수법도 개발하여 실천한 음성학자였다. 그는 1919년부터 음성학 강좌의 전임강사로 런던대학에 재직했지만, 같은 대학의 이학부 강사였던 기노시타 마사오[木下正雄]로부터 영국을 방문 중인 문부차관 출신의 사와야나키 마사타로[澤柳政太郎]를 소개받았다. 사와야나기와 기노시타는 팔머에게 구어 중심의 영어교수법을 보급시키기 위해 3년 계약으로 일본에 와줄 것을 타진했다고 한다(또는 팔머가 스스로 교수법을 실험해보기 위해 동료인 기노시타에게 일본 방문을 타진했다는 설도 있다).[15]

이렇게 사와야나키의 편의를 제공받은 팔머는 1922년 3월에 일본에 건너왔고, 처음에는 3년 계약이었지만 1936년 4월까지 15년을 일본에 거주하

15 이 문제에 대한 자세한 사정은 영학사 중에서도 다양한 견해가 있다. 이를테면 사와야나기가 팔머를 초빙한 것이 아니라 해외에서 직접교수법을 실천하고 싶었던 팔머가 기노시타와 만나 스스로 방일을 희망했다는 설도 있다.

며 독자적인 영어교수법으로 일본의 영어교육 개선에 힘썼다. 팔머에 관한 연구 성과는 다행스럽게도 오카쿠라 요시사부로와는 달리 다수 나와 있기 때문에 여기에서는 영어회화와 관련하여 꼭 필요한 두 가지에만 초점을 맞추겠다.

하나는 팔머를 초빙한 것은 문부성도 일본의 주류파 영어교육자들도 아니고 영어교육 외부에 있던 독지가였다는 점이며, 둘째로 '구어 영어'의 교수를 주안점으로 삼은 팔머의 영어교육은 교양영어관에 근거하여 영문학교육에 힘을 쏟아온 일본인 영어교육자들로부터 복잡한 반응과 평가를 받았다는 점이다.

사와야나기 마사타로의 초상. 문부차관이었고 세이죠가쿠엔[成城學園]의 창립자. 팔머의 초빙을 실현하는 데 사와야나기의 편의 제공과 마쓰가타 고지로[松方幸次郎]의 기부가 중요한 역할을 했다.(세이죠가쿠엔 편, 『세이죠가쿠엔 50년』, 1967)

우선 런던대학의 음성학 전임강사의 초빙을 실현하는 데 사와야나키 마사타로의 알선과 마쓰가타 고지로[松方幸次郎]의 자금 제공이 필수적이었다. 사와야나기는 혁신파 문부관료로 유명한 인물이었고, 나중에 문부차관, 도호쿠제대 총장, 교토제대 총장 등을 역임하고 전국의 유능한 교육자를 모아 세이죠가쿠엔[成城學園]을 창설했다. 이른바 1910년대에 물이 오른 신교육운동의 중진으로서 교육사에 이름을 남긴 인물이었다. 각국의 교육시찰을 위해 영국을 방문했을 때, 그는 런던대학의 기노시타 마사오로부터 팔머를 소개받았다. 사와야나기는 같은 시기 런던에 체재한 가와자키[川崎] 조선소의 마쓰가타 고지로와 의논하여 팔머 초빙에 필요한 비용을 제공받았고, 다음 해 그를 문부성 영어교수 고문으로 초빙하는 절차를 밟았다. 마쓰가타 고지로는 현재 국립

서양미술관의 기초를 세운 '마쓰가타 콜렉션'으로 유명한 사업가이기도 하다.

한마디로 팔머의 초빙은 메이지 초기의 '고용 외국인강사'와는 달리, 문부성 정책에 의한 것이 아니었다. 그것은 문부고관이었던 인물의 화려한 플레이와 대부호의 기부금으로 이루어졌다. 실제로 일본으로 건너온 팔머는 문부성의 영어교수 고문으로 임명되었지만 당초 계약한 기간의 급료는 문부성에서 받지 못했고, 도쿄고등사범을 통해 마쓰가타가 내놓은 기부금 5만 엔 가운데 염출하여 받았다고 한다.[16]

팔머의 직접교수법

팔머는 오카쿠라 요시사부로가 재직하던 도쿄고등사범의 부속중등부에 출강하는 동시에 전국 각지를 돌아다니며 시범수업을 보여주었다. 그가 실천한 영어교육은 직접교수법(Direct Method) 또는 예시교수법(Ostensive Method)라는 방법론에 기초를 두었는데, 그 특징은 ① 일본어를 전혀 사용하지 않고 영어로만 수업하며, ② 영어학습의 초급 단계에서는 독해(Reader)보다 구어(Speech)를 철저하게 가르치는 데 있었다. 한마디로 제2장에서 살펴본 오카쿠라의 '영어교육'과 정반대다.

16 당초의 계약 방문 후에는 문부성으로부터 급여를 받았지만, 이것은 3년 동안 그가 벌인 활동을 인정한 결과로 보인다. 또한 이무라 모토미치[伊村元道]는 팔머가 세운 연구기관인 영어교수연구소가 설립 당초에는 "관제(官制)로는 문부성에 속한 것이 아니"라고 말했는데, 이는 팔머의 초기 대우를 고려할 때 그의 일본 초빙의 실태를 짐작할 수 있는 대목이다(伊村元道, 『팔머와 일본의 영어교육』, 大修館書店, 1997, 46면 및 65면을 참조).

그는 자신의 영어교수법을 보급하고 연구를 추진하기 위해 일본에 온 다음 해에 영어교수연구소(나중에 문부성어학교육연구소)를 설립하고, 그가 실천한 구어주의 영어교육에 찬동하는 회원을 모집함과 아울러 기관지 『브레틴』을 통해 자신의 영어교수법을 널리 퍼뜨렸다. 나아가 팔머와 그의 연구소는 문부성의 후원으로 1924년부터 '영어교육연구대회(전국회원대회)'를 개최했고, 이런 활동으로 서서히 동조자를 확충해갔다.

헤럴드 E. 팔머의 영어교육은 확실히 동시대 일본인 영어교육자에게 일정한 충격을 안겨주었다. 이는 『영어청년』 같은 잡지에 빈번하게 그와 연구소의 동향을 알려주는 기사가 실렸다는 것으로도 충분히 짐작할 수 있다. 그러나 이러한 활발한 활동에도 불구하고 팔머의 새로운 '구어영어'주의 영어교육은 주류파인 '영문학' 편중의 영어교육을 근본적으로 무너뜨리지는 못했다.

팔머가 일본에 왔을 초창기에는 새로움으로 주목을 받으면서 영어교육자 사이에 기대와 불안이 섞인 반응을 불러일으켰지만, 그것도 잠시, 일본인 영어교육자의 대다수는 팔머에게서 거리를 두었다. 물론 일부 영어교육자들은 그가 주장하는 구어 중시의 영어교수법을 지지했고, 그 자신은 문부성과 밀접한 관계를 강화해갔다. 하지만 대개의 일본인 영어교육자들은 종래대로 독해 중심의 영문학교육을 지속했다.[17]

17 팔머를 이해한 사람으로 이시카와 린지로[石川林四郎]가 있었다. 그는 오카쿠라 요시사부로가 퇴직한 뒤에 도쿄고등사범(도쿄문리과대학)의 주임 영어교수가 되었고, 영어교육계의 권위 있는 산 사람으로서 팔머를 지지했다. 하지만 결과적으로 구어 영어를 영문학 이상으로 보급시키는 데는 이르지 못했다.

‘영문학’의 하위 카테고리인 ‘구어 영어’

그러면 팔머의 ‘구어 영어’는 동시대의 영문학 중심적 영어교육에 어떤 영향을 미쳤을까. 사실 그런 교육방침의 방향전환을 일으킨 사람은 영문학 교육자가 아니라 팔머와 그의 연구소였다.

1927년 연구대회에서 동 연구소는 ‘신교수법(The Reformed English Teaching)’이라는 지도 순서를 주창했는데, 이무라 모토미치[伊村元道]의 연구에 따르면 “본래 ‘듣고 말하는’ 제1차 전달에 중점을 두어온 구두 방법(oral method)이 이때에 이르러 ‘읽고 쓰는’ 최종 목적을 위한 입문 단계의 프로세스에 지나지 않는다”는 식으로 궤도를 수정했다고 한다.

팔머의 연구소는 이렇게 주장한 이후에도 영어교육의 교과서를 편찬하고 레코드 교재 등 부교재를 정력적으로 제작했다. 방향전환 후에 내놓은 교재에서는 영문독해의 입문편으로서 ‘구어 영어’를 교육한다는 자세를 점차 선명하게 드러낸다.[18] 팔머가 일본에 온 직후부터 도전해 온 직접교수법에 의한 구어 중시의 영어교육은 분명 ‘후쿠시마 플랜’ 등으로 대표되는 일본인 영어교사의 ‘구어 영어’라는 교육을 개척했다. 하지만 그것은 국지적이고 소규모에 머물렀고, 반드시 ‘구어 영어’주의의 새로운 조류를 전국적으로 확산시켰다고는 볼 수 없다.

거꾸로 그의 ‘구어 영어’는 ‘영문학’ 앞에 무릎을 꿇고 영문학의 하위 카테고리로서 스스로를 재설정했다. 팔머의 구어 영어에서는 나중에 방송협회가 전국으로 방송을 내보낸 영어회화와의 연속성이 보이지 않는다.

---

18 伊村元道, 앞의 책, 117면.

도리어 팔머의 구어 영어와 방향전환에서는 듣고 말하는 영어에 대해 일본의 영어교육계가 강한 거부감을 나타냈다는 것을 읽어낼 수 있다.

라디오의 영어강좌와 연관시켜보면, 이 프로그램의 제작과 강사의 공급을 한 손에 거머쥔 오카쿠라 요시사부로와 요요주크의 동인들은 팔머에 대해 무관심을 넘어 선명한 적의를 품고 있었다. 예를 들어 팔머와 오카쿠라 두 사람과 교류가 있었던 도쿄고등사범학교의 구로다 다카시[黑田魏]는 팔머가 일부 일본인에게 미움을 산 "가장 큰 이유는 나의 은사 오카쿠라 요시사부로 선생과 학문적 의견 및 인간적 감정에서 충돌했기 때문이라고 여겨진다"고 말한다. 구로다에 따르면 오카쿠라는 "영어를 말하는 것뿐이라면 요코하마에서 손님을 기다리는 인력거꾼도 할 수 있는 일"이라고 교실에서 말했고, "오카쿠라 선생의 이러한 태도는 그대로 그의 뛰어난 제자인 후쿠하라 린타로[福原麟太郎] 선생에게도 그대로 이어졌다"고 한다.[19] 후쿠하라 린타로는 팔머가 귀국한 1936년 『영어청년』에 팔머 교수법의 정수였던 직접교수법의 일본 도입이라는 공적을 그에게 돌려서는 안 된다고 견제하고 있다.

> Direct Method는 (…중략…) Palmer가 처음으로 모범을 보였다고 말하지만, 과연 그럴까. Palmer가 일본에 오기 6년 전, 시평자(時評子, 후쿠하라 자신을 가리킴 – 역자 주)는 도쿄고등사범부중으로 교생을 나가 이미 Direct Method로 가르치라는 지도를 받았고, 당시 부중영어 주임이었던 진보 가쿠[神保格] 씨는 중학 3년 교실에서 한 시간 내내 영어 문답으로 가르치고 있었다.[20]

19 위의 책, 61면.
20 「영어시평」, 『영어청년』 9월 1일호, 영어청년사, 1936.

팔머가 연구 활동의 기점으로 삼은 것이 영어교육연구소라면, 교육 실천의 기점으로 삼은 것은 도쿄고등사범의 부속중학교였다. 그러나 거기에는 오카쿠라 요시사부로와 그의 문하생이 영향력을 강하게 미치는 조직이었기 때문에 구로다처럼 이해하는 사람도 있었지만 후쿠하라처럼 비협력적이거나 비판적인 동료도 다수 있었다. 또한 팔머가 일본에서 활동한 1920년대 중반, 이미 이 책 3장에서 살펴보았듯, 일본 영어계의 중심은 '영문학'이었다. 특히 일본영문학회가 재편성되어 몇몇 연구기관이 영문학연구의 학술 저널을 창간하는 등, 취미로 감상하는 영문학에서 학술적 연구 대상인 영문학로 중심 이동이 이루어지는 1929년 이후에는 비록 방향전환을 선언해도 구어 영어의 교습을 계속하려는 팔머의 앞에는 영문학이라는 벽이 버티고 있었던 것이다.

〈커런트 토픽스〉

이렇게 학교교육에서는 고전을 면치 못했던 팔머였지만, 교실 밖에서는 그가 이상적으로 여기던 영어교육을 비교적 자유롭게 실천할 수 있었기에 구어 영어를 보급하려는 다양한 시도를 펼쳤다. 그는 레코드로 자신의 교수법에 따른 영어교재를 작성하는 일에 일찍부터 착수했고, 1929년에는 영어교수연구소 안에 '사성(寫聲)교육조사부'라는 레코드 교재의 작성 부서를 설치하여 50점 이상의 영어교재를 제작했다고 한다. 이들 대다수는 일본축음기상회(일본컬럼비아의 전신)에서 발매했고 개별적인 구매자뿐 아니라 학교의 부교재나 영어교유(敎諭)공부회의 교재로도 사용되었다. 그래서 팔머의 구어 영어는 영문학의 하위 카테고리에 놓이면서도 이런 통로를 통해 확산되었을지 모른다.

이 시대에 어학 레코드는 팔머뿐만 아니라 이치카와 산키[市河三喜]나 사이토 다케시[齊藤勇], 그리고 오카쿠라 요시사부로도 제작하고 있었다. 특히 오카쿠라는 라디오의 영어강좌로 지명도가 높았기 때문에 수많은 레코드를 취입했다. 그 가운데 연구사에도 나온 『오카쿠라 선생의 초등 영어 강화(*The Royal Road to English*)』가 있는데, 이 어학 레코드는 초급 편에 구어체의 예문이 많이 실려 있다. 오카쿠라의 레코드 교재에서도 영어회화에 나타난 네 가지 특징을 관찰할 수 없지만, 오카쿠라가 듣고 말하는 영어를 교실 밖에서 가르치고 있었다는 점은 염두에 둘 필요가 있다. 아마도 많은 영어교육자들이 오카쿠라와 마찬가지로 '읽는 영어'뿐 아니라 '말하는 영어' 교육의 필요성을 이해하고 있었을 것이다.

그러나 영문학으로 구축해온 기득권을 지키기 위해서 일본의 주류파 영어교육자들은 팔머의 구어 영어를 받아들일 수 없었던 것은 아닐까. 영어계에서는 영어회화나 구어 영어, 구화(口話) 영어 등 명칭은 갖가지였지만, 여하튼 말하고 듣는 영어는 영문학의 하위 카테고리 또는 입문편으로 분류되거나 교실 밖에서만 가르치는 주변적 앎이라는 위치를 차지하고 있었다.

이미 영문학으로부터 거리를 두었던 방송협회는 팔머에게 주류파 영어교육자보다 호의적인 반응을 보냈다. 방송협회는 팔머를 〈커런트 토픽스〉라는 제목의 전국 프로그램의 강사로 초빙하여 1932년 6월 1일부터 매일 그에게 영어로 시사뉴스를 읽도록 했다. 이 프로그램의 원형은 1928년 오카사방송국이 시작한 같은 제목의 영어 프로그램이었는데, 그

〈커런트 토픽스〉를 방송하고 있는 헤럴드 E. 팔머.
이 프로그램을 1935년 4월까지 매일 담당했던 그는 다음 해에 15년 동안의 체재를 끝내고 영국으로 귀국했다.
(일본방송협회 편, 『일본방송사』, 1965)

것을 도쿄방송국이 전국 프로그램으로 재편성할 때 팔머를 전임 강사로 발탁한 것이다.

전국판 〈커런트 토픽스〉는 오후 6시 55분부터 5분간, 그러니까 청취율이 가장 높다고 예상할 수 있는 저녁시간대에 일요일을 제외한 매일 방송했다. 내용은 그날 일어난 주요 뉴스를 영어로 방송했는데, 큰 사건이 없는 날에는 팔머의 시사해설도 방송했다고 한다. 다만 이것은 영어교육을 위한 프로그램은 아니었다. 하지만 팔머는 1932년 6월 1일부터 1935년 4월 30일까지 이 프로그램을 담당하여 브리티쉬 억양으로 매일 일본 전국으로 영어를 발신했다.[21]

'제1회 전국 라디오 조사'

그렇지만 단 5분이라고는 해도 가장 귀중한 저녁시간인 7시 전에 매일 영어 프로그램을 전국적으로 방송했던 방송협회의 방침에는 놀라움을 금

21 이 프로그램은 현재의 영어 뉴스프로그램에 가까운 내용인데, 교양프로그램인 '시사해설'로 분류되었다. 또한 팔머는 이 프로그램을 담당한 기간에 두 번쯤 해외에 나가 있었기 때문에 대리 강사가 마이크 앞에 섰던 때도 있다.

할 수 없다. 만주사변 후에 시작한 전국판 〈커런트 토픽스〉는 중일전쟁이 벌어진 뒤에도 계속되어 1939년까지 방송되었다. 비록 이 방송이 일본 국내에 거주하는 영어화자를 향한 프로파간다 성격의 국책 프로그램이었다고 가정하더라도(그러나 교양 프로그램으로 분류되어 있었다), 일부러 귀중한 저녁 시간대에 전국으로 방송한 방송협회의 '시국' 의식은 이해하기 어렵다. 또한 전국의 청취자가 거부감을 느끼지 않았을지 의문이다. 〈커런트 토픽스〉에 영어강좌와 수험영어강좌라는 영어강좌 시리즈를 더하여 고려해보면, 전전의 라디오는 상당한 시간 수에 달하는 다종다양한 영어를 발신하고 있었다는 말이 된다. 더구나 1934년부터는 영어회화 강좌가 추가되었다.

어학강좌에 대한 희망

횟수 증가를 희망	345
영어	22
독일어	10
제2방송으로	7
아침	6
일요일	5
횟수 감소를 희망	320
영어	14
밤	7
아침	6
만주어	4
종목 범위 확장을 희망	686
에스페란토어	224
러시아어	45
영어회화	20
스페인어	6
이탈리아어	4

체신성·일본방송협회 편, 『제1회 전국라디오 조사』(1934)를 토대로 그린 표.
영어에 대한 관심이 높았음을 엿볼 수 있는데, 에스페란토어의 인기도 흥미롭다.

그런데 외국어를 대량으로 발신하는 방송협회의 방침은 청취자들의 생활의식에 반하기는커녕 지지를 받았고, 한층 더 어학방송을 확충하라는 요구가 있었음을 보여주는 자료가 있다. 〈커런트 토픽스〉를 시작한 1932년에 일본방송협회와 체신성이 합동으로 실시한 청취자 조사인 『제1회 전국 라디오 조사』가 그것이다. 이것은 샘플링이라는 조사수법이 없었던 시대에 청취계약자 전원에게 질문표를 배포한 대규모의 양적 조사다. 1932년 5월 1일부터 8월 말까지 4개월 동안, 123만 3,908건이라

는 배포 건수에 대해 약 30%에 달하는 35만 8,039건의 응답이 있었다.[22]

전국 라디오 조사에서 교양 프로그램에 대한 의견 중 약 20%에 해당하는 3,264건이 어학강좌에 관한 희망사항이었다. 그중 어학강좌 전체의 '시간 증가'가 141건인 데 비해, '시간 감소'는 41건이었다. 마찬가지로 '횟수 증가'를 희망하는 것이 345건인 데 비해, '횟수 감소'는 320건이었다. 나아가 '종목 범위 확장'이라는 별도 항목에서는 영어회화의 프로그램 신설을 바라는 목소리가 세 번째(20건)로 많았다.

덧붙여 1위는 에스페란토어가 압도적 다수로 224건이었고, 2위는 러시아어 45건이었다. 이미 살펴봤듯 에스페란토어 강좌는 도쿄방송국이 개국한 1925년도에 단기간 방송했지만, 전국 프로그램으로서 시리즈로 제작했다는 자료는 없다. 또한 '지도자 선발'이라는 프로그램 강사에 대한 희망을 묻는 항목에서는 '외국인 강사의 등용'을 바라는 목소리가 가장 많았고, 외국어에 대한 라디오 청취자의 욕망(특히 듣고 말하는 외국어의 학습 의욕)이 높았음을 엿볼 수 있다.

『제1회 전국 라디오 조사』의 결과를 간행한 1934년, 방송협회는 영어회화의 전국방송을 개시하는데, 청취자 조사의 결과와 새 프로그램의 탄생 사이에 직접적인 인과관계를 읽어내기는 어렵다. 하지만 이러한 자료를 통해 만주사변 후 시국화가 진행되던 시기에도 라디오 청취자의 대다수는 외국어에 대한 거부감이 그다지 없었다는 것, 아니 그렇기는커녕 독자적인 고전문학 없이 기본적으로 회화를 위해 만들어진 인공언어인 에스페란토어의 인기가 높았다는 것과 어학강좌에 외국인 강사의

22 체신성・일본방송협회, 『제1회 전국 라디오조사』, 1932 신시(출판은 1934년). 또한 조사표의 배포와 횟수는 우편과 수신계약료의 수금인이 했다고 한다.

등용을 바라는 목소리가 높았다는 것에서 알 수 있듯, 듣고 말하는 외국어의 요구가 결코 약하지 않았다는 것을 알 수 있다.

방송에 특유한 '영어회화'

이상에서 본 것처럼 말하고 듣는 영어를 둘러싼 영어교육계와 방송협회, 청취자의 반응을 여러 차원에서 들여다보면, 몇 가지 점이 떠오른다. 첫째, 영어회화라는 말 자체는 메이지 초기에 이미 존재했고, 방송이 최초로 만들어낸 것은 아니라는 점이다. 그러나 비교적 자율적인 개념으로서 영어회화는 영문학의 독해가 중심인 교양 영어관이 확립되면서 영어교육에서 말하고 듣는 능력의 양성이 후퇴한 메이지 후기 이후에 성립했다고 생각할 수 있다.

1920년대 초반에는 헤럴드 E. 팔머가 구어 영어를 가르치는 직접교수법을 일본의 영어교육계에 소개했지만, 영문학을 가장 중시하는 압도적 다수의 영어교육자들을 꺾지는 못했다. 오히려 팔머가 구어 영어를 영문학의 초급 또는 하위에 위치시키는 것으로 타협을 꾀했다. 이렇게 말하는 영어에 대한 영어계의 대응은 냉담했다.

또 하나 중요한 점은 팔머의 구어 영어가 상징하는 EFL 교육의 '영어'에서는 일본의 영어회화가 지닌 성질을 찾아볼 수 없다는 것이다. 다시 말해 ① 영어화자들의 회화를 제3의 입장에서 듣는다는 강의 형식, ② 아메리칸 억양의 발신, ③ '읽는 영어'에서 '듣는 영어'로, 나아가 '말하는 영어'로의 전화, ④ Japan 또는 Nippon을 이야기한다는 네 가지 특징은 브리튼 제도에서 실천하는 English만 '올바른 영어'로 규정하여 그것의 습득을 권하는 EFL 교육에서는 찾아볼 수 없는 것이다. 물론 이런 특징은 오카쿠라 요시사부로나 이치가와 산키 같은 영문학에서도 추출해낼 수 없다. 1934년부터 전국 방송을 통해 네 가지 두드러진 특징을 나타낸 방송 '영어회화'라는 앎은 '방송'이라는 미디어와 '영어'라는 앎이 얽힌 새로운 앎이다.

방송은 단순히 투명한 파이프가 아니다. 기존의 앎을 대량으로 복제하여 방사하는 분사기 같은 것이 아니다. '방송해야 할 앎'을 기존의 앎 속에서 선정할 뿐만 아니라 스스로 제작하는 능력을 갖추기 시작한 방송국은 전국방송망에 의해 '일본 전국'이라는 경계를 확정하고 그 영역 곳곳에 보내는 '전국으로 방송해야 할 앎'을 창출한다. 물론 방송은 늘 작용을 미치는 쪽에 안주하지 않고 청취자의 반응이나 정부의 감독 방침, 그리고 나날의 방송실천에 의해 부단히 자기변화를 할 수밖에 없다.

'방송'과 '방송해야 할 앎'이 상호 간섭하는 역동성 속에서 1934년에 조직 대개혁을 감행한 '방송'이 '영어'와 결합함으로써 '영어회화'라는 앎을 산출하고, 나아가 시국화라는 과정에서 유례를 찾기 어려운 네 가지 특징을 지닌 새로운 '영어회화'를 낳았던 것이다. 그러면 이제까지 주로 영어계에서 영어회화가 어떤 위치를 차지하며 어떻게 변화해왔는지 살펴본 것을 바탕으로 방송이 변화하는 모습을 살펴보기로 하자.

3. 변화하는 방송

쇼와 3년의 '전국방송망'의 설립

일본의 방송이 크게 변화했던 것은 앞에서 서술한 1934년의 조직 대개혁이 최초는 아니었다. 1925년에 도쿄, 나고야, 오사카에 설립한 방송국은 각각 독립된 민간자본 법인으로서 설립 허가를 받았음에도, 그 다음 해 체신성의 강력한 '지도'에 의해 세 방송국이 해산 및 병합됨으로써 하나의 사단법인인 일본방송협회에 통합된 과정은 이미 서장에서 살펴보았다. 그 결과 통일된 협회의 상무이사 16명 중 절반인 8명을 체신성 출신자가 차지했다.

라디오는 발생 초기부터 '내셔널한 미디어'라는 성격을 부여받았던 것은 아니다. 그러나 전시 중일 때조차 민간자본의 사업 주체가 담당했던 신문이나 영화 등 다른 미디어 산업과 비교할 때, 방송은 단 하나의 사업주체가 독점한 미디어였다. 그것은 '산업'이 아닌 '공공사업'이었음이 확실하다. 1926년 일본방송협회의 합동 발족부터 1934년 협회조직 대개혁에 이르기까지의 일련의 궤적은 확실히 일본의 방송이 내셔널 미디어로 부단히 자기변화해간 과정으로 볼 수도 있다. 그러므로 이 기간에 발생한 하나의 중요한 사건에 초점을 맞추어 방송이 실질적으로 내셔널한 미디어로 변화해간 모습을 살펴보고자 하는데, 그것은 바로 1928년 '전국방송망'의 설립이다.

1926년 8월에 합동 발족한 일본방송협회는 10월 27일에 체신성의 계획안을 바탕으로 한 '전국방송망 5개년 계획'을 인가받는다. 이 계획에 의해 전국방송망은 비로소 공식화되었다. 5개년 계획에는 '다이쇼 20년'(1931년)까지 도쿄, 나고야, 오사카 세 중앙국의 출력을 현행 1킬로와트에서 10킬로와트로 증폭할 것, 삿포로, 센다이, 나가노, 히로시마, 구마모토 등에는 새로운 방송국을 세울 것, 나아가 교토나 아오모리 등에는 중계소를 설립할 것을 기술하고 있다. 이에 필요한 건설비용 1,090만 엔은 모두 방송협회가 독자적으로 조달하기로 되어 있어 정부는 방송사업에 한 푼도 예산을 책정하지 않았다.

1926년은 12월 25일까지는 다이쇼 15년이었지만, 채 일주일도 못 되어 쇼와 원년이 되었다. 다이쇼천황이 서거하여 원호가 쇼와로 바뀌었기 때문에 우선 '다이쇼 20년'까지 방송국을 각지에 증설하고 그 후에 전국방송망을 설립한다는 사업계획은 인가받은 지 불과 2개월 만에 변경할 수밖에 없었다. 왜냐하면 다이쇼천황의 탈상 후, 새로운 천황이 즉위하는 의식을 '전국'으로 중계방송하기 위해 방송협회는 1926년 11월까지 전국방송망을 완성하라는 독촉을 받았기 때문이다. 다시 말해 심각한 금융공황과 만성적 피폐로 경제가 신음하던 이 시기에 겨우 2년 만에 삿포로에서 구마모토를 연결하는 방송전용 유선을 가설하고, 주요 중계지점에 새로운 방송국을 설치하라는 것이었다.

방송협회는 이 어려운 과제를 처리해냈다. 도쿄, 오사카의 중앙국은 1928년 5월 20일부터 10킬로와트로 증강했고, 같은 해 6월부터 7월에 걸쳐 삿포로, 센다이, 히로시마, 구마모토에 방송국(실제로는 중계소의 기능밖에 지니지 못했지만)을 신설했다. 이들 6개 방송국에 나고야를 합한 전국 중계네트워크가 가능했던 것은 1928년 11월 5일, 즉 쇼와천황이 즉

쇼와천황이 정식으로 즉위하는 대례식은 1928년 11월에 거행되는데, 일본방송협회는 이 내셔널 이벤트가 시작되기 바로 전날에 '전국방송망'을 완성했다.(일본방송협회 편, 『일본방송사』, 1965)

위하는 의식인 대례식이 시작되기 바로 전날이었다.

그러나 삿포로와 센다이 사이의 유선시설은 미처 완성하지 못하여 유선이 아닌 무선으로 중계했고, 꼼꼼한 청취 조사 없이 중계국이나 전송소를 각지에 건설했기 때문에 송전탑의 위치나 높이 등을 대례식 중계 이후에 바꾸지 않으면 안 되었다. 과연 이것을 '전국방송망'이라고 부를 수 있을지 의심스럽기는 하지만, 거듭 무리수를 두면서도 천황즉위라는 세기의 내셔널 이벤트 날까지 일본방송협회는 '일본 전국'을 손에 넣고 싶었던 것이다. 그들이 생각하고 그려낸 '일본 전국'에는 조선 반도의 경성방송국과 대만의 타이페이 방송소도 들어 있었다(그러나 오키나와는 포함되지 않았다!). 실제로 이 두 방송국에는 삿포로 방송국에 보냈던 것과 마찬가지로 단파로 대례식을 중계했다.[23]

23 다이쇼천황 장례식과 쇼와천황 즉위식 중계방송에 대해서는 다케야마 아키코가 정교하고 빼어난 연구를 진행 중이다. 다케야마 아키코의 「라디오의 시대(3) 천황 보도에 타오른 라디오(중) 다이쇼천황 장례식 방송」(쇼와여자대학 근대문화연구소, 『학원』 717호, 2000) 및 「쇼와천황 대례식 방송」(쇼와여자대학 근대문화연구소, 『학원』 718호)를 참조. 또 전국방송망 유선시설 공사가 처음 시작된 곳은 협회 본부를 설치한 도쿄방송국이었지만, 선의 설치 거리가 먼 도쿄와 구마모토 사이에는 유선을 설치했고, 이보다 가까운 센다이와 삿포로 사이에는 유선을 가설하지 않았다. 이 점은 중계망에도 포함되지 않았던 오키나와 섬들의 경우와 더불어 방송협회의 '일본 전국'이라는 이미지를 고려할 때 흥미롭다.

가정 내의 라디오

1928년 11월 6일 천황와 황후는 대례식장인 교토의 어소(御所)를 향해 마차로 도쿄의 황거를 출발했다. 같은 달 10일의 교토 어소에서 열리는 즉위식을 중심으로 이세신궁(伊勢神宮) 참배, 교토 및 오사카 시찰, 그리고 11월 27일 동경 도착까지 그들의 모든 일정은 라디오 중계로 이제 막 생겨난 전국방송망을 통해 '일본 전국'으로 발신되었다. 이는 각각 독립적인 도쿄, 나고야, 오사카 방송국이 처음으로 하나의 프로그램을 공동으로 제작하고 시간 편성을 같이 하여 발신한 것으로, 이제까지 경험한 적이 없는 '전국방송'의 출현이었다.

나아가 천황 행차의 중계뿐만 아니라 천황 즉위를 기념하여 제작한 관련 프로그램('봉축 방송'이라 불렀는데, '라디오체조'가 대표적인 예라고 하겠다)은 7개 방송국뿐 아니라 경성방송국과 타이베이방송국에도 모두 중계되었다. 실로 '일본'의 경계(또는 외부)를 창출하고 '일본 국민'으로서 동일한 체험을 할 수 있는 (또는 배제하는) 앎을 창출한 것인데, 이는 '국민국가 일본'이 새로운 단계에 진입했다는 사실을 창출하는 '전국방송'이 쇼와 시대 최초의 내셔널 이벤트를 계기로 탄생했던 것이다.

전국방송망의 설립 과정과 봉축 방송의 모든 일정을 통해 이루어진 방송실천은 방대했고, 그들이 이후의 방송 사업 전체에서 담당했던 역할은 헤아리기 어려울 정도다.[24] 비록 여기서는 그러한 방송의 실천을

24 이것은 초기 방송의 연구에서 중요한 테마일 뿐더러 깊은 고찰을 필요로 하는 문제이므로 다른 글에서 따로 논의하고 싶다. 전국방송망의 설립에 대해 언급하고 있는 초기 방송연구 대부분이 그 사건 자체가 가진 정치성을 지적하는 데 머물 뿐, '전국' 및 '일본'을 재편하는 계기의 하나로서 그것을 자각적으로 분석하고 있는 연구가 희소한 것은 유감스럽다. 나아가 쇼

상세히 논할 여유가 없지만, 그럼에도 무시할 수 없는 것은 전국방송망의 신설이란 방송협회의 내부에만 방송 개념의 전환을 초래한 것이 아니라 방송을 듣는 청취자의 신체에도 옴짝달싹할 수 없는 변용을 가져왔다는 점이다.

이를테면 천황 즉위라는 내셔널 이벤트의 중계를 위해 만들어진 전국방송망은 의도와는 달리 도쿄나 오사카의 번잡스러운 분위기를 다른 지역 사람들에게 최초로 생중계했다. 또 그것은 청취자의 수를 크게 늘리는 데에도 기여했다. 1928년 11월이라는 시점에 수신 계약자 수는 53만 2,000명이었지만, 이 해는 월평균 약 18,000건의 신규계약이 이루어지면서 전년 월평균 2,427건에 비해 실로 약 8배의 현저한 증가를 나타냈다.[25]

이러한 청취자 수의 급증과 같이 청취공간의 변용을 보여주는 것이 라디오 수신기의 변화다. 방송 개시 때에는 수신계약자 중 7할이 조잡한 광석식 라디오를 사용했다. 전지식(電池式) 또는 전정선(電灯線)으로부터 전원을 얻는 교류식(eliminator식)[26] 라디오 수신기는 대부분 수입품으로 고급이었기 때문에 사용자가 적었다.

1925년 물가로 환산하면 광석식 라디오(10엔)는 쌀 40kg 또는 청주(중) 6병 값에 해당하고, 진공관 라디오에는 값싼 개인 상점 제품(48엔)도 쌀 150kg 또는 청주 20병 값에 달했다. 한편, 1개월 수신계약료인 1엔은 잡

와 천황 즉위라는 내셔널 이벤트를 전국방송으로서 조선반도, 타이완, 그리고 만주에 중계한 것도 일본식민지주의의 실천으로서 고찰해야만 한다. 후자의 좋은 범례로서 신창건(愼蒼健), 계영사 편, 「커뮤니케이션 · 테크놀로지 · 미디어 · 식민지 조선」, 『20세기의 미디어3, 멀티미디어의 제상(諸相)과 미디어 폴리틱스』(저스트시스템, 1996)가 있다. 愼이 개관한 조선반도 내의 일본어 방송이 지닌 실체도 더 많은 고찰이 필요한 중요한 테마다.

25 시가 노부오[志賀信夫], 『쇼와 텔레비전 방송사』 상, 早川書房, 1990, 44면.

26 **【역주】** eliminator식 : 전지에 의하지 않고 교류전원에서 이것을 정류하여 직류전력을 파는 장치.

지 『킹(キング)』이 50전, 『무선(無線)과 실천』이 80전, 신문구독료가 1엔이었던 점을 감안하면, 그다지 엉뚱한 값은 아니었을 것이다. 수신계약료는 1932년에는 75전, 1935년부터는 50전으로 값이 내려 신문구독료의 약 절반이 되었다.

그러나 1927년에는 수신기의 비율이 역전하여 광석식 라디오가 급격하게 감소하고 교류식 라디오가 증가했다. 여기에는 도쿄방송국이 교류식 수신기의 개발과 보급을 겨냥하여 새로 제작하는 라디오 수신기 공모현상 같은 캠페인을 여러 차례 실시했던 것과 국산 교류식 라디오 수신기를 대량 생산할 수 있도록 라디오 부품의 가격이 하락했던 것을 무시할 수 없다. 또한 청취를 통해 쇼와천황의 즉위라는 내셔널 이벤트를 '일본국민'이 일률적으로 체험하는 진기한 의식에 참가할 수 있다는 동기가 새로운 라디오 수신기 보급의 도화선이 되었다는 점을 간과해서는 안 된다.

광석식 라디오는 수신 감도가 나빴기 때문에 안테나를 가능한 높이 뽑아 사용해야 했고, 게다가 헤드폰형의 수신기(receiver)를 부착하여 한 사람만 수신하는 청취 스타일이 일반적이었지만, 교류식 라디오는 고급스런 검파기를 갖추었기 때문에 감도가 좋을 뿐 아니라 전원과 진공관을 사용한 증폭기 덕분에 스피커를 통해 소리를 듣는 것이 가능하여 가족 전원이 라디오방송을 듣는 청취스타일이 정착했다.

이 같은 수신기의 변화는 라디오방송의 일반적인 청취 스타일의 변용을 드러내며, 대례식 이후의 여러 내셔널 이벤트를 가족 전원이 청취할 수 있는 미디어 환경을 조성했다. 이것이야말로 일찍이 고토 신페 도쿄방송국 총재가 추구했던 '가정 내의 라디오'가 아니었을까.

일본의 윤곽을 만드는 방송

더욱 주목하고 싶은 것은 방송이 '일본 전국'이라는 윤곽을 조성해간 역동적인 과정이다. 쇼와천황의 대례식은 전국방송망에 기술적으로 포함되지 못한 삿포로뿐만 아니라 조선반도나 대만의 방송국에도 중앙방송국에서 발신한 동일한 프로그램으로 중계되었다. 식민지의 방송국은 공식적으로 총독부 체신국의 관할 아래 있었기 때문에 일본방송협회와 별도의 조직으로 운영되었다. 하지만 실제로는 인재나 프로그램 제작 측면에서 일본방송협회의 보급을 받아 활동 기반을 정비했고, 무엇보다 독자적으로 프로그램을 제작하기보다는 '도쿄방송국의 중계국' 역할을 요구받았다.[27]

대만방송협회의 타이베이방송국

조선방송협회 경성방송국의 '노작가(勞作歌) 방송'

만주전전회사(滿洲電電會社)의 전경. 만주방송협회의 연락소가 설치되어 있었다.(이상 일본방송협회 편, 『라디오 연감』, 1936)

27 조선방송협회는 1933년부터 제2방송을 시작했지만, 이것은 교양프로그램을 위한 전파가 아니라 조선어 전용 전파였다. 제1방송의 일본어와 제2방송의 조선어에서는 다른 콘텐츠를 발신했다. 이 글에서는 일본방송협회가 전국 중계한 모든 내셔널 이벤트와 중요한 시국강연 프로그램이 조선, 타이완, 그리고 만주의 방송협회를 통해 중계되고 있었던 점을 지적하고자 한다.

1931년의 영어강좌 교재.
표지에 JODK(경성방송국)과 JFAK(대만방송소)를 포함한 12개 방송국이 기재되어 있다.

1928년 11월에 가동되기 시작한 전국방송망은 당초의 목적이었던 쇼와천황 즉위라는 내셔널 이벤트를 중계한 다음에도 몇 차례 더 '전국 프로그램'을 중계했다. 그 가운데에는 영어강좌 시리즈도 있었다. 1927년에 영문학강좌를 중단했던 방송국은 영어강좌를 폐기하지 않고, 다음 해에 생겨난 전국방송망을 통해 우선 도쿄방송국의 영어강좌를 센다이, 나고야, 구마모토에 중계했다.

특히 오카쿠라 요시사부로가 담당했던 '영어강좌 초등과'는 '오카쿠라 영어'라는 제목으로 자리를 잡기 시작하여 1931년에 이르러서는 도쿄, 오사카, 나고야, 히로시마, 구마모토, 센다이, 삿포로, 가나자와, 나가노, 시즈오카의 방송국 같은 '내지'뿐만 아니라 경성방송국(JODK)과 대만방송소(JFAK)까지 중계되었다. 당시 전국프로그램에 할당된 시간은 전체 방송시간의 약 40%에서 60% 정도였지만, 이렇듯 모든 방송국에 중계되는 '완전한 전국 프로그램'은 손에 꼽을 정도밖에 안 되었다. 오카쿠라와 그의 제자들이 담당한 영어강좌는 가장 많은 청취자가 청취할 것으로 예상되는 오후 6시 30분부터 7시까지 30분간, 월요일부터 토요일까지 매일 방송되었다. 방송협회는 '영문학'은 폐기하면서도 '영어'는 모두 부정하지 않았고, 오히려 그것을 '전국으로 방송해야 할 앎'으로 거듭 채용했다.

마찬가지로 1931년부터 시작한 '수험영어강좌'도 도쿄에서는 신설의 제2방송에서 발신하고 있었지만, 제2방송을 미처 신설하지 못한 다른 지역에서는 제1방송의 중계프로그램으로 방송했다. 이리하여 오카쿠라 등 주류파 영어교육자에 의한 영어강좌와 사가와 등 수험영어계의 강사에 의한 수험영어강좌라는 두 계통을 합해보면, 영어의 전국중계에 방대한 방송시간을 할애했음이 분명해진다.

이러한 흐름 가운데 1934년 제3의 영어프로그램인 영어회화강좌를 신설한다. 일본방송협회는 이들 영어프로그램을 조선과 대만에 중계했을 뿐만 아니라 1934년에는 만주방송국(예상하듯 일본방송협회와는 별도의 조직으로 발족)으로도 발신을 개시하여 '전국방송망'이 포괄하는 '전국'을 널리 확대해갔다.

이렇듯 미리 윤곽이 명확하게 정해져 있는 불변의 '전국'이나 '일본'이 존재하고, 방송이 그곳에 기존의 정보 다발을 대량으로 산포하는 것은 아니었다. 동일한 프로그램을 동시에 듣는 '체험의 공동체'는 전국방송망의 확립에 의해 비로소 생겨날 수 있으며, '전국방송'이라는 행위가 '전국'이라는 영역 자체의 윤곽을 부단하게 형성해가는 행위이기도 했다.

나치 독일의 라디오 방송정책에 자극을 받다

1934년 방송협회는 이 장의 서두에서 서술했던 대개혁에 박차를 가했다. 이것이 8년 전에 세 방송국을 합친 것, 6년 전 전국방송망을 설립한 것과 연장선상에 있으면서 결정적으로 '국가관리의 중앙집권 미디어'라는 방송상을 뚜렷하게 형성했음을 간과해서는 안 된다.

특히 주목하고 싶은 것은 전국 중계 프로그램의 편성 기관인 '편성회'

의 신설이다. 각지 방송국의 총 방송시간 중 약 80%를 점유하던 전국 프로그램의 결정권을 체신성 출신자로 구성된 편성회가 장악했다는 점은 문자 그대로 내셔널한 미디어의 재편을 말해주는 증좌다. 더욱이 같은 해부터 모든 프로그램의 제작과 기획을 검토하고 조언하는 자문기관인 방송심의회에 육군, 해군, 외무성의 사무관이 상임위원으로서 가담했다. 그들이 종래의 위원이었던 내무성, 체신성, 문부성의 사무관과 결합한 일본방송협회의 편성회는 흡사 국가정보통제의 원형과 같은 기관으로 재편성되었음을 알 수 있다.

물론 정부 고관들이 출석한 편성회의에서는 '영어회화강좌' 같은 새로운 프로그램 기획을 심의했을 뿐만 아니라 기존의 모든 프로그램도 재검토했다. 시국에 부적합하다고 여겨지는 '민요의 저녁' 같은 오락프로그램은 청취자의 인기를 모았음에도 가차 없이 삭감 당했고, 반면 각 성(省)의 대신이나 고관이 마이크 앞에서 강연하는 '시국강연'은 대폭 늘어갔다.

그러면 왜 일본방송협회는 1934년에 대개혁을 단행했던 것일까. 그 이유는 분명히 1933년에 나치 독일이 실시했던 라디오 방송정책에 자극을 받았기 때문일 것이다. 이 해에 히틀러가 독일 정치권력을 장악하자마자 선전상으로 취임한 요제프 괴벨스는 독립성이 높았던 독일 각지의 방송국을 즉시 하나의 네트워크로 엮어 결국 '독일 전토'로 송출하는 중앙집권적 내셔널 미디어를 창출했던 것이다.

다케야마 아키코[竹山昭子]의 연구에 의하면 일본방송협회는 독일의 방송사정을 주시하고 있었고, 그들이 발행한 『조사시보』나 『방송』 등의 기관 잡지에는 "일본 방송관계자가 나치 독일의 방송정책을 하나하나 정보로서 전달하고 있었다"고 한다.[28]

이 해의 기관 잡지에 게재된 독일의 정보 가운데 특히 눈길을 끄는 것은 ① 나치에 의한 방송망의 일괄 지배, ② 싼값에 대량생산이 가능한 국민수신기의 제조, ③ 나치의 정책을 해설하여 '게르만 민족의 이상을 구가하는 음악'이나 드라마를 방송하는 전국 중계 프로그램인 '국가의 시간'의 제작 등 세 가지를 들 수 있다. 또한 나치의 방송정책은 전국 프로그램인 '국가의 시간'의 청취를 전 국민에게 의무화하는 것이었다. 그런데 이 같은 '강한 방송'으로 약진한 독일 방송이 일본방송협회의 조직 대개혁에 직접, 간접적으로 영향을 미쳤는지 알아낼 길은 없다. 다케야마 아키코가 지적한 독일 방송정보의 세 가지는 이후 일본 방송도 순차적으로 실시해갔다.

'영어회화'라는 앎을 성립시킨 사고와 그 작동 원리

이렇듯 시국화에 부응하는 방송의 모습을 보면 볼수록, 영어 커뮤니케이션의 능력 함양에 초점을 둔 영어회화강좌의 신설은 불가사의해 보일지도 모른다. 게다가 체신성이 내셔널 미디어로서 라디오에 주목하고 방송협회를 실질적으로 강제 동원한 1934년에 어째서 새로운 영어회화 프로그램을 개설했던 것일까.

만약 독일어 회화강좌라면 그래도 이해가 갈 수도 있으려만, 하필이면 영어회회강좌인 것이다. 다시 말해, 영국이 만주국의 건국을 혹독하게

28 竹山昭子, 『전쟁과 방송』, 사회사상사, 1994, 26~35면.

비판하고 경제적 제재로 대응하면서 국제연맹에서도 일본에 가장 큰 압박을 가해왔고, 또한 미국은 배일이민법을 시행한 1920년대 중반부터 가상 적국으로서 위험시 되어왔는데, 바로 그들 나라의 언어였던 것이다.

이런 의문을 억지로 해소해버리지 않고 이해하는 데 방송이 발신했던 영어회화의 특징이 실마리가 되어줄 것이다. 그러나 영어회화강좌의 교재 분석과 영어회화에 대한 영어계의 대응, 그리고 방송협회의 조직 변천 등 세 가지만 살펴보아서는 영어회화의 탄생을 이해하기 어렵다.

따라서 영어회화의 사회적 의미 내용을 명확히 밝힐 뿐 아니라 동시대의 사회문맥 속에서 영어회화라는 앎을 성립시킨 메타레벨의 사고와 그 작동 원리를 분석할 필요가 있다. 바꿔 말하면 영어회화 자체에 대한 분석과 동시에 영어회화를 통해 무엇을 하고자 했는가를 문제화할 필요가 있다.

영어회화의 사고양식을 밝혀냄으로써 사회적인 리얼리티를 통해 영어회화를 창출하고 송출해간 근대일본의 사고양식을 살펴보고자 한다. 영어회화 내용 분석에 이어 다음 장에서는 영어회화를 성립시킬 수 있었던 근대일본의 어떤 특수한 사고양식을 고찰해보겠다.

제6장

세계와 일본의 영어회화

국제문화진흥회(KBS)의 뉴욕[紐育] 문화회관(화살표)과 마에다 다몬[前田多門] 초대관장.
(국제문화진흥회, 『KBS 30년의 발자취』, 1964)

1934년부터 전국으로 방송된 영어회화는 그때까지 학교 교육에서 배워온 영어와는 이질적인 앎이었다. 학교 교실에서는 주로 영문학 독해 중심의 교양영어를 가르쳤던 데 비해 방송에서는 '말하기 위한 영어'를 지향하는 프로그램이 시작되었다. 그러나 앞 장에서 상세하게 보았듯, 방송의 '영어회화'에서는 본질적으로 '문자에서 음성으로'라는 이행에 의해서는 도출될 수 없는 특질, 즉 '읽는 영어'에서 '말하는 영어'가 되었다고 하여 필연적으로 수반되는 것은 아닌 특징을 몇 가지나 관찰할 수 있었다.

그것은 ① 한 사람의 영어교육자가 복수의 학습자 = 청취자에게 말을 거는 교실 스타일이 아니라 2인 1조의 영어화자들이 대화하는 것을 학습자 = 청취자가 듣는 극장 스타일을 채용한 것, ② 미국식 억양을 영어의 변종이 아니라 영국식 억양과 같은 비율로 취급한 것, ③ '전화할 때'나 '병원에서'와 같은 상황을 설정하여 정형적인 표현의 역할연습을 채택함으로써 '읽는 영어'에서 '듣는 영어'로, 나아가 '말하는 영어'로 전환을 시도한 것, ④ 방송이 진행될수록 회화의 화제에서 영국이 빠지고, Japan 혹은 Nippon을 적극적으로 다룬 것 등, 이렇게 네 가지 특징으로 정리할 수 있다.

방송의 영어회화가 교실의 영문학과 현저하게 다른 점은 무엇보다도 Nippon을 말하려고 하는 앎의 편제에 있다. 애당초 영문학에 Japan은 존재하지 않는다. 비록 직접, 간접으로 Japan을 언급하는 영문학이 있다 해도 거기에서 Japan은 주로 '이야기의 대상인 객체'이지 '말하는 주체'는 아니다. 방송의 영어회화에서처럼 Nippon을 이야기하는 일은 있을 수 없고, 학습자의 역사적 또는 지정학적 위치 등은 문제조차 되지 않는다. 단지 '영어로 쓰인 모든 이야기'가 아니라 고도로 사회적인 규범 가치를 내포하는 교양으로서의 영문학은 특별한 영국인만 창작할 수 있는 앎이고, 아무리 몸부림쳐도 Japanese(일본인 혹은 일본어)는 영원히 이해하기 어려운 앎이다.

이렇게 불가해한 앎이지만, 오히려 그렇기 때문에 사회적 기능을 인정받아온 일본 영문학의 구도는 실은 읽는 영어뿐만 아니라 듣고 말하는 영어에도 적용되었다. 방송협회가 1930년에 시작한 '영어회화 속성 강좌'가 좋은 예다. 앞 장에서 상세하게 논했듯, 영어프로그램의 중심 화제는 항상 '영국 사정'이었고 일본은 영국과 비교하는 사례로 언급된다. 그것은 브리티시 억양의 영국인 강사가 말하는 영어를 침묵하며 경청하는 (학습자는 영어로 말하지 않고, 영어를 말하지 않는) 형식으로 구성되었다. 마치 영어란 교양 있는 영국인들과 영국에 가본 경험이 있는 극히 소수의 일본인만 사용하는 특권을 가진 특별한 앎인 것처럼.

이런 영문학의 일방적인 권력 도식은 오카쿠라 요시사부로를 비롯한 일본의 주류파 영어교육자가 가르친 영문학뿐 아니라, 앞 장에서 살펴본 헤럴드 E. 팔머의 '구어 영어' 교육, 그리고 팔머가 벨기에나 런던에서 조직했던 EFL(English as Foreign Language)교육에서도 작동하고 있다.[1]

이에 대해 1934년부터 1939년까지 방송한 '영어회화강좌'에서는 영어

---

1 아마 현재의 EFL도 여기서 문제가 되고 있는 1930년대의 EFL로부터 그렇게 멀지 않은 위치에 있을 것이다. EFL이라는 사회적인 사건의 성립에는 영어의 소유자에 의존하는 영어제국주의적인 지배뿐만 아니라 비소유자에 의한 동경과 모방의 욕망이 필요하다. 그리고 1980년대 이후에 미국・영국・호주의 어딘가에서 EFL을 받았던(혹은 가르쳤던) 적이 있는 사람이라면 알고 있듯이, 이들 세 나라 영어학교의 학생은 압도적인 비율로 젊은 일본인들이 차지하고 있다. 필자도 그러한 EFL에 시간과 돈을 지불했던 사람 가운데 하나고, EFL의 수업에서는 늘 "나의 나라에서는……"이라는 말이 요구되었고, "당신의 나라에서는……"도 요구되었다.

를 국제공통어로 바꿔 읽음으로써 일본인도 사용 가능한 공유의 앎, 나아가 스스로를 말하기 위한 수단으로 재편하고 있다. 그러나 여기서 말해야만 하는 자기 자신이란 한 사람의 개인인 '나'만이 아니라 항상 일본인인 '나'라는 점을 주의해야 한다. '왜곡된 일본상'이 세계 속에 유포되고 있다는 언설은 '내'가 오해를 받고 적의의 대상이라는 위기감을 실감하게 한다. 영어회화에서 말해야 할 것은 '올바른 일본'이고 '올바른 일본의 나'인 것이다.

'일본을 세계로 발신한다'는 욕망은 1930년대 방송의 영어회화만이 지니고 있던 특유한 욕망인 것일까? 세계를 향해 일본을 발신한다는 행위는 단순히 모든 수단을 총동원하여 내셔널리즘을 연마해가던 시국화의 한 사례라고 설명하면 충분한 것일까? 왜 일본을 말하는 데 일본어만이 아니라 영어회화가 필요했던 것일까? 그리고 누구에게 그것을 말하게 함으로써 무엇을 하려고 했던 것일까?

이 장에서는 우선 방송의 영어회화가 겨냥한 일본의 발신이라는 행위가 당시 일본사회에서 특수한 실천이었는지를 생각해보고, 지금까지 이 책에서 분석해온 영문학의 구도와 비교하여 영어회화라는 앎이 작동시키는 권력구도를 파악해보고자 한다.

1. 1930년대의 국제주의자들

왕성하게 행해진 국제교류

영어회화의 전국방송을 시작했던 1934년은 15년 전쟁의 계기가 된 만주사변이 일어난 지 3년이 지난 시점이자, 일본이 국제연맹을 탈퇴한 1933년의 이듬해였다. 말하자면 전쟁의 한복판에서 영어회화는 탄생했다.

일본의 중국 침략을 결정지은 만주사변과 만주국의 건설은 많은 국가들, 그중에서도 일본같이 영토 확대를 노리는 제국주의 국가에게 침략 당할지 모른다는 두려움에 직면해 있던 국가들의 강한 반발을 일으켰다. 그렇게 국제여론에 떠밀린 상태에서 구미의 제국주의 국가도 일본의 침략행동을 비난하기 시작했고, 특히 중국대륙에서 기득권을 지킬 필요가 있었던 영국이 일본을 강하게 비난했다. 일본은 1933년, 총회에서 일본에 대한 제재를 총회에서 가결하기 직전에 체면을 지키기 위해 스스로 국제연맹을 탈퇴했다.

국제연맹의 탈퇴는 일본이 세계와 결별하고 제2차 세계대전으로 향하는 고개를 내려가는 갈림길이었던 것일까? 예를 들면 정치학자인 이노우에 도시카즈[井上壽一]는 '국제협조를 위한 국제연맹 **탈퇴**'를 부르짖는 국제연맹 전권(全權)대사나 정치가가 당시 존재했다는 자료를 제시하고, 이러한 일본 국제주의자들의 사고를 다음과 같이 분석하고 있다.

즉 일본이 스스로 나서서 국제연맹을 탈퇴한다면 만주 문제는 연맹의 심의 대상 밖이 되어, '소국(小國)'의 '체면'을 세우면서 연맹의 틀 밖에서 '대국(大國)'과 협조 관계를 유지할 수 있다. 게다가 탈퇴 후라 해도 남양 위임통치권이나 군축 회의 참가처럼 연맹 안에 내재한 일본의 '기득 권익'에는 영향이 없다는 것이다.[2]

국제사회에서 고립화를 피하기 위해 일본은 '대국'에도 '소국'에도 균등하게 한 표의 의결권을 보장했던 국제연맹이라는 틀을 버렸고, 그로써 '소국'의 비판 회로를 끊어버린 채 '대국'과의 직접교섭과 교류로 전환했다.

그 결과 국제연맹 탈퇴 후 일본에서는 외국과의 교류를 금지하거나 자제하기는커녕 오히려 '오해 받는 일본상'을 시정하기 위해 Nippon을 '세계'로 발신하는 국제교류가 다양한 주체에 의해 왕성하게 행해졌다. 정부기관이나 외무성의 외곽 단체뿐만 아니라 신문사나 철도회사 같은 기업, 그리고 학자들이나 학생단체도 자주적으로 국제교류의 주체가 되어갔다.

국제문화진흥회의 설립

국제연맹을 탈퇴한 다음 해부터 시작한 영화회화 방송도 1933년 이후 이러한 국제주의 조류와 무관할 수는 없었다. 동시대에 있었던 다양한 레벨의 국제주의자들에 의한 국제교류의 문맥에서 방송의 영어회화를 다시 살펴본다면, 전반적으로 무엇인가가 보일 것이다. 그러면 국제

2 井上壽一, 『위기 속의 협조외교』, 山川出版社, 1994, 32면. 저자는 이러한 '국제협조를 위한 국제연맹 탈퇴'라는 생각이 당시 일본정부의 총의였다고 논하고 있을 뿐만 아니라 일부이면서 제법 유력한 지위에 있던 국제주의자들에게 설득력 있는 사고였다고 논하고 있다.

연맹 탈퇴 후에 행해진 국제교류의 구체적인 사례를 몇 가지 살펴보자.

우선 주목하고 싶은 것은 1934년 국제문화진흥회(후의 국제교류기금, The Japan Foundation)를 설립한 일이다. 외무성 및 문부성의 외곽단체인 이 재단법인은 일본문화의 대외선전과 국제 이해의 촉진을 목적으로 한 조직이다. 물론 외국과의 문화교류를 위해 이러한 전문조직을 만들자는 제안은 국제연맹이 발족한 1919년 전후부터 국내에서도 활발한 논의가 이루어지고 있었다. 이 무렵 시작된 '대지(對支)문화사업'(외무성의 문화사업부가 의화단(義和團) 배상금을 밑천으로 중국대륙에서 실시한 교육과 문화교류 사업이나 일본에 체류하는 중국인 유학생에 대한 교육을 통칭)과의 연속성도 간과해서는 안 된다.

국제문화진흥회의 상세한 내용에 대해서는 정밀한 검토가 필요하겠지만,[3] 전전(戰前)의 국제문화진흥회가 대외문화공작의 첫 번째 상대로 상정했던 것이 미국이었다는 점을 잊어서는 안 된다. 예를 들어 뉴욕에서는 해외 거점의 중심이 되는 '뉴욕국제문화회관'을 설립하고 다양한 문화 활동을 펼쳤다. 또한 국제문화진흥회가 편찬한 서적이나 발행했던 팸플릿은 대부분 영어로 된 것으로, 말하자면 미국과 영국 대상의 국제 교류가 주된 사업이었다. 나아가 이 진흥회는 일본문화의 수출, 그것도 미국에 대한 일본문화의 선전을 주된 사업으로 삼았지만 타문화의 수입에는 적극적으로 참여하지 않은 조직이라는 점도 기억해둘 만하다. 국제문화진흥회의 국제교류란 일본을 영어로 발신하는 것이었다.

3 국제문화진흥회에 대한 자세한 것은 진흥회가 정리한 정사(正史)인 『KBS 30년의 발자취』(1964)나 시바자키 아츠시[芝崎厚士]의 『근대일본과 국제문화교류』(有信堂高文社, 1999) 등이 있다. 이런 기초정보의 정리를 토대로 국제문화진흥회와 국제주의자들을 좀 더 사회학적인 시각에서 질문하고, 단체의 언설이나 사업보고를 구분하지 않고 자료로서 횡단하여 동시대의 사회문맥에 근거한 해석학적 역사 분석이 나오기를 기대한다.

일본고전번역위원회의『만요슈』

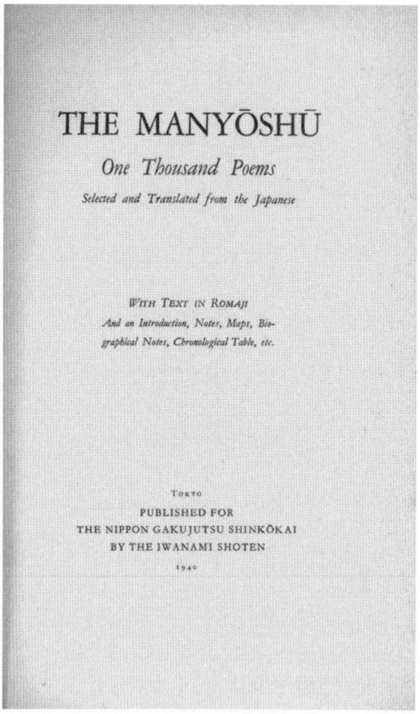
THE MANYŌSHŪ

One Thousand Poems

Selected and Translated from the Japanese

WITH TEXT IN ROMAJI

And an Introduction, Notes, Maps, Biographical Notes, Chronological Table, etc.

TOKYO

PUBLISHED FOR

THE NIPPON GAKUJUTSU SHINKŌKAI

BY THE IWANAMI SHOTEN

1940

학술진흥회의 일본고전번역위원회가 편찬한『만요슈』의 영문 번역.(1934년 사업 개시, 1940년 간행)

국제문화진흥회가 발족한 1934년에는 일본학술진흥회라는 문부성 관할의 재단법인도 일본문화의 대외선전에 착수했다. 이 단체는 국문학 연구의 대가와 영문학 연구의 권위자들로 구성된 일본고전번역위원회(The Japanese Classics Translation committee)라는 조직을 만들고, 첫 사업으로『만요슈[万葉集]』의 영문 번역에 몰두했다. 이미 메이지 초기부터『만요슈』는 영어나 프랑스어, 독일어로 다양하게 번역되었다.

그러나 1934년에 시도된『만요슈』번역은 대규모로 진행된 국가사업으로서 이미 메이지시대에 '정전(canon)'으로 편찬된『만요슈』라는 '국문학의 고전'을 공식적으로 번역하여 발신했다는 점에서 중요하다. 일본고전번역위원회의『만요슈』는 1940년에 완성되었는데, 예상처럼 영어 번역만 제작되었지만 영어권이 아닌 지역에도 배포했다.

일본고전위원회에는 방송영어강좌 시리즈와도 인연이 깊은 이치가와 산키[市河三喜]나 랄프 호지슨(Ralph Hodgson)[4] 같은 영문학 연구의 권위

4 【역주】랄프 호지슨(1871~1962) : 영국 시인. 1924~1938년 동안 일본 센다이대학에서 영문학을 가르침.

자가 관여하고 있었지만, 완성된 영문 번역『만요슈』에 붙인 80쪽에 달하는 해설문은 의외로 영국 영어가 아니라 미국 영어의 문체로 씌어 있다. 결국『만요슈』의 번역도 미국을 향한 발신이었음을 알 수 있다.

나아가 같은 해, 마찬가지로 문부성 관할의 국어조사회는 국내뿐만 아니라 국외에서 사용하는 경우도 포함하여 국호를 Nippon으로 통일하고, 국내외에서 Japan이나 Japon으로 표기하는 것을 폐지하는 법안을 작성했다. 하지만 이것은 비현실적이어서 실제로 시행되지는 못했다. 그러나 Japan이 아니라 Nippon으로 표기하는 흐름은 논란을 일으키면서도 널리 스며들었다. 예를 들면 방송에서도 실용영어 회화강좌의 텍스트에는 'Nippon Made'가 쓰였고, 라디오수신기 등에도 'Made in Nippon'으로 표기되었다.

고도로 정치적인 민간 교류

이렇듯 정부와 외곽단체가 몰두했던 국제교류의 예는 너무 많아서 일일이 셀 수 없지만, 여기서 문제가 되고 있는 1934년 전후에는 민간 차원에서의 국제교류가 더욱 활발하게 이루어졌다.[5] 우선 1934년 11월 2일에는 베이브 루스(Babe Ruth) 같은 메이저리그의 유명선수들이 일본을 방문하여 급조된 일본 선발팀과 경기를 펼쳤다. 이는 '기껏해야 야구의 교류 시합'

5 이들 사례는 국가정책과 무관하게 실시된 민간교류도 아니고, 다수의 국가와 직접 대화하는 것을 목표로 하는 교류도 아니다. 역시 미국에만 시선을 돌리면서 영어로 Nippon을 말하는 것이 국제교류가 된다는 점에서 정부기관의 활동과 궤를 같이 하고 있었다.

1934년 11월 10일, 방송협회는 일본을 방문한 베이브 루스를 〈일본의 야구계를 말한다〉라는 프로그램에 등장시키고, 이를 북미를 향해 발신하였다.(일본방송협회 편, 『일본방송사』, 1965)

으로 처리할 수 있는 사건이 아니다. 그 당시 미국에서 야구인의 인기는 지금과는 비교할 수 없을 만큼 광범위했고 열광적이었으며, 홈런왕 베이브 루스의 일본 방문은 일본과 미국 두 나라의 신문지면을 연일 풍성하게 채웠다. 민간 차원의 일본 선전이라는 관점에서 보자면 메이저리그 선수들의 방일은 미국 국민에게 일본의 존재를 알릴 수 있는 더없이 유의미한 일이 아니었을까. 일본방송협회는 같은 해 11월 10일 베이브 루스를 마이크 앞으로 초대하여 〈일본의 야구계를 말한다〉는 제목의 인터뷰 형식의 방송을 제작했고, 이를 단파로 중계하여 미국으로 발신하였다.

나아가 전국 대학의 영어 연구부나 ESS 등이 연합한 '일본영어학생협회'가 1933년에 설립되었다. 이 협회는 이듬해에 '일미학생회의'(1934년부터 1940년까지 매년 개최, 전후에 같은 이름으로 부활)를 개최했다. 일미학생회의는 4명의 일본인 학생이 미국 국내를 이리저리 돌아다니며 총 99명(그 가운데 77명은 학생, 22명은 대학교수와 그 배우자)의 미국인 참가자를 데리고 돌아오는 것으로 시작했는데, 이것이 민간외교의 선구였다는 전설적인 이야기가 오늘까지도 전해 내려오고 있다.[6] 특히 해외 도항도 외국인의 초빙도 오늘과는 비교할 수 없을 만큼 비용이 비쌌는데, 그 어려웠던 시기에 100인분의 도항비와 체재비를 제공했던 일본 기업들의 행동은 실로 압권이다. 이 학생회의는 일본 기업들이 낸 많은 액수의 기부금과 정부의 후원으로 가능했던, 고도로 정치적인 민간 교류였다.

예를 들면 제1회 일미학생회의의 종료 후, 미국 측 참가자만 제3국인 만주국으로 연수여행을 보내어 일본이 지휘하는 현지의 상황을 견학시키고 미국 본토로 돌려보냈다. 민간의 주체적 활동을 국가와 자본이 선의로 뒷받침해준다는 국제주의의 메커니즘은 마찬가지로 일본영어학생협회가 1937년부터 1940년까지 연속 개최했던 '일비(日比)학생회의'(역시 미국령의 필리핀)나 기타 학생단체의 활동에서도 발견할 수 있다.

하나의 공통된 원동력

방송협회도 국제화해나갔다. 1933년 4월, 방송협회는 만주국에서 라디오방송을 개시하기 위해 관동군 특수통신부 관할로 신경(新京)방송국을 설립했다(만주방송협회의 전신). 신경방송국에서는 도쿄로부터 제1방송을 단파로 수신하고, 이를 일반적인 라디오수신기로도 청취 가능한 중파(中波)로 변환하여 발신하는 '중계프로그램'을 주로 방송했는데, 만주국에 거주하는 외국인 대상의 영어뉴스프로그램도 매일 내보냈다.

일본방송협회는 1934년에는 조직을 크게 개혁하여 영어회화를 전국

6 전설화하는 언설로 시로야마 사부로[城山三郎]의 『우정의 힘은 존재한다』(講談社, 1988)를 꼽을 수 있다. 일본학생회의는 현재도 수많은 기업으로부터 많은 액수의 활동자금을 모아 간부학생의 손에 의해 신규 참가자를 선별하고 본회의를 개최하고 있다.

으로 방송했고, 나아가 다음 해 6월 1일부터는 하와이제도와 북미대륙을 대상으로 해외방송을 개시했다. 해외방송은 나중에 방송시간과 사용언어를 확충해나갔는데, 개시할 당시 방송 대상으로 가장 먼저 선택한 나라는 가까운 거리의 중국이나 소비에트 러시아도 아니고, 또 직선거리로 치면 워싱턴이나 뉴욕보다 가까운 베를린이나 로마가 아닌 바로 미국이었다는 점에 주목하고 싶다.

물론 여기서 열거한 예가 1930년대 일어났던 국제주의의 전모를 남김없이 상징한다고는 생각하지 않는다. 그러나 '세계'를 지향하는 '국제'주의자들의 활동이 1933년 이후에 다양한 차원에서 전개되었다는 사실, 그것도 대부분이 전전뿐만 아니라 전후 국제교류의 여러 실천을 직간접으로 준비하고 있었다는 사실은 결코 무시할 수 없다. 적어도 지금도 계속 방송되는 영어회화는 탄생기인 1930년대의 사회문맥에서 볼 때 하나의 기묘한 실천이 아니라 세계를 지향하는 국제주의의 조류에 동조하는 하나의 실천이었음이 분명하기 때문이다.

민간 활동과 국가 선전이 서로 맞물려 전개된 1930년대의 국제교류는 실로 다양한 활동 주체에 의해 실행되었으면서도 하나의 공통된 원동력으로 움직이고 있었다. 그것은 바로 오해받아 왜곡된 일본상을 자신들의 손으로 바로 잡는다는 '세계' 인식이다. 이 무렵, 그들이 교류 상대로 상상한 세계는 미국이고, 사용하는 언어는 영어였다. 영어로 '올바른 일본'을 세계에 설명한다는 사고방식은 확실히 방송의 영어회화를 포함하여 다양한 국제주의의 실천에 공통된 특징이었다.

도대체 왜 '세계'에 '올바른 일본'을 설명하는 것이 실제로는 미국을 중심으로 한 영어권을 상대로 '영어로 일본을 말하는 것'에 도달했을까?

그리고 왜 영어회화를 포함한 일본의 국제주의자들은 Nippon의 발신에 열중했던 것일까?

예를 들어 일본은 문화의 발신이 저조하고 외국문화의 수입만 해왔기 때문에 세계의 오해를 받아왔다는 위기감에서 나온 문화국제주의라는 사고양식은 세계를 향해 일본을 발신하는 행위를 정당화한다. 그러나 이러한 사고양식에는 어떤 종류의 조작이 작동하고 있다. 한편, '수입만 해왔다'고 할 경우에 말하는 '세계'에서는 미국을 중심으로 한 소수의 대국만 포함시킨 세계상을 발견할 수 있다.

그러나 다른 한편, 일본을 '수출해야 하는 세계'로는 고작 열 개도 안 되는 소수의 대국뿐만 아니라 지구상에 실재한 국가 모두를 상정하고 있지 않았을까? 여기에서는 불균형하게 조작된 Nippon과 세계라는 이항대립의 구도를 볼 수 있다. 이러한 국제주의의 전제인 불균형한 세계인식과 그러한 사고양식을 분명하게 밝히기 위해 '올바른 일본'을 세계에 영어로 설명한다는 영어회화라는 사고양식을 생각해보고 싶다. 특히 이 책의 2장에서 상세하게 살펴본 영문학의 사고양식과 1930년대 국제주의의 조류에 동조했던 영어회화의 사고양식은 어떠한 관계에 있는 것일까?

2. 영어회화라는 사고양식

동경보다 위기감

왜 국제주의자들은 Nippon을 발신하려는 욕망을 공유해온 것일까? 그들은 Nippon을 세계에 발신함으로써 무엇을 욕망한 것일까?

물론 일본문화를 다른 지역에 소개하려는 행위 자체는 1930년대 국제주의자에게만 특수한 것은 아니다. 예를 들면 2장에서 상세하게 보았듯, 오카쿠라 요시사부로는 『일본정신(*The Japanese Spirit*)』이라는 영문 저작을 1905년에 간행했다. 이 외에 유명한 것만 해도 니토베 이나조[新渡戸稲造]의 『무사도(武士道, Bushido)』(1899), 오카쿠라 요시사부로의 형인 오카쿠라 텐신의 『일본의 깨어남(*The Awakening of Japan*)』(1904), 『차의 책(茶の本, *The Book of Tea*)』(1906) 등이 있고, 특히 1900년을 전후한 몇 년 동안에 영문으로 일본문화를 논하는 일본인의 저작이 다수 출판되었다.[7]

그러나 1900년 전후의 일본 논자들은 서양을 상대로 한 일본 소개에 목적을 두었을 뿐, 일본 독자를 염두에 두지는 않았다. 그들이 썼던 영어 저작은 일본어로 번역되지 않다가 서양에서 평판을 얻고 나서야 비로소 가치를 인정받아 일본어로 옮겨졌다. 또한 『일본정신』에 드러난

7 이것은 청일전쟁, 영일동맹, 러일전쟁처럼 근대일본의 존재를 서구 여러 나라가 인식하지 않을 수 없는 사건이 1900년을 전후로 5년 사이에 일어났고, 미술이나 학문의 영역에서도 일본에 대한 과도한 관심(그리고 비대화한 오리엔탈리즘적 흥미)이 일어났기 때문이다. 이전에도 이후에도 서양의 욕망을 내면화하여 일본을 주문 제작하는 일본 논자는 많이 있지만, 이 책에서는 1900년 전후의 일본 논자만 1930년대 국제주의자와의 비교 대상으로 선택하기로 한다.

오카쿠라 요시사부로의 어조가 보여주듯, 그리스도교와 쌍형상으로서 신도(神道)를 말하고 중국사가 아니라 유럽사와의 교섭을 지표로 일본사를 말한다는 것, 그러니까 이른바 서양의 오리엔탈리즘적 욕망과 시선을 주체적으로 내면화하여 일본을 말하는 구조를 공유하고 있었다.

따라서 그들이 일본 혹은 아시아의 전통이나 우위성을 부르짖는다 해도, 그것은 서양과의 비교를 통해서만 이야기되었다. 서양의 인정을 받고 싶다는 열망이 거꾸로 드러난 『일본의 깨어남』은 일본어로 번역되지 않고, 오히려 '영문학'의 교육처럼 일본 국내에서는 서양의 절대적 우위성만 이야기되었다. 서양화와 근대화가 겹쳐 보였던 1900년 전후의 일본 논자들에게 서양과의 대칭관계 속에서 일본을 이야기하는 것은 전제이자 필수였던 것이다.

그러나 1930년대 국제주의자가 Nippon을 말할 때, 그 말은 서양이라기보다 세계를 상대로 삼고 있으며, 동경이라기보다 '왜곡된 일본상'을 바로잡는다는 위기감에 기초하고 있다는 점에 주의해야 한다. 물론 그들이 서양을 향한 모방과 동경을 완전하게 제거했다고는 할 수 없다. 세계를 지향하면서도 실상은 미국을 중심으로 구미의 몇 나라만 시야에 넣고 있었다는 것은 앞 절에서 보았던 대로다. 그럼에도 국제주의자들은 동경보다는 위기감을 원동력으로 서양뿐만 아니라 세계를 상대로 한 발화를 일본 **바깥**뿐만 아니라 **안**에서도 유통시켜나갔다. 특히 영어회화라는 앎은 영문학처럼 일부의 인격자만 조작할 수 있는 특권적인 앎이 아니라 일본국민 모두가 그것을 사용하여 Nippon을 발신할 수 있는 것으로 설정된 앎이었음을 염두에 두어야 한다.

세계의 출현

그렇다면 영문학이라는 사고양식이 서양과 일본의 대칭관계를 전제로 삼는 데 비해 왜 영어회화라는 사고양식은 세계와 Nippon의 대칭관계를 전제로 삼는 것일까? 이러한 차이는 근대의 이념형을 지속적으로 공유했던 서양이 혼란을 겪으면서 서양을 모방하여 근대화를 이룰 수 있다는 사고가 효력을 상실하는 사건이 1900년 전후부터 1930년대에 걸쳐 지속적으로 발생한 것에 기인한다. 그 사건들이란 주된 전쟁터가 유럽이었던 제1차 세계대전, 그것의 귀결인 사회주의의 대두, 심각한 실업과 도시환경 같은 사회문제로 고통을 겪던 서구의 여러 나라와 호황을 누리던 미국의 세대교체, 그리고 인도나 아일랜드 같은 식민지에서 분출된 거센 해방운동 등을 가리킨다.

이른바 서양의 19세기적 틀이 효력을 잃고, 국제연맹의 발족에서 보듯이 세계라는 20세기적 틀이 국제적으로 진행되던 시대에 일본에서도 서양에 대한 회의와 세계에 대한 신뢰가 표리일체를 이루어갔다.[8] 제3장에서 상세하게 본 1927년의 영어존폐논쟁은 이러한 국제화한 사고양식의 변혁과 관련하여 일본적 문맥에서 드러난 하나의 사건으로 이해할 만 하다.[9]

---

8 에릭 홉스봄은 19세기 (서양)문명 붕괴의 지표가 된 제1차 세계대전부터 1990년대의 냉전구조의 붕괴를 가리켜 '짧은 20세기'라고 명명하면서, "1914년부터 1990년대 초에 걸쳐 지구는 훨씬 큰 단일의 작업 단위가 되었다"는 세계관을 펼치고 있다(『20세기의 역사』 상, 三省堂, 1996, 25면).

9 영어회화는 영문학을 몰아내지 못했다. 그것들은 '학교 밖 교육'과 '학교 교육'으로 각각 공존했으며, 전후에도 영문학이라는 사고양식이 교실의 영어교육을 뒷받침했다. 한편, 영어회화는 사기업의 영어 학교와 NHK의 라디오와 TV강좌가 담당해온 것처럼, 현재도 영어회화와 영문학은 서로의 영역을 침범하지 않으면서 공존하고 있다.

여기서 드러난 세계란 모방해야 할 절대적인 타자도 아니고 동경해야 할 인격도 아니다. 거기에는 변함없이 서유럽의 여러 나라와 미국이 중심에 놓였다. 하지만 이념으로서의 세계는 존재하는 모든 나라가 규모나 자본력에 구애되지 않고 병렬적으로 구성된 하나의 종합개념이자 인격이 아닌 장(場), 또는 비인칭의 타자였다.

20세기의 세계라는 장을 구성하는 단위는 국가로서, 민족이나 시민 혹은 개인이라는 소단위는 국가를 매개로 해서만 접속할 수 있다. 따라서 서양이라는 틀의 붕괴와 연동되어 나타난 민족자결의 원칙은 무엇보다도 자신들의 국가 수립을 위한 물길을 터놓았다. 또한 일본처럼 19세기적 서양을 모방하여 근대국가의 틀을 만드느라 분주했던 비서양권도 20세기적 세계에서는 서구 여러 나라를 포함한 다른 국가들과 어깨를 나란히 하기를 기대했다. 이런 관계 속에서 일본은 자기동일성을 보증해나갈 기법이 필요했다. 세계란 과거의 서양처럼 절대적인 인격을 지닌 타자도 아니고, 어딘가에 실체로서 존재하는 토지도 아닌, 막연한 공간이자 비인칭의 타자였다.

두 가지 전제

일본의 국제주의자들은 이 세계를 상대로 Nippon을 발신하려고 시도했다. 그러나 다종다양하고 고르지 않은 국가들이 병렬해 있는 세계에 어떻게 Nippon을 발신할 수 있을까? 어떻게 그들은 실체를 지니지 않은 세계와 대화할 수 있는 것일까? 실제로는 영어만으로 발화하고 있음에도 그들 국제주의자들이 '올바른 일본'을 세계에 공급하고 있다는 실감을 가질 수 있었던 것은 그들이 다음 두 개의 전제를 지닌 인식을 공유하고 있었기 때문이다.

하나는 '왜곡된 일본'상이 세계에 유통되고 있다는 문화위기의 인식. 또 하나는 영어를 국제공통어로 바꿔 읽음으로써 드러난 대화 가능한 세계라는 인식이 그것이다. 우선 후자부터 상세하게 살펴보자.

앞 장에서 보았듯 1939년의 '실용영어 회화강좌'의 텍스트에서 영어는 International Language로서 자격이 있고, 서양에서 횡행하는 왜곡된 일본상을 영어를 통해 수정해야 한다는 대화문이 나타나 있다. 이처럼 영어를 국제공통어로 바꿔 읽는 것은 영문학 연구와 교육에 전념했던 주류파의 영어교육자들도 공유했다. 예를 들면 오카쿠라 요시사부로가 세상을 떠난 직후, 그의 명의로 후쿠하라 린타로[福原麟太郎]가 대필했던 『영어교육의 목적과 가치』(1936)에는 다음과 같은 기술이 있다.

> 태평양 건너편에는 미국이라는 나라가 있고, 빅토리아조 영국의 해외 발전으로 인해 동양의 공통된 상용외국어는 대부분 영어가 되었다. (…중략…) 따라서 오늘날 일본 사회에서 실용영어는 매우 필요하며 이것을 꺼릴 필요는 없다.[10]

일찍이 헤럴드 E. 팔머가 시도한 '구화영어' 중심의 EFL 교육에는 부정적이었던 일본의 영어학자들도 국제공통어로서 영어의 가치는 인정

10 오카쿠라 요시사부로, 『영어교육의 목적과 가치』, 研究社, 1936, 20면. 본 연구에서 오카쿠라 명의로 후쿠하라 린타로가 책을 대필했다는 사실은 커다란 의의가 있다. 오카쿠라 명의로 발표한 이상 후쿠하라가 부주의하게 기술했을 리 없으며, 거기에는 도쿄고등사범 영어과의 신구(新舊) 지도자를 관통하는 최대공약수가 드러난다고 생각할 수 있기 때문이다.

하고 있었다. 여기에서는 영어를 공통된 상용외국어로 바꿔 읽음으로써 영문학과는 다른 차원의 영어, 이른바 국제공통어의 국제회화가 존재한다는 것을 인식하는 영어교육자들의 모습이 드러난다. 아니 그들은 단순히 영어회화를 영어의 한 변종으로서 묵인했던 것만은 아니다. 그들은 영문학이 대표하고 있던 영어적인 것에 절대의 신뢰를 보내왔던 자신들의 교양영어관을 조정하고, 영어 자체를 대상화하여 일정한 거리를 두는 자세를 분명하게 취했다. 그들의 말로 표현하면 "영어교육은 일본문화에 대한 반성을 촉구하는 외국문화의 입문"이라는 것이다.[11]

이미 여기서는 "구미의 신선하고 건전한 사상의 조류를 길어서 우리 국민의 뇌리를 씻어내고 양자가 서로 도와 일종의 활동소를 육성한다"는, 일본과 서양의 절충을 지향했던 과거의 『영어교육』의 교양영어관은 보이지 않는다. 거기에 드러난 것은 Japanese(일본인 · 일본어)가 English(영국인 · 영어)로 시선을 돌리는 계기가 되는 영어교육이다.

> 일본의 문화를 인식한다는 것 자체가 외국문화를 수입하는가의 여부와 상관없이 외국문화를 올바르게 비판할 수 있는 시각에 의해 비로소 이루어진다는 것을 알 필요가 있다. 일본정신이라고 말하는 것도 이러한 반성에 의해 **비로소** 명료하게 이해할 수 있다.[12](강조는 역자)

위에서 관찰할 수 있는 것은 영문학이라는 교양에 의해 근대보편의 인격을 양성하는 영문학이라는 사고양식만이 아니다. 1927년 영어존폐

11 위의 책, 14면.
12 위의 책, 13면.

논쟁의 충격과 1931년 영어수업시간의 대폭 축소를 거치면서 꼼짝없이 영문학의 상대화를 경험했던 영어교육자들은 늦어도 『영어교육의 목적과 가치』가 발표된 1936년 무렵까지 새로운 영어의 사고양식을 공유하고 있었다. 영어는 일본문화를 조명해내기 위한 반사경이 되었고, 더 좋은 일본문화의 이해를 실현하기 위한 앎으로서 바꿔 읽혀졌던 것이다.

여기에 대상화된 영어를 배움으로써 사람들은 일본정신을 올바르게 파악하고, 일본정신의 독자성과 특수성은 다른 문화와 접촉하고 비교·검토됨으로써 명료해진다는 국제주의의 도식이 나타난다. 『영어교육의 목적과 가치』의 예를 들면, "일본인은 충의가 있다고 한다. 이것은 이미 외국인의 성정과 비교를 통해 성립한다"는 것이고, "외국 문물을 접함에 따라 비로소 일본의 위대함을 알고 일본의 단점을 안다. 또한 외국 문물을 접함으로써 무의식 아래에 있는 일본을 의식 위에 있는 일본으로 다시 본다"는 것이다.[13]

이것은 모방과 동경을 원동력으로 삼는 영문학의 사고양식과는 다르다. 그것은 위기감과 차이화를 원동력으로 삼는 영어회화의 사고양식 자체로서, 이는 1930년대의 국제주의자가 전제로 했던 대화 가능한 '세계'라는 인식을 창출했던 것이다.

13 위의 책, 13면.

3. 비대칭적인 세계와 말하는 주체화

세계와 Nippon

더욱이 문제적인 것은 세계와 Nippon이 이항대립적인 인식 틀을 늘 국제주의자에게 공급하는 메커니즘이 바로 영어회화의 사고양식이라는 점이다. 영어로 표현하는 말이 실제로는 미국이나 영국 등에 살고 있는 영어화자들을 향한다 해도, 영어를 국제공통어로서 설정한다면 거기에는 국제공통어가 통하는 대화 가능한 세계가 떠오르는 동시에 하나의 세계와 대화하는 하나의 일본이 모습을 드러낸다.

국제공통어라는 미디어는 형상도 성질도 다른 복수의 공동체들 사이에 파이프를 설치하여 개별 주체가 이미 늘 지니고 있는 주장(message)을 통일규격으로 번역하여 교류를 가능하게 만든다는 투명하고 중립적인 매개의 기능을 수행하는 것이 아니다. 국제공통어는 국제라는 형식에 의해 미지의 타자와 대화가 가능하다는 사고를 보증하고, 그리하여 세계라는 단일한 장 혹은 비인칭의 타자상을 제공한다는 것이다.

여기서 상정하는 세계는 고르지 않은 n개 국가들의 현실적인 총화도 아니고, 그것들의 최대공약수도 아니다. 만약 세계가 고르지 않은 절대적 차이를 지속적으로 지니는 타자들의 총화거나, 혹은 그 외부에도 미지의 타자들이 존재하는 한정적 공간이라면, 세계와 대치하는 주체는 결코 균질하지 않은 복수의 반사경 앞에서 복수인데다가 이질적인 자기상을 보고 말 것이다. 통제 불가능한 여러 자기상이 난립한다든지 아무리 말해도 소리가 전달되지 않는 미지의 타자들이 존재한다면, 세계를 향한 주체의 자기상은 언제까지나 불안정한 채 남을 것이다.

그러나 국제공통어가 모든 세계와 대화할 수 있는 가능성을 보증한다면 세계를 구성하는 단위 사이의 절대적 차이는 상대적 차이가 되고, 외부가 없이 통합된 세계상을 상정할 수 있다. 이 단일한 세계와 마주한다면 하나의 자기상을 얻을 수 있다—이러한 외부 없는 이항대립의 도식이야말로 영어회화라는 사고양식이 국제주의자들에게 공급해온 세계와 Nippon의 이항대립적인 인식 틀은 아니었을까?

영어를 국제공통어로 바꿔 읽고, 그것이 통용하는 세계에만 자신들의 시각을 한정시킨다면 하나의 세계와 관계를 맺는 하나의 일본이 나타난다. 이때 세계는 어떤 현실적인 정치관계나 경제 상황 등을 반영할 필요는 없다. 더 정확하게 말하면 단일하고 비인칭적인 타자상만 보증해준다면, 일본의 세계상이 무엇을 반영하든(혹은 아무것도 반영하지 않든), 그것이 다른 국가가 상정하는 세계상에 동조하든(혹은 전혀 동조하지 않든), 이 같은 폐쇄적인 이항대립의 공간에서는 그러한 근본적인 의문을 제기할 타자는 없는 것이다.[14]

이러한 국제공통어가 가능하게 만든 세계 인식에 더하여, 일본의 영어회화에는 세계를 향해 발화하는 것만 지향할 뿐 타자의 소리를 듣는 것은 문제 삼지 않는 특성이 있다. 왜곡된 일본상을 수정하기 위해 영어로 Nippon을 말하는 것을 장려하는 한편, 태국이나 이란 등의 타자들이

14 물론 독선적인 세계인식이 시험대 위에 오르는 때는 금방 다가왔다. 그것은 정부 사이의 교섭이든 민간교류든, 상이한 세계 인식을 지닌 타자들과 대화하는 모든 단계에서 어긋남이 발생했고, 경우에 따라서는 대화 자체가 곤란해지는 원인이 되었다.

그들의 언어로 자기 자신을 이야기하는 경우는 말할 것도 없고, 그들이 영어로 발신하는 자기상을 듣는 것은 문제가 되지 않았다. 애당초 그러한 다양한 타자들이 국제공통어로 어떤 소리를 내고 있는지 (어떤 목소리를 낼 수밖에 없는지) 의식조차 하지 않는다면, 그들도 영어를 국제공통어로 인정하고 있는지의 여부도 확인할 수 없다. 여기에 일본의 영어회화가 전제로 한 비대칭적인 세계인식이 어른거린다.

모든 일본 국민이 스스로 사용해야 하는 앎

일본은 문화 발신이 서투르기 때문에 왜곡된 일본상이 세계에 만연해 있다는 반복되는 위기감의 근저에는 미국과 서구 몇 나라만 포함된 세계상이 전제되어 있다. 이와 반대로 세계를 향해 Nippon을 발신하고 세계의 평화와 다양성 확립에 공헌해야 한다고 말해야 할 때는 구미 제국뿐만 아니라 다른 나라도 포함된 세계상을 상정한다. 마치 '고대 태국 희곡의 영역(英譯)'이나 '이슬람 현대시의 영역'을 읽는 것은 고려조차 하지 않으면서 『만요슈』를 영역하면 영어권의 독자뿐만 아니라 영어권 밖의 독자까지 읽을 수 있다는 식이다. 이렇듯 일본이 수신할 때와 발신할 때 상정하는 세계는 항상 어긋나 있고 비대칭적이다. 이 어긋남이 일본만 발신이 서투르고 일본만 오해를 받는다는 위기감에 설득력을 부여했다.[15]

15 일본만이 세계의 오해를 사고 있다는 위기감은 근거의 유무와 상관없이 동원할 수 있는 사안이다. 예를 들면 1930년대 국제주의자의 위기감은 만주사변이나 국제연맹 탈퇴에 의한 국제 정치 상황의 격변과 세계적 규모의 심각한 불황에서 그 근거를 찾아야 할지도 모른다. 그러나 20세기의 세계와 세계화라는 틀은 오로지 자신들의 문화만 위기를 맞이하고 있다는 위기

세계와 Nippon의 비대칭적인 이항대립 구도로 인해 다른 나라나 지역에도 일본의 국제주의자와 마찬가지로 위기감과 차이화를 원동력으로 삼는 국제적인 내셔널리즘에 편승하는 자들이 존재한다는 사실을 발견하기 어려워진다. 나아가 이러한 위기감에 의해 '세계'(이 경우는 모든 나라)를 향해 영어로 Nippon을 발신해야 한다는 영어회화의 사고양식을 가속화시키고, '세계'(이 경우는 무엇을 반영해도 좋다)와 마주보는 단결된 일본을 구축하는 것이다.

이렇게 늘 동원 가능한 위기감을 전제하는 영어회화는 영문학과 달리 모든 일본 국민이 스스로 사용해야만 하는 앎으로 설정되었다. 여기서 방송의 영어회화가 지니고 있던 네 가지 특징을 상기해두고자 한다.

① 영어화자들의 대화를 제3의 입장에서 듣는다는 영어의 상대화, ② 미국 억양과 영국 억양의 병용에 의한 영어의 상대화. 이 두 가지 특징은 영어의 중심을 영문학에서 영어회화로 이동시킨다. ③ 읽는 영어에서 듣는 영어로, 나아가 말하는 영어로의 전환, ④ 무엇보다도 Nippon을 이야기하기. 이 두 가지 특징은 영어회화라는 앎이 미지의 타자들과 대화하기 위한 도구만이 아니라 이미 알고 있는 세계에 대해 미지의 일본을 말하기 위한 장치임을 보여준다. 그렇게 Nippon을 이야기하면 할수록 그 행위주체는 단일하고 유일한 자기인 '일본'을 발견하고, 일본을 창출하여, 그것에 스스로를 합치시켜가는 것이다.

영어회화로 말해야 할 것은 늘 Nippon이고, 영어회화를 사용할 수 있는 주체가 되는 것은 세계에 스스로를 설명할 수 있는 주체가 되는 것을

감을 언제나 끌어낼 수 있다는 점에서 훌륭하다고 할 수 있다. 예를 들면 Terry Eagleton, *The Idea of Culture*(Blackwell, 2000)의 제2장 "Culture in Crisis"를 참조하라.

영어회화라는 사고양식

〈 발신형 영어가 전제로 삼는 비대칭적인 세계관 〉

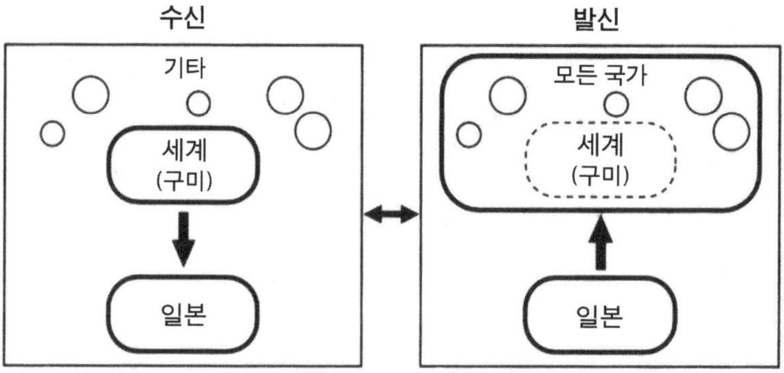

'세계' = 구미

"일본은 문화의 발신이 서투르기 때문에 이제까지 문화의 수신만 해왔다. 따라서 세계에는 왜곡된 일본의 이미지가 만연해 있다."

'세계' = 모든 국가

"이제부터는 일본의 발신을 중시하자. 일본의 좋은 전통을 세계에 소개하고 구미와는 다른 문화의 가능성을 제시함으로써 풍요로운 국제사회를 실현하는 데 공헌하자."

의미한다. 여기서 스스로를 이야기하는 주체는 오사카 출신이든 오키나와 출신이든 타이완 출신이든 상관없다. 영어회화에서는 세계와 Nippon이라는 폐쇄적인 이항대립으로 사고하기 때문에 '국내'의 차이는 지워지고, 그들은 세계에 Nippon을 발신하는 일본 국민으로 주체화된다. 세계를 향해 영어회화로 이야기하면 할수록 주체는 행위 수행적으로 Nippon을 알고, 주체의 위치를 자주적으로 내면화해가는 것이다.

일본 국민의 영어회화

방송협회가 영어회화를 다듬어간 1934년부터 1939년 사이에는 일본에 거주하는 외국인의 감소(특히 1937년 이후 격감), 전파형 무선기의 위법화(1938년), 간판에 영어 사용을 자제하는 일(1937년 이후) 등이 진행되고, 실생활에서 영어를 사용할 기회가 증가한 흔적은 찾아보기 힘들다.

그럼에도 방송협회는 영어회화 강좌를 매년 전국으로 발신했다. 왜냐하면 영어회화는 이해관계가 대립하는 외국의 국어도 아니었고, 타자와 대화하기 위한 커뮤니케이션의 도구도 아니었기 때문이다. 그것은 국내의 차이를 보지 못하게 하는 세계를 창출시켜 Nippon을 발신함으로써 이야기하는 주체를 일본 국민으로 묶어내기 위한 장치였기 때문이다. 따라서 이미 영어회화가 국제연맹 탈퇴 직후에 시작되어 사회적인 위기감이 팽배한 시대에 거부감 없이 전국으로 방송되었다는 사실은 결코 단순한 변덕이나 기묘한 사건이 아니라 고도의 사회 문맥에 따른 적합한 실천이었음을 알 수 있다.

이러한 영어회화라는 사고양식, 특히 공통어의 메커니즘과 '말하는 주체화'의 기법은 '국어 = 일본어'로 흘러들어왔다. 그 결과 기존의 표준어 일원화 = 방언 박멸이라는 언어관과는 다른 언어관에 기초한 '일본어'를 정련시키고자 한 흔적을 찾아볼 수 있다. 바로 새로운 프로그램인 영어회화 강좌와 같은 해에 방송협회가 발족시킨 방송용어위원회의 '전국으로 방송해야 할 일본어'가 그것이다.

방송용어위원회의 책임자는 오카쿠라 요시사부로였다. 과거에 표준어 일원화 = 방언 박멸의 언어관을 제시했던 오카쿠라는 그 후 오랫동안 영어교육을 실천하는 과정에서 어떤 국어관을 방송협회에 공급했던 것일까? 다음 장에서는 영어회화와 대칭관계를 이루는 '방송해야 할 일본어'를 살펴보고자 한다.

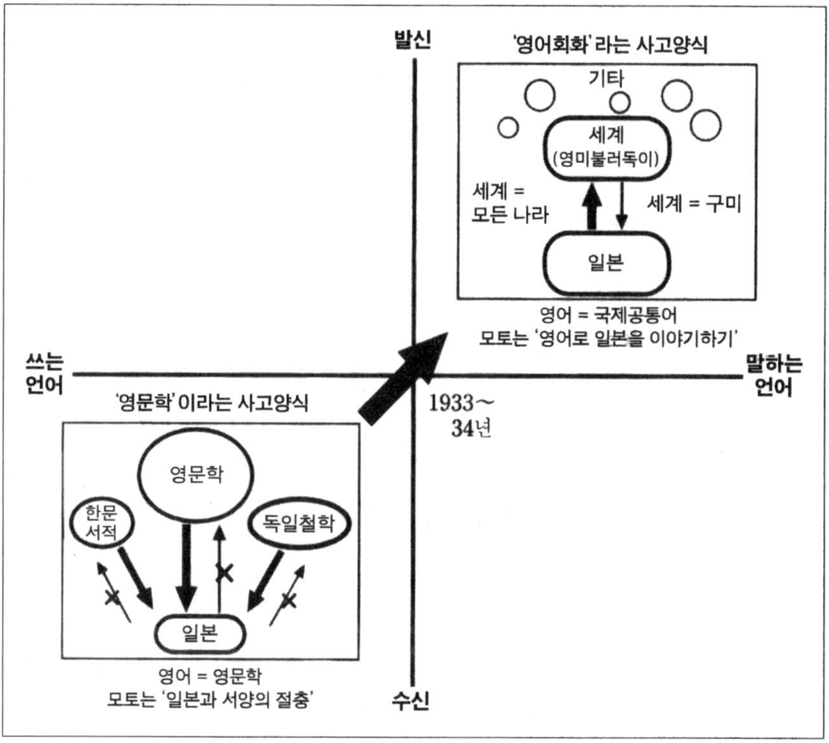

영어를 둘러싼 사고양식의 전환
'쓰는 언어'에서 '말하는 언어'로 중심을 이동했다고 해서 반드시 문화의 '수신'에서 '발신'으로 바뀌었다고는 볼 수 없다. 그럼에도 영문학에서 영어회화로 전환함으로써 문화의 '수신'에서 '발신'으로 욕망을 충족시키도록 사고가 바뀌었다.

제7장

영어 같은 일본어

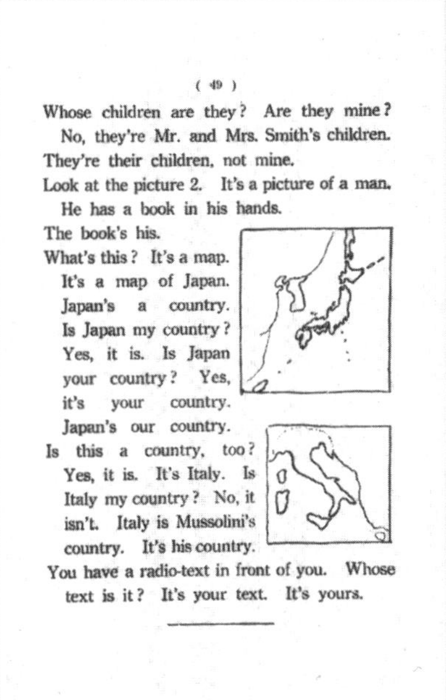

(49)

Whose children are they? Are they mine? No, they're Mr. and Mrs. Smith's children. They're their children, not mine.

Look at the picture 2. It's a picture of a man. He has a book in his hands. The book's his.

What's this? It's a map. It's a map of Japan. Japan's a country. Is Japan my country? Yes, it is. Is Japan your country? Yes, it's your country. Japan's our country.

Is this a country, too? Yes, it is. It's Italy. Is Italy my country? No, it isn't. Italy is Mussolini's country. It's his country.

You have a radio-text in front of you. Whose text is it? It's your text. It's yours.

『기초영어』 본문. (1939년 『기초영어』에서)
호리 에이시로가 강사를 맡았고 일본을 발신하는 영어회화를 가르쳤다.

이제까지 이 책에서는 방송과 영어가 서로 관계를 맺으면서 변용해간 과정을 살펴보았다. 그 과정에서 영문학은 소멸하고 전국으로 방송해야만 할 영어로서 영어회화라는 앎이 탄생했다. 하지만 이렇게 방송과 결합하여 변용해간 것은 영어만이 아니었다. 영어와의 만남으로 방송도 영향을 받으며 재편성되는 계기를 마련했다. 방송이나 영어는 다른 여러 가지 앎(푸코의 『지의 고고학』에 기대어 말하자면 '언표')과 다양하게 관계 맺기를 반복하고 부단하게 변용을 지속하면서 재탄생(재'언설'화)했던 것이다.

따라서 이 장에서는 지금까지 기술해온 방송과 영어 논의에 기초하여 방송이 새로운 앎과 관계를 맺어간 과정을 살펴보고자 한다. 구체적으로는 방송과 일본어의 결합 과정, 전국으로 방송해야만 할 영어와 동시에 생성된 전국으로 방송해야 할 일본어가 모습을 드러내는 계기에 초점을 맞출 것이다.

1934년 방송협회는 전국으로 방송해야 할 일본어의 조사와 연구를 목적으로 '방송 용어와 발음 개선 조사위원회(이하 방송용어위원회)'를 협회장 직속의 자문기관으로 개설하였다. 이는 문부성이 '국어심의회'를 설치하고 일본어의 제도화에 있어 새로운 국면으로 진입해간 해와 같은 해였고, '영어회화강좌'가 탄생한 해이기도 하다.

방송용어위원회 위원으로는 신무라 이즈루[新村出], 진보 카쿠[神保格], 도키 젠마로[土岐善麿], 하세가와 세이야[長谷川誠也], 핫토리 요시오[服部愿夫], 그리고 호시나 고이치[保科孝一] 등 이제까지 이 책에 여러 차례 등장했던 일본어 학자와 방송 관계자를 임명했다. 그들을 통솔한 조사위원에는 영어강좌 프로그램 강사로서 방송국을 드나들었던 오카쿠라 요시사부로가 취임했다.

일찍이 일본어의 창조에 깊이 관여했던 오카쿠라가 30년 남짓의 영어교육 실천을 거쳐 다시 일본어의 제도화에 개입했다는 사실은 그 자체로도 흥미롭지만, 더욱 주목을 끄는 것은 오카쿠라의 위원회가 1935년 전국으로 방송해야 할 일본어로 규정한 것이 이전의 표준어 일원화=방언 폐멸의 표준어와 분명히 다른 성질의 것이었다는 점이다. 다시 말해 오카쿠라들은 예전의 표준어를 방송국으로 가지고 들어온 것이 아니라 새로이 방송해야 할 일본어를 제시했던 것이다. 그것은 흡사 외국어 같은 일본어, 더욱 정확하게 말하자면 국제공통어로서 영어회화라는 사고양식과 높은 친화성을 지닌 '(국내)공통어'라는 일본어였다.

방송과 일본어의 결합 끝에 모습을 드러낸 공통어란 어떠한 성질의 앎이었을까? 그것은 예전의 표준어와 어떤 관계에 놓여 있으며, 어떠한 언어의 권력을 내포했던 것일까? 이 장에서는 오카쿠라 요시사부로라는 사회적 사건을 매개로 하여 영어와 일본어와 방송이 입체적으로 결합하는 과정 속에서 영어회화라는 사고양식과 친화적인 공통어가 출현하는 문맥을 고찰하고자 한다.

1. 제2언어로서의 공통어

라디오와 일본어 통일의 문제

오카쿠라 요시사부로의 동인 요요주쿠[洋洋塾](제1장을 참조할 것)가 영어 강좌 시리즈의 제작 집단이 되어 방송에 깊이 관여한 것과 병행하여 일찍이 『언어학 잡지』의 주요 멤버들(제2장을 참조할 것)도 오카쿠라를 지도자로 모시고 방송국에 협력했다.

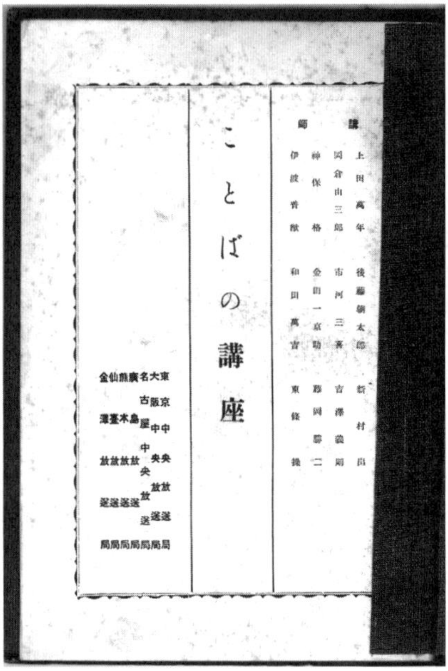

'말의 강좌'(1930년) 프로그램의 교재.
표지에 적혀 있는 강사진을 보면 과거 『언어학 잡지』의 언어학자들과 오카쿠라 요시사부로의 '요요주쿠' 동인이 멤버인 것을 알 수 있다.

우선 1930년에는 '말의 강좌[ことばの講座]'라는 하기 특별 교양프로그램을 신설하고, "우에다 가즈토시[上田万年], 이치가와 산키[市河三喜], 후지오카 쇼지[藤岡勝二], 신무라 이즈루, 요시자와 요시노리[吉澤義則], 와다 만키치[和田万吉] 등 박사 6명이 출강해 일본어의 바른 발음과 해석에 대해 상술했다"고 한다.[1]

『언어학 잡지』의 일본어 학자와 요요주쿠의 영어 학자들이 함께 강사를 역임했던 '말의 강좌'는 앞에서 열거한

1 일본방송협회 편, 『라디오연감 소와16년도(ラヂオ年鑑 昭和6年度)』, 일본방송출판회, 1931, 327면.

6명 외에도 오카쿠라 요시사부로, 진보 카쿠, 이하 후유[伊波普猷], 긴다이치 교스케[金田一京助], 도죠 미사오[東條操], 고토 아사타로[後藤朝太郎] 등이 가세했던 만큼, 바야흐로 당대 일류 언어학자들이 경연하는 초호화 교양프로그램이라고 할 수 있었다.

'말의 강좌'를 이어 '방언 지도강좌', '일본어 교육강좌', '표준어 강좌', '낭독 강좌 등 관련 교양프로그램이 속속 생겨났다. 또 방송협회 기관지인 『조사시보(調査時報)』와 이것의 후속 잡지인 『방송』에는 라디오와 일본어 통일의 문제를 논하는 글이 다수 실렸다. 집필진을 살펴보면, 오카쿠라 요시사부로, 긴다이치 교스케, 진보 가쿠, 하세가와 세이야, 그리고 호시나 고이치 등이 있었다.

방송용어위원회

일본어를 둘러싼 교양프로그램이나 잡지 논문은 오카쿠라 요시사부로를 매개로 영어학적 앎과 일본어학적 앎이 음성 미디어를 통해 결합하는 과정에서 산출된 부산물이었다. 그런데 그중 가장 눈에 띄는 산물은 1934년에 방송협회장 직속기관으로 설치한 '방송용어위원회'일 것이다.[2] '말하는 말'의 표준화를 둘러싼 '일본어' 학자들이 참여한 방송용어위원회는

2 정식 명칭은 '방송용어와 발음개선조사위원회'로, 1934년부터 1940년까지 약 6년 3개월 동안, 합계 121회의 회의를 개최하고 '정례적으로 매월 2회의 회합을 계속하였다'고 한다. '그 심의 성과인 간행물은 28종에 달한다. 그중 주요한 것으로는 『아나운서 용어집』, 『난독 성씨』, 『연극 외제요람(外題要覽)』 등이 있다. 활동량으로 보아도 이 위원회는 이름뿐인 명예직이 아니라 방송 언어의 실질적인 윤곽을 그려나갔다는 것을 알 수 있다.

어떠한 언어관으로 방송협회에 부응했던 것일까.

방송용어위원회의 정식 설치를 수용하고 주요 조사위원을 역임한 오카쿠라는 『조사시보』(2월호, 1934)에 「방송용어와 발음개선 조사 사무의 개시와 그 업무」라는 제목으로 글을 쓰기도 했다.

> 언어라는 측면에서 보면, 말을 날것 그대로 각 가정에 흘려보내는 것이 라디오의 주된 일이다. 라디오를 통해 각 가정에 유입된 '말'은 문자라는 옷을 입고 있지 않다. 완전 날것 그대로의 말을 가지고 소리의 망을 통해 전 국민을 연결하기 위해서는 당연히 소리의 망이 정상적이어야 할 것이다. 그렇게 생각할 때 **일본 방송협회로서는 단지 말을 정비하는 것에만 머무르지 않고 말을 아름답게 하는** 일이 중요하다는 것을 인정하지 않을 수 없다.(강조는 역자)

다시 말해 방송협회의 '소리의 망'은 말을 전송할 뿐만 아니라 말을 정비하고 더욱더 아름답게 해야 한다는 말이다. 그러면 이 소리의 망을 매개로 확대해야만 할 '말'이란 무엇인가.

> 그러므로 당장 시행할 사업은 교양 있는 말을 정립하는 것, 그리고 그것을 각자가 '지방적 특색을 지닌 말'과 **병행하여 지니는 것이 좋다**고 생각한다. (…중략…) 그런 까닭에 **교양** 있는 말들 사이에서 사용되는 **공통어**를 임시로 표준어라고 부르기로 한다.(강조는 역자)

여기에서는 표준어로 일본어의 통일을 지향하고 방언을 해충과 같이 섬멸하자고 주장한 예전의 표준어 일원화 = 방언 폐멸이라는 언어관은 보이지 않는다. 오히려 반대로 '지방적 색채를 지닌 말'로서 방언을 긍정적으로 바꾸어 수용하고, 공통어는 지방어와 '더불어 존재해야만 한다'는 다중언어관이 드러난다. 마치 국제공통어로서 영어회화를 일본어와 병행하여 지니듯이 (국내)공통어인 일본어가 각자의 지방어와 아울러 몸에 익힐 것을 바라고 있는 것이다.

동시에 1934년에 오카쿠라는 『국어의 도야와 라디오』라는 책을 간행하고, 표준어 일원화 = 방언 폐멸이라는 언어관에 바탕을 둔 과거의 입장을 명백하게 수정한다.[3] 그는 그 책에서 '방언은 결코 비하해야 할 것이 아니'라고 잘라 말하고, 방언을 포함한 모든 언어차는 '지방적 차별', '계급적 차별', '직업적 차별'의 세 가지에서 파생하는 언어적 '풍요로움의 현상'이라고 단정 짓는다.

다른 한편, 표준어는 "결코 완성되거나 고정된 것이 아니다. 오히려 표준어란 '계속 표준화되어가는 말'"이고, 표준어를 다듬어가는 것은 "중심계급 및 그와 직접 접촉하는 사람들이 반드시 공유하는 한층 더 고급한 **교양**(강조는 역자)"이라는 것이다. 한층 더 고급한 교양으로 연마된 표준어는 "문학이 아닌 곳에서도 사용되어 점점 미묘한 사상 감정을 표현할 수 있도록 개척되어간다"고 말한다.[4] — 문학, 교양 그리고 표준어와 지방어의 병용. 방송해야 할 일본어를 논하기 위해 동원한 이들 용어는 마치 영어교육에 관한 오카쿠라의 논의를 듣고 있는 듯한 착각을 안겨준다.

3 오카쿠라 요시사부로, 『국어의 도야와 라디오』(국어과학 강좌 12), 明治書院, 1934.
4 위의 책, 29~30면.

다중언어관

제2장에서 상세히 짚어보았듯, 『응용언어학 10회 강화』를 저술한 1900년 전후의 일본어 학자 오카쿠라는 국가경영의 기반을 위한 커뮤니케이션의 합리성을 논거로 삼아 여러 가지 언어에 대한 일원적 관리의 필요성을 힘주어 강조했다. 이러한 표준어 일원화 = 방언 폐멸이라는 언어관은 그 후 30년 남짓 일본 영어의 제도화에 몰두하고 영어와 방송이 만나는 데 깊이 관여하는 동안 어느덧 바뀌어갔는지도 모른다.

방송용어위원회의 주사(主査)이자 국어심의회위원이기도 한 1934년의 영어학자 오카쿠라는 '지방적 색채를 띤 말'을 그대로 사용하면서 사람들이 마치 외국어 같은 제2언어로서 공통어를 운용하는 것이 이상적이라고 하는 다중언어관을 제시했다. 교양 있는 말을 원형으로 삼아 만들어졌을 '아름다운 말'은 반드시 전 국민이 배워야 할 국민적 교양이 되었고, 표준어는 지방어를 박살하거나 폐멸시키는 것이 아니라 지방어와 공생공존하면 좋을 것으로 규정된다. 마치 외국어로서 영어회화의 학습이 일본어 의식의 향상에 도움이 될지언정 결코 해가 되지 않는 것처럼 공통어와 방언은 공존할 수 있다는 것이다.

이러한 다중언어관은 오카쿠라 개인의 사적인 생각에만 머물지 않았다. 방송용어위원회가 일본방송협회에 답신했던 보고서에는 비슷한 형태의 다중언어관에 기초한 언어정책이 담겨 있었다. 방송용어위원회는 1935년 3월에 '방송용어 조사에 관한 일반 방침'이라는 제목의 보고서를 완성했다. 현재까지 유지되고 있는 '일반 방침'은 방송언어의 중요 가이드라인이라고 한다.[5]

'일반 방침'의 제1조에는 "방송용어 조사는 라디오 청취의 공통 이해를 기준으로 하여 아름다운 어감이 풍부한 '듣기 좋은 말'을 건설하고, 방송효과의 충실을 꾀하는 것을 목적으로 한다"는 주요 취지를 간결하게 정리해놓았다. 계속해서 제2조에서는 "방송용어는 전국중계 아나운서 용어(이하 '공통용어'라고 칭함)를 주체로 삼는다"고 정의를 내리고, 방송의 말은 결코 배타적인 표준어가 아니라 '전국중계 아나운서 용어(= 공통용어)'라고 미리 단정 짓는다. 또한 특히 주목해야 할 것은 다음 두 조항이다.

> 제3조 공통용어는 현대 국어의 대세에 순응하여 대체로 **제도[帝都]의 교양 있는 사회층**이 보통 사용하는 어휘, 어법, 발음 억양(억양을 포함)을 기본으로 한다.
>
> 제4조 공통용어와 방언의 **조화를 도모한다.**(강조는 역자)

이것은 초기 방송협회가 예전의 '국어'학이 취한 일원적 관리에 의한 표준어 정책이 아니라 다중언어관에 기초한 공통어 정책을 채택한 선언이다. 표준어에 의한 일원화와 방언의 폐멸을 지향하는 표준어의 언어관과 달리, 공통어의 다중언어관에서 보자면 각 지역에 무수히 존재하는 방언은 그대로 존속시켜야 하는 것, 공통어는 방언의 화자가 겸비해야 할 제2언어 혹은 제3언어로 규정된다. 물론, 방언을 표준화하거나 박멸할 필요성이나 가능성도 공통어라는 사고양식에서는 자연 소멸한다. 교양 있는 사회층의 말이 공통어의 원형이 되는 프로그램, 그리고 공통

5 「방송용어 조사에 관한 일반방침」은 그 후 방송용어위원회 활동의 원점이 되었고, "일반방침의 정신은 그 후에도 변함없이 현재에도 살아 있다"고 한다(NHK종합방송문화연구소 편, 『방송용어론』, 일본방송출판협회, 1975, 502면).

어와 방언을 조화시키는 다중언어관이 '방송해야 할 일본어'의 원동력이 되는 것이다.

하지만 공통어란 단순히 방언의 변종은 아니다. 그것은 부단하게 다듬어가는 '미지의 말'이고 현존하는 언어보다 한층 깊은 수준에서 규범력을 작동시키는 사회언어다. 나아가 공통어는 표준어를 단순히 바꾸어 말하는 것 따위가 아니라는 점이 더욱 중요하다. 공통어가 지향하는 언어지평은 표준어가 전제하는 언어지평과는 당연히 다르다. 사회적 통합과 관리를 위한 새롭고 강력한 형식인 방송이 공통어의 다중언어관과 높은 친화성을 보이는 상황을 다음 절에서 살펴보자.

2. 두 개의 공통어라는 사고

공통어의 정치학

2장에서 상세히 검토한 바와 같이 국제공통어로서 영어회화를 1934년부터 전국으로 방송한 것과 같은 시기에 전국으로 방송해야 할 일본어를 조사 연구하는 방송용어위원회를 방송협회에 설치했다. 또한 방언의 박멸이 아니라 오히려 공존을 지향하는 공통어를 제시했는데, 이것이 일본 초기 방송사업 시기에 나타난 두 개의 공통어라는 사고의 출현이다.

여기에서 상기해야 할 것은 초기방송에 출현한 두 개의 공통어는 동일한 언어 관념의 국제판과 국내판이라는 서로 닮은 관계가 아니라 상호보완 관계였다는 점이다. 그것은 오리지널과 축소 복사본의 관계가 아니라 오히려 서로의 꼬리를 물면서 하나의 도형을 그리는 두 마리 뱀과 흡사하다. 방송해야 할 영어와 일본어는 국제공통어와 국내공통어로서 서로 부단하게 참조하고 교섭해야 비로소 공통어로서 유효하게 작동하는 것이다.

바꾸어 말하면, 하나의 표준어가 다른 말을 일원적으로 관리하는 표준어의 권력 시스템과는 달리, 복수의 공통어가 병존하면서 끊임없이 서로 간섭하고 서로의 위치를 제시함으로써 마침내 공통어의 권력 시스템은 작동 가능해진다. 이러한 다중언어관이야말로 방송에 나타난 두 개의 공통어라는 정치학을 이해하는 열쇠다.[6]

언어의 국가통치에서는 오랫동안 '일국가 일언어'라는 일원적 관리의 언어관이 주류를 형성하고 있었다. 메이지 초기에는 일본어라는 통일체를 전제할 수 없었기 때문에 일본어 학자인 모리 아리노리[三有札]는 '간이영어'를 주입하여 근대국가의 윤곽그리기를 서둘렀고, 우에다 가즈토시[上田万年]는 표준어 일원화 = 방언 폐멸이라는 언어관에 기초하여 표준어의 일원화를 지향했었다. 또한 외국어 학습이 정신적 식민지화를 초래한다고 하여 1927년 영어존폐논쟁에서 영어교육의 폐지를 주장했던 많은 지식인들도 말하자면 '일국가 일언어'를 이상으로 삼는 일원적 관리의 언어관에 근거하고 있었다. 국민국가 일본이라는 상상의 공동체를 성립시

6 공통어라는 개념이 초기 방송에서 최초로 출현했는지 여부는 다른 기회에 검토해야 하는 테마다. 이 책에서는 공통어의 탄생일을 특정하기보다는 공통어라는 개념 자체가 '방송'에 의해 발견되기 이전부터 사용되었음에도, 그것이 (설령 처음은 아니라고 해도) 영어회화 같은 앎을 창출하고 실천했던 점에 주목했다.

키고 유지하기 위해서는 공동체 내부의 각 지점에서 동질하고 단일한 언어를 실천하는 언어지리야말로 이상적으로 보였던 것이다.

초기 방송에 나타난 공통어의 다중언어관은 이러한 표준화와 균질화의 일원관리를 작동원리로 하는 표준어의 언어관과는 크게 다르다. 공통어는 결코 방언을 배제시키지 않고 공생을 지향하는 동시에, 수많은 방언을 각 지점에서 불균질하게 실천하는 언어지리의 상황을 그대로 채용하게 하여 더욱 동적인 사회 관리를 지향하는 것이다.

공통어 = 영원히 끝나지 않는 계단

공통어의 언어지리 안에서 사람들은 하나의 표준어에 의한 일원적 관리 대신 방언과 공통어 모두를 사용하는 이중언어 상황에 정착해야 한다. 아울러 준거점이 되는 공통어와 자신 사이를 가로지르는 지정학적 거리를 항상 의식당하는 권력 시스템 속에 편입 당한다. 공통어의 발음이나 어휘를 적극적으로 습득하여 공통어를 어느 정도 기교적으로 구사한다 해도, 아니 공통어의 운용이 기교적이 되면 될수록, 준거점이 되는 공통어와 자신의 제1언어 사이의 지정학적 거리는 더욱 또렷하게 인식되고, 언어지리의 매트릭스 위에서 자신의 좌표 위치를 (재)인식할 수밖에 없는 것이다.

물론 공통어는 미처 완성되지 않은 채 존속하기 때문에 공통어를 제1언어로 하는 화자는 현실 어디에도 존재하지 않는다. 공통어는 방송에서만 실현되는 미디어 이벤트이고, 도쿄에 거주하는 사람을 포함한 모든 화자가 공통어가 작동하는 다중언어의 권력 시스템으로부터 자유로울 수 없다. 설령 자신의 방언인 제1언어를 버리고 공통어만 사용하겠다고 결심할지라도, 그녀 혹은 그는 상실의 기억이 반드시 각인되어 공통어의 학습이라는 영원히 끝나지 않는 계단을 계속 올라가지 않으면 안 된다. 또는 공통어의 부정과 방언의 복권을 주창한다 해도 준거점인 공통어와 자기 자신의 지정학적 거리는 소멸하지 않은 채, 항상 공통어와 자기 언어의 번역 작업을 수행하는 것이다.

이제는 이미 분명해졌지만, 다중언어관에 의한 공통어는 결코 민주적인 언어사상 같은 것은 아니다. 표준어를 단순하게 현실적이고 타협적으로 바꿔 말하는 것도 아니다. 표준어의 작동원리였던 동화나 표준화나 일원적 관리와는 거리가 먼 공통어는 지정학적 거리에 의한 차별화와 그 밖의 차이(계급 차나 학력 차 등)에 따른 미세한 서열화를 작동 원리로 삼고 그러한 차이를 통해 불균질하고 유동적이며 중층적인 언어지리 공간을 관리할 수 있다.

공통어는 냉정한 얼굴로 사람들을 다중언어 상황에 가두어놓고, 언어지리의 좌표축 위에서 개개의 위치 값을 짊어지게 한다. 이러한 위치 값의 출발점(출신 언어)은 각인되어 있지만, 현재의 위치는 항상 이동 가능하다. 그렇기 때문에 자신의 위치 값을 강하게 인식하면 할수록 자기 노력에 의해 위치 값의 이동을 지향하거나 그 외부를 지향할 것이다. 예를 들어 더욱 영어다운 억양과 몸짓으로, 더욱 공통어다운 발음과 어휘로. 또는 도쿄 사투리에 대항한 (순수한?) 교토 사투리로 옮겨가기도 하고, 또는 영어로 말할 수 없다는 원칙을 세우기도 할 것이다.

이렇게 영원히 끝나지 않는 계단에 어떻게 대응하는가는 개인의 선택이겠지만, 그것을 완전히 올라가는 것도 완전히 내려오는 것도 불가능하다. 만약 그것을 무시한다 해도 언젠가 누군가에 의해 위치 값은 정해질 것이다. 가령 '○○(일본/동북) 출신답지 않게 억양이 특이하지 않네요' 등등.[7]

교양은 내용이 아닌 규범화 양식에 의해 결정된다

공통어로 상징되는 끝나지 않는 계단의 주체적인 상승과 하강, 다시 말해 사람들이 자주적으로 규범화된 이상적인 주체로 자신을 훈육시키는 (또는 '저항'할 수 있게 하는) 차이화의 단계야말로 교양과 결합한 방송이 새롭고 강력한 사회적 통합과 관리의 형식으로 작동하는 원리다.

과거에도 현재에도 방송은 임의적인 청취의 미디어다. 학교교육처럼 청취자를 반강제적으로 교화하는 규제력도 없고, 수료나 졸업이라는 명확한 달성 지점이나 기한도 없다. 그런 만큼 방송은 학교교육이나 동화정책의 사회공학 외부에 위치하는 다른 종류의 사회통합의 미디어로서 탄생하고 작동한다. 교육이 아닌 교양과 결합한 방송의 언어방침은 표준어보다 공통어와 친화적이다. 이미 살펴보았듯 공통어라는 사상은 1934년 이후 '영어회화'나 '언어강좌' 등의 교양프로그램을 통해 실천되어갔다. 게다가 조선어 전용인 제2방송을 구비했던 조선방송협회도, 대만어

7 다중언어관의 권력체재에서 발견된 주체의 위치는 반드시 내셔널한 주체만은 아니었다. 이 책에서는 일본 국민의 주체화에 초점을 맞추었지만, 다중언어상황의 사회적 문맥과 그것에 대한 사람들의 경쟁적인 해독의 결과로서 국민성을 발견하기도 하고 지역성이나 젠더, 계급성 등의 정체성을 발견하기도 했다.

의 혼성방송을 실시했던 타이베이방송협회도 실질적 상위조직인 일본방송협회의 언어방침에 따라 다중언어관에 기초한 방송을 실시했다.

이를테면, 일본어방송(제1방송)과 조선어방송(제2방송), 이중언어 방송을 실시했던 조선방송협회에 쏟아졌던 일본인의 비판에 답하기 위해 조선방송협회장 하지 모리사다[土師盛貞]는 1938년 6월 4일에 '조선의 방송사업'이라는 제목으로 연설을 방송했다. 거기에서 하지 모리사다는 "일각에서 조선어방송의 존재를 일본어 보급과 모순되는 것처럼 생각하는 견해도 없는 것은 아니"지만, "결론부터 말하자면 전혀 반대로 제2방송의 존재가 오히려 일본어 보급을 촉진한다는 점도 생각하지 않을 수 없다"고 반박했다.

> 왜냐하면 일본어를 이해할 수 없어서 조선어만으로 생활하는 사람들에게 문화적 자극도 주지 않고 사회교육도 시키지 않은 채 오로지 국어인 일본어와 친숙해지자고 말하는 것은 도저히 생각도 할 수 없는 일이기 때문입니다. 하물며 제2방송(조선어방송—역자 주)에서는 일본어강좌를 초등, 중등 두 단계로 나누어 실시하고 있습니다.[8]

제2방송(조선어방송)은 제1방송(일본어방송)의 보조적 수단 또는 앞 단계에 지나지 않는다. 문화적 자극을 준다면, 일본어를 이해하지 못해 조선어만으로 생활하는 사람들은 자연스럽게 '국어'를 조선어로 배우게 되어 머잖아 제1방송의 청취자가 될 것이다. 하지만 그것은 종료나 달성

---

8 조선방송협회, 『라디오와 조선』(비매품, 서울대 중앙도서관 소장), 조선방송협회, 1938, 12면.

이 아니다. 제1방송으로는 일본방송협회가 중계 방송하는 '말의 시간'이나 영어강좌 시리즈가 기다리고 있다. — 이렇게 끝나지 않는 계단을 오를 것인가, 말 것인가, 이는 개개인의 자주성과 주체성에 맡겨져 있다. 이것이 교양과 결합한 방송이 지향하고 실천한 사회통합의 방법이다.[9]

방송의 청취공간은 청취자 개개의 주체적인 청취와 시작도 끝도 없는 교양의 계단으로 이루어진 근대일본의 권력공간이다. 방송해야 할 교양은 시류에 따라 '영문학'이기도 하고 영어회화이기도 했으며, 또 공통어라는 '국어'이기도 했다. 결국 교양의 내용을 본질적으로 규정하는 것은 불가능하다. 오히려 방송해야 할 교양은 내용이 아닌 규범화 양식에 의해 문맥적으로 결정되어 효력을 발휘했다.

9 1927년 본방송을 개시한 경성방송국은 조선방송협회 관할이었지만, 고유 호출번호(call sign) JODK(JOAK는 도쿄, BK는 오사카, CK는 나고야)를 보더라도 실질적으로는 일본방송협회의 하부조직이었고, 일상적으로 일본방송협회의 프로그램을 단파로 중계해서 조선반도로 발신했다. 1933년에 경성방송국은 일본어 제1방송과 조선어 제2방송이라는 이중방송을 개시했고, 제2방송에서는 '국어방송'이라는 독자적으로 제작한 교양프로그램을 발신했다. 조선방송협회는 많은 비판과 몰이해에 부딪혔지만, 1945년 8월까지 다중언어 방송을 지속했다. 또 대만방송협회에서도 1930년 1월부터 이자와 재단[伊澤財団]의 기부금으로 '국어교육강좌'를 제작하여 전역에 방송했고, 나중에는 이중방송도 개시했다고 한다.

3. 소멸 혹은 중단

BBC영어위원회를 모범으로

그러나 전전에 나타난 방송의 공통어는 단명했다. 그 이유는 여러 가지가 있지만, 가장 중요한 것은 공통어라는 언어사상이 동시대 사회상황에서는 반드시 설득력을 가질 수 없었다는 점이다. 차이를 원동력으로 삼는 공통어라는 사회공학은 동화와 총동원을 원동력으로 삼는 국가의 전쟁 수행에는 무용하거나 방해물이었는지도 모른다. 방송협회 기관지 『방송』(및 후속 잡지 『국책방송』) 1939년 무렵부터 공통어라는 말이 사라지고 문맥에 따라 '황국어'나 '방송 말'이라는 용어를 사용한다.

나아가 오카쿠라 요시사부로의 사망으로 공통어의 모체인 방송용어위원회가 위기에 처했던 점도 손꼽을 수 있다. 1936년 봄 무렵 몸이 쇠약해져 10년 이상 담당했던 영어강좌 강사를 사임한 그는 그해 10월 31일에 사망했다. 방송용어위원회는 그 후에도 존속했지만, 1935년 '방송용어 조사에 관한 일반방침'처럼 방송해야 할 일본어를 정면으로 논의하는 자세는 보이지 않았고, 『난독 성씨(難讀姓氏)』 같은 용어집을 몇 권 편찬했을 뿐이다. 1940년 3월 방송용어위원회는 해산했다.[10]

이 방송용어위원회에는 모범이 있었다. 일본방송협회는 조직을 구성

10 얼마 있다가 이는 '뉴스용어 조사위원회'로 재설치되었지만, 이것은 시국화에 부응하여 뉴스 프로그램의 중요성이 고조되자 '알아듣기 쉬운 말'의 제도화를 진척시키는 위원회였다. 따라서 이전의 방송용어위원회와 전후에 부활된 방송용어위원회와는 성격이 다른 조직이다.

하는 가운데 항상 영국의 공공방송인 BBC를 참조했는데, 방송용어위원회도 BBC의 '구어 영어에 관한 자문위원회(Advisory Committee on Spoken English : 이하 BBC영어위원회)'를 의식하고 설치한 것이다.

BBC영어위원회는 1926년에 노벨상 수상작가 버나드 쇼를 의장으로 삼고, 런던대학 음성학 교수인 로이드 제임스를 사무국장으로 초빙하여 발족했는데, 오카쿠라는 꽤 이른 시기부터 이 위원회의 존재와 기능을 인식하고 있었다.[11]

특히 오카쿠라는 로이드 제임스의 활동에 주목했다. 그가 우에다 가즈토시나 호시나 고이치 같은 일본어 학자들과 1930년에 방송했던 '말의 강좌'는 로이드 제임스가 1927년에 방송한 BBC방송의 프로그램인 '구화와 언어(Speech & Language)'에서 발상을 얻었다. 방송용어위원회가 편찬한 『난독 성씨』 같은 용어집도 BBC영어위원회가 이미 성과를 올렸던 유사한 형태의 활동을 모방한 것이었다.

두 가지 사건

BBC영어위원회의 언어관을 검토하는 것은 이 책의 논의를 크게 벗어나지만, 여기에서 일본방송협회위원회와 BBC영어위원회가 동시기에 경험한 두 가지 사건을 살펴보고자 한다.

---

11 예를 들어 오카쿠라가 『조사시보』 1932년 5월 15일호에 기고한 「라디오와 외국어의 교수(教授)」라는 글에서는 로이드 제임스가 담당한 프로그램과 그의 연구서를 소개하고 있다. 놀랍게도 오카쿠라는 단지 2년 전에 제임스가 편찬한 아나운서용 용어집을 이미 읽고 이 글에서 소개하고 있다.

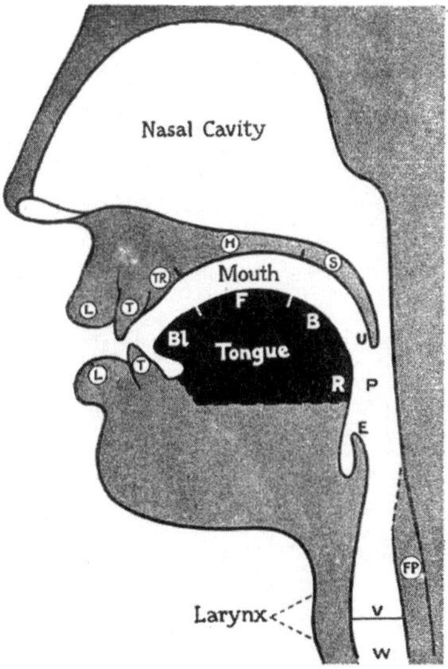

FIG. 2

THE ORGANS OF SPEECH

B. *Back of Tongue.* BL. *Blade of Tongue.* E. *Epiglottis.* F. *Front of Tongue.* FP. *Food Passage.* H. *Hard Palate.* LL. *Lips.* P. *Pharyngal Cavity (Pharynx).* R. *Root of Tongue.* S. *Soft Palate.* TT. *Teeth.* TR. *Teeth Ridge.* V. *Position of Vocal Cords.* W. *Windpipe.*

7

（三）「いき」又は「こゑ」を以て「きしむ音」又は「はれつの音」を作ること。

第二圖 發音の諸機關

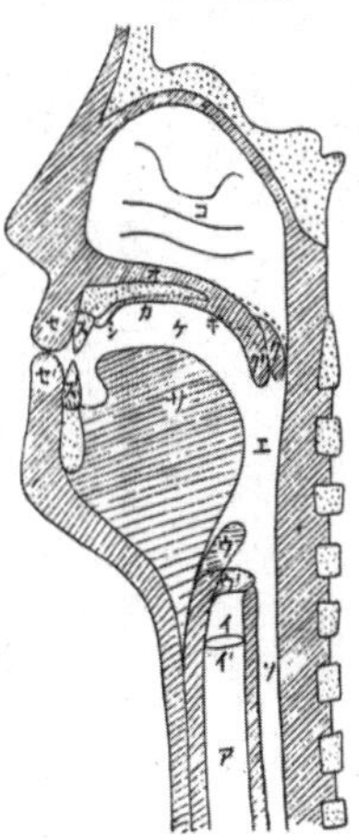

六、話音の分類

ア。息の管。
イ'イ 喉筒の鼓。
ウ。息の管の蓋、かその凹んだ形。
エ。口のつきあたり。
オ。うはあご。
カ。堅いうはあご。
キ。柔いうはあご。
グク のどまめ。
ケ。口の中。
コ。鼻の中。
サ。舌。
シ。上の前歯のはぐき。
ズス 上下の前歯。
ゼセ 上下の唇。
ソ。食道

（一）話音を（ア）「ひとき」と（イ）「おと」との二類に大別する。

七、話音の第一類。「ひとき」

發音機關

三

영국의 방송국 BBC가 1927년에 방송한 프로그램 'Speech & Language'의 교재. 강사 로이드 제임스는 런던대학 음성학 교수이자 BBC영어위원회의 사무국장으로 마치 일본방송협회의 오카쿠라 요시사부로와 같은 존재였다. 오카쿠라는 일찍부터 로이드 제임스의 활동을 주시하고 있었다.

일본방송협회가 1930년 방송했던 프로그램 '언어강좌'의 교재에서 오카쿠라가 강의했던 부분. 로이드 제임스의 프로그램 교재와 흡사한 내용이었음을 알 수 있다.

하나는 일본에서 방송용어위원회가 발족한 해에 영국 BBC영어위원회가 큰 논쟁에 휘말린 끝에 같은 해 10월에 부득이하게 개편을 당한 사건이다. BBC영어위원회는 애당초 어려운 지명이나 인명의 발음을 정리하고 용어집을 만들기 위해 설치되었는데, 1931년부터 BBC영어위원회는 아나운서를 위한 발음교본을 작성하거나 억양 '정리(실질적인 표준화)'에도 몰두한다. 영국 사회에서는 억양의 차이로 계급이나 출신지의 차이를 상징해왔기에 '말하는 말의 표준화'는 여러 차례 비판을 받았다.

특히 버나드 쇼와 로이드 제임스 등 위원 6명은 전통이나 유래보다도 '청자가 잘못 알아듣지 않도록' 배려하면서 음성학적 발음의 합리성을 우선시하는 '정리'를 해냈기 때문에 동위원회의 방침에 준하여 아나운서가 발음하는 BBC영어는 보수적인 지식인들에게는 눈엣가시였다.

결국 1934년에 『타임즈』 지면을 통해 BBC영어위원회는 보수적인 지식인들로부터 혹독한 비판을 받았다. 논쟁에 직접 참여했던 버나드 쇼는 설득적인 반론을 펴지 못하여 수개월 후 갑작스럽게 제안된 위원회 개편을 수용하지 않을 수 없었다. 그 개편으로 버나드 쇼를 비난했던 보수적인 영어 학자나 몇몇 권위적인 기관(The British Academy나 The Royal Society of Literature 등)에서 대표자를 초빙하여 동위원회는 총 23명의 대집단이 되었다. 그리고 개편 후 제1회 회의에서는 개편 전 위원회가 지향했던 영어의 합리화와 표준화를 개선하여 지명이나 고어의 발음기준을 만드는 경우에만 예외를 인정해 용어집에 병기하는 것 등을 결정했다.

나아가 BBC가 외국어 프로그램(어학프로그램 포함)을 폐지한 1939년에 일본방송협회도 '실용영어회화'를 폐지하고 다른 외국어 프로그램도 큰 폭으로 폐지하거나 삭감했다. BBC와 일본방송협회의 움직임에 직접적인 인과관계가 있었는지 여부는 명확하지 않다. 하지만 세계 각지에서 전전의 방송(broadcasting)은 동시에 언어의 문제에 깊이 관여했고, 같은 시기에 비슷한 '말'의 제도화(표준화나 폐지도 포함해서)에 몰두했다는 사실은 강조해두고 싶다.

최전성기에 일본방송협회의 영어강좌 시리즈는 1년에 5개의 프로그램을 제작 방송했지만, 1940년과 그 다음 해에는 '기초영어강좌' 하나만 격일로 방송했을 따름이다. 이 프로그램은 오카쿠라 요시사부로의 '영어강좌 초등과'의 명칭을 바꾼 것으로 오카쿠라의 사후 시오야 사카에[塩谷榮]가 강의를 계속했다. 오카쿠라의 제자 계보에 해당하는 영어교육자인 시오야 사카에는 오카쿠라가 작성한 프로그램 교재를 거의 바꾸지 않고 같은 내용으로 계속 강의했다. 그것은 펜 잡는 법과 알파벳 쓰는 법으로 시작하여 어느 정도 정리된 영문학 독해로 끝나는 프로그램 교재였다.

그러나 영어강좌 시리즈를 통폐합하여 '기초영어강좌' 하나만 남았던 해, 방송협회는 시오야 사카에, 사가와 순스이, 아오키 쓰네오[青木常雄] 등 오카쿠라 인맥에 속하는 영어교육자들을 해임했고, 호리 에이시로[堀英四郎]에게 프로그램을 맡기는 동시에 내용도 대폭 개편했다.

게이오[慶應]의숙대학의 영어교육자인 호리 에이시로는 오카쿠라 같은 도쿄고등사범의 영어교육자들보다는 헤럴드 E. 팔머 및 그의 영어교수연구소와 친밀했다. 그의 영어교육은 영문학보다 영어회화를 중시했던 것으로 알려져 있으며, 1937년에 나온 『바른 영어회화』라는 교칙본은 태평양전쟁 이후 1960년대까지 판을 거듭하며 발행되었다.

1941년 12월 8일 오전 6시 반의 방송

영어회화를 중시하는 호리 에이시로에게 기초영어강좌를 일임하고 오카쿠라 인맥에 속하는 영어교육자들과 거리를 두었던 방송협회는 같은 프로그램의 교재도 영문학 독해에서 영어회화 습득을 목표로 하는 형식으로 대폭 개정하였다. 통상 강좌의 마지막에는 이제까지처럼 영문학의 예문이 아닌 두 사람의 등장인물이 서로 주고받는 대화문, 특히

'전차에서'나 '병원에서' 등 장면 설정에 따른 정형적인 표현의 역할 연습을 가르쳤다.

게다가 1940년도 기초영어강좌 프로그램 교재에 사용한 장면 설정과 예문은 1936년도 영어회화강좌에서 호리 에이시로가 앤드류 F. 토마스와 읽었던 것과 동일했다. 오카쿠라와 그의 제자들이 가르쳐왔던 라디오프로그램 영어강좌마저도 영어회화의 세례를 받았던 것이다. 호리 에이시로 담당의 영어회화로 변한 영어강좌의 등장과 오카쿠라 인맥의 퇴장에 따라 방송에서 영문학 및 수험영어는 사라지고, 전국으로 방송해야 할 영어는 영어회화 일색이 되었다.

'기초영어'의 교재(1939)

오카쿠라의 후임 호리 에이시로.
라디오영어를 영문학에서 영어회화로 바꾸었다.

호리 에이시로의 기초영어강좌는 실용영어회화 강좌를 폐지하고 동맹국 독일이 영국과 교전하는 와중에도 계속해서 방송으로 나갔다. 그리고 1941년 12월 8일 오전 7시, 즉 진주만을 공격하는 날 아침까지 방송 예정이 잡혀 있었다. 그날 영어강좌를 실제로 방송했는지의 여부를 확인할 수 있는 자료가 현재 NHK방송박물관에는 남아 있지 않다. 하지만 우사미 쇼조의 연구에 따르면, 호리 에이시로의 스크랩북에는 "1941년 12월 8일 오전 6시 반 방송이 끝나고 뉴스를 방송할 때 태평양전쟁의 개전을 보도했다. 이것을 마지막으로 방송은 끝났다"고 써 있다고 한다.[12] 이것이 사실이라면 역설적이게도 미국과 영국을 교전 상대로 한 잔혹한 전쟁의 시작을 알리는 임시뉴스 직전까지 방송국은 영어회화를 발신했다는 말이 된다.

하지만 개전을 알리는 임시뉴스와 더불어 제2방송은 휴지 상태에 들어가고, 방송 개시 때부터 지속해온 영어강좌 시리즈도 마침내 소멸했다. 아니, 3년 9개월의 중단에 들어갔다고 말해야만 할지도 모른다.[13]

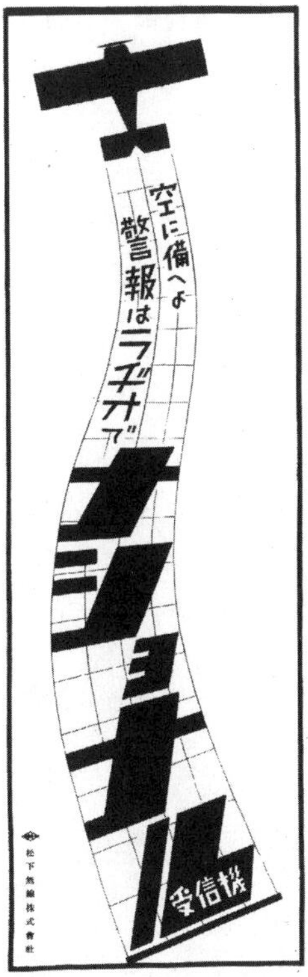

내셔널 수신기의 광고(『마쓰시타[松下] 전기 선전 70년사』, 1988)

---

12 우사미 쇼조[宇佐美昇三], 「영어교육개략사(英語教育概略史)」, 348면.

13 한창 태평양전쟁이 진행되고 있던 와중에도 고등학교나 제국대학 등에서는 영어수업 시간을 폐지하지 않았다. 그러나 일찍이 "영국인의 사회사상이 가장 온건하고, 참된 자유는 소비에트 러시아가 아니라 대영제국에 있다고 생각한다"(사이토 다케시[齋藤勇])고까지 말했던 영문학 연구자들은 영국과 전쟁을 계속하는 일본의 상황에 대해 침묵을 지켰다. 마사오 미요시는 제2차 세계대전 당시에 일본의 영문학자들이 어떻게 행동했는지를 실증적으로 검토할 필요가 있다고 주장한다. 이는 '마녀사냥'이나 '자학 취미적인 규탄'을 하자는 것이 아니라 전후 일본의 영어 복권과 그 후의 융성을 고려하는 데 꼭 필요한 작업이기 때문이다. 마사오 미요시가 문제 삼고 있듯, 내재적인 '영어사'는 어느 정도 풍부하게 이루어져 있는 반면, 사회적인 문맥에 뿌리를 둔 영어의 궤적을 기술하는 비판적인 역사 분석은 근대일본에서 차지하는 영어의 사회적 위치에 비해 매우 불충분하다고 말할 수 있다. 상세한 것은 Masao Miyoshi, "The Invention of English Literature in Japan"(M. Miyoshi and H. D. Harootunian (eds.), *Japan in the World*, Duke University Press, 1933)을 참조.

패전 후 영어회화 붐

돌아온 실용영어회화(1945)

1945년 9월 18일, 영어회화는 귀환했다. 일본의 무조건 항복을 국민에게 고하는 쇼와천황의 음성이 처음 라디오 전파를 탔던 8월 15일로부터 겨우 1개월 남짓이 지난 시점에 일본방송협회는 영어회화 프로그램을 재개한 것이다.

프로그램 이름인 실용영어회화는 전전과 같다. 1개월 반 후인 11월 1일부터는 기초영어강좌라는 프로그램도 발신했다. 프로그램 강사는 전전과 마찬가지로 호리 에이시로였고, 방송시간도 오전 6시로 같았다. 마침내 진주만 공격이 이루어졌던 날 아침과 똑같은 프로그램 제목, 똑같은 프로그램 강사를 통해 영어강좌 시리즈는 마치 아무 일도 없었던 것처럼 돌아온 것이다.

그로부터 얼마 안 되어 동요 〈쇼죠지의 괴이한 소리[証城寺の狸囃子]〉[1]의 가사를 바꾼 노래를 테마곡으로 쓴 새로운 프로그램 영어회화가 시작되

1 【역주】〈쇼죠지의 괴이한 소리〉 : 쇼죠지[証城寺]의 전설로 내려오는 괴이한 소리. 심야에 어디에선가 피리나 북 등의 네 박자 소리가 들려온다는 것.

었다. 첫 방송은 1946년 2월 1일이었다. 테마곡 가사로 인해 '컴컴 영어(Come Come 英語)'라는 애칭으로 친숙해졌는데, 이 프로그램은 영어교육자가 아닌 방송협회 직원 히라카와 다다이치[平川唯一]가 강사를 역임했다. 형식을 파괴한 그의 유머러스한 말투는 프로그램 개시 직후부터 폭발적인 인기를 끌었다.

가령 '컴컴 클럽'이라는 영어회화 서클이 전국 각지에 결성되었고, 컴컴 영어와 관련한 잡지 및 회원 배지 등을 제작했을 뿐 아니라 영어 콘테스트나 청취자 모임을 개최하곤 했다. 히라카와 다다이치의 '컴컴 영어'는 패전 직후 360만 부나 팔렸다고 알려진 성문당신광사(誠文堂新光社)의 『일미회화수첩[日米會話手帳]』(1945.10) 등과 더불어 패전 후 영어회화 붐을 형성해갔다.[2]

회화 중시의 경향

물론 패전 직후에 인기를 모았던 영어회화를 전전에 소멸한 영어회화와 동일시할 수는 없다. 두 프로그램의 교재로 채택한 '방송해야 할 영어'의 성질이 달랐을 뿐만 아니라 그들 두 개의 영어회화가 성립한 사회적 문맥이 크게 변화했기 때문이다. 미군 점령하의 일본에서는 애초

2 히라카와 다다이치[平川唯一]가 담당한 '영어회화'는 1951년 2월 9일에 끝났다. 그는 개국한 지 얼마 안 된 민간방송국인 '라디오 도쿄'로 이적하고, 같은 해 12월 25일부터 '컴컴 영어'라는 제목의 영어프로그램을 1955년 7월 30일까지 발신했다. 그의 후임으로 영어회화 강사가 된 마쓰모토 도오루(松本亨, 메이지대학 영어 학자)는 실로 1972년까지 17년 동안 이 프로그램을 담당했다.

'컴컴 영어'라는 애칭으로 인기를 끌었던 전후의 영어 회화 프로그램 강사 히라카와 다다이치
(히라카와 기요시[平川洌], 『컴컴 에브리바디』, 1955)

히라카와 다다이치의 '컴컴 영어'와 관련된 프로그램 교재와 잡지 『컴컴 클럽』(히라카와 기요시, 같은 책)

부터 영어가 외국어가 아닌 공용어였다는 것을 잊어서는 안 된다.

한편, 전전과 전후에 방송한 영어회화를 완전히 분리된 두 개의 앎이라고 파악하는 것도 불가능하다. 1934년에 등장한 영어회화강좌는 전후 NHK가 제작했던 많은 어학프로그램의 기초를 구축했고, 영어회화라는 앎을 둘러싼 사고양식을 확고하게 해나갔기 때문이다.

구체적으로는 ① 두 사람의 프로그램 강사가 진행하는 회화를 청취하는 스타일, ② 미국식 억양의 발신, ③ '읽는 영어'에서 '말하는 영어'로, ④ '일본을 말한다'는 전전 영어회화에 나타났던 네 가지 특징 중 ④를 제외한 3개가 히라카와 다다이치의 '컴컴 영어'와 그 후 영어강좌 시리즈에도 계승되어갔다.

게다가 중요한 것은 전후 영어강좌 시리즈는 영문학이나 영문법, 수험영어를 가르치는 프로그램을 폐지하고, 영어회화에만 초점을 맞춰 시리즈를 구성했다는 점이다. 이 같은 회화 중시 경향은 텔레비전 방송 개시(1953년)와 함께 시작한 '텔레비전 영어강좌 시리즈'에서 더욱 현저하

게 나타난다.[3]

회화를 중시하는 경향은 영어강좌 시리즈 이외에 어학프로그램에도 파급되어갔다. 예를 들어 전전의 프랑스어 강좌와 독일어 강좌는 1952년부터 라디오 제2방송에서 매일 방송을 내보냈고, 4년 후 1956년부터는 러시아어와 스페인어와 중국어를 추가했다. 또 1984년에는 한글, 1990년에는 이탈리아어를 추가하여 2001년 현재, 연일 NHK를 통해 실로 8개국어 어학프로그램을 방송하고 있다. 그런데 이들 모두 회화를 중시하는 어학프로그램이다.[4]

영어회화라는 앎이 작동시키는 권력 양식

그러면 이러한 회화 중시 어학프로그램이 모두 1934년부터 1939년까지 방송한 영어회화와 동일한 권력성을 작동시키는 앎을 창출하고 송출한 것일까? 이 물음에 답하는 것은 중요하다. 하지만 이를 위해서는 1945년 9월 18일부터 현재에 이르는 엄청난 수의 어학프로그램을 소상히 분석할 필요가 있다. 라디오 영어강좌 시리즈에 한정하여 감히 나의

3 텔레비전의 영어프로그램도 라디오의 영어강좌 시리즈와 마찬가지로 초기에는 다양한 프로그램을 실험적으로 제작했다. 그것들을 개량하는 과정에서 프로그램 제목을 변경하거나 파생 프로그램을 신설함으로써 사실상 폐지하기도 했다. 전후 영어프로그램의 변천을 통해 '방송해야 할 영어'의 변용을 고찰하는 시도는 이 책의 논의를 바탕으로 다음 기회에 집중적으로 다루어야 할 중요한 테마일 것이다. 또한 영문학이나 영문법을 가르치는 영어프로그램은 전후 NHK가 총괄하는 학교방송 프로그램의 과목으로 제작하여 영어강좌 시리즈와는 분리했다.

4 텔레비전에서는 프랑스어와 독일어의 어학강좌는 1959년부터, 스페인어와 중국어는 1967년부터, 러시아어는 1973년부터 개설했다. '한글'과 이탈리아어의 텔레비전 강좌는 라디오와 같은 해에 개설했다.

1997년에 방송한 '라디오 영회화'의 드라마에 나오는 등장인물들.
억지로 사회문제나 국제 관계를 회화에 삽입하지 않고, 등장인물들의 언쟁이나 불평을 들려줌으로써 현실감 있는 스토리 전개가 인기를 끌었다.(프로그램의 교재에서)

소견을 말하자면, 전전의 영어회화에 출현한 가장 현저한 특징인 'Nippon을 말한다'는 욕망이 전후에 전면적으로 돌출한 흔적은 보이지 않는다. 오히려 'Nippon을 말한다'는 입장과 거리를 두는 영어회화의 움직임마저 엿보인다.

이를테면, 1997년 4월부터 1년간 방송한 '라디오 영회화'에서는 'Nippon을 말하기'는커녕 일본인과 미국인의 대화라는 이항대립의 도식도 가뿐히 초월하여 국민국가 시스템에 스스로를 속박하지 않는 이민가족들이 등장해 여러 가지 고민거리를 서로 나누거나 치열하게 다투기도 하는(!) 연속 드라마를 방송했다.

프로그램 강사였던 영어학자 오스기 마사아키[大杉正明]는 이 프로그램

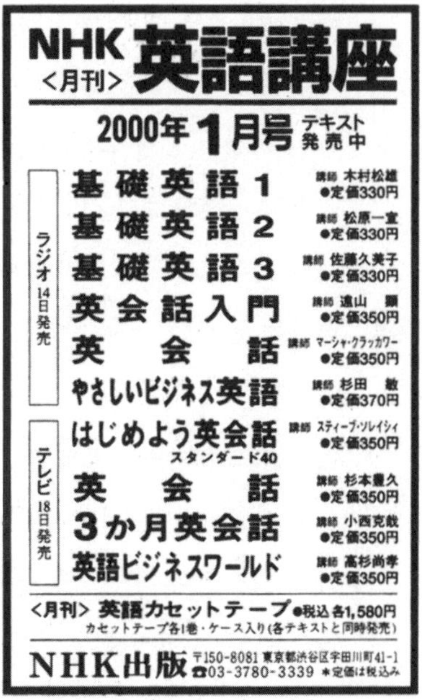

'NHK 영어강좌'의 신문 광고.
'영어강좌'라는 프로그램은 사라졌지만, 이런 곳에도 그 흔적이 남아 있다. 따라서 전전의 영어강좌와 지금의 영어강좌를 완전히 분리하여 생각하는 것은 불가능하다.(『아사히신문』, 2000.1.4)

을 담당한 11년 가운데 특히 후반 4년 동안 '영어를 (드라마로) 배우는 것'이 아니라 '드라마를 (영어로도) 즐기는 것'을 시도했다. 그중 1997년의 스토리는 매우 뛰어나서 등장인물들의 회화에 미국의 사정이나 일본과 미국의 비교, 국제 문제 등을 무리하게 끼워 넣지 않으면서도, 인종, 국적, 사회적 배경이 제각각인 등장인물들이 대등한 위치에서 웃음과 애환을 표현하는 대화를 많이 사용하고 있었다.[5] 1997년에 방송한 영어회화가 실천하고 보여준 것은 '일본에서는 / 미국에서는 ……'이나 '일본인은 / 미국인은 ……'이라는 국민국가 시스템에 무조건 의존하는 영어의 어조가 아니라, 이른바 복수의 화자들이 복수의 속성을 지닌 채 복수의 타자들과 대화하는 언어 커뮤니케이션의 지평이었다.

영어라는 언어가 제국주의적인 권력을 본질적으로 항상 발동시킨다고는 생각하지 않는다. 그럼에도 영어가 널리 유통되는 역사성(혹은 현실)과 영어가 일본어 및 일본인을 궁지로 몰아넣는다는 담론(혹은 판단)을

5 드라마 형식으로 회화문을 낭독하는 프로그램 스타일은 전전부터 이미 실행되고 있었다(상세한 내용은 제5장을 참조). 1997년 '라디오 영회화'가 전후 영어강좌 시리즈 전체를 상징하는 것은 아니지만 이 책의 문제의식에서 볼 때 같은 해 오스기 마사아키의 실천은 높이 평가받아야 할 사항이기 때문에 여기에서 다루었다.

무모순적으로 결부시켜 위기감을 선동하는 사고는 근대 일본사회에서 일정한 설득력을 발휘해왔다.

이 책에서 상세하게 고찰하였듯, 때로는 영어 폐지를 논하거나 때로는 권력의 원천으로서 영어를 우리 것으로 만들어 일본인다운 영어를 만들 것을 권장하기도 했고, 나아가 영어를 역이용하여 일본을 발신하자고 주창하는 논자를 산출해왔다. 하지만 이들은 결코 전전에 국한된 과거의 이야기가 아니다. 현재에도 영어로 일본을 발신하고자 하는 사고는 일부 논자들(그것도 자타가 국제파라고 공인하는)에 의해 다시금 거론되고 있다.

이 책에서 지금까지 질문해온 초기 영어회화를 둘러싼 논의에 입각하여 패전 직후에 분출한 영어회화에 대한 욕망과 그 후 사회의 여러 영역으로 널리 정착해간 영어회화라는 앎을 새삼 생각해볼 필요가 있다. 라디오뿐 아니라 텔레비전이나 서적, '영어회화 스쿨' 등에서 영어회화라는 앎이 나날이 대량으로 재생산되어 점점 더 사람들의 욕망을 환기하고 있는 현재, 영어회화의 언어적 특성과 그것의 사회적 가치를 둘러싼 비판적 고찰은 더욱 중요해질 것이다.

그때 왜 영어회화를 가르치고자 / 배우고자 했는가라는 욕망뿐만 아니라 영어회화를 발화함으로써 무엇을 이루고자 했는가라는 한층 깊은 욕망도 생각해봐야만 한다. 그것은 새로운 일본인론의 도식을 제시하기 위해서가 아니라 영어회화 혹은 영어회화라는 앎이 작동시키는 권력의 양식을 역사성 안에서 알기 위해서다. 알아야만 다음의 일보를 내딛을 수 있기 때문에 …….

역자 후기

저자 야마구치 마코토가 『영어강좌의 탄생』의 집필에 이른 동기는 굳이 문제의식으로 끌어내지 않는다면 의식하지 못하는 사이에 그냥 지나칠 수 있는 평범한 일상 속 한 순간이었던 것 같다. 그것은 오스트레일리아로 유학을 갔을 때 일본인 학생이 일본에 관해 영어로 이야기하는 장면이었다. 영어권 나라에서는 영어로 자기 나라에 관해 이야기하는 일, 일견 당연해 보이는 이 장면에 어떤 문제가 있단 말인가?

우선 영어는 제1의 국제적 언어로 유통되는, 그러기에 세계에서 가장 지배적인 언어로 통한다는 점이 떠오른다. 영어라는 한정을 강요받는 비영어권 화자는 의사소통을 위해 영어라는 언어적 도구를 어쩔 수 없이 선택해야 한다는 사실을 받아들여야 한다. 또한 영어를 잘하든 못하든 영어로 발신하는 발화자의 아이덴티티는 가장 먼저 내셔널 아이덴티티에 의해 규정될 것이다. 국민국가체제로 구성된 오늘날의 세계는 여기에서 자유로울 수 없다. 이 점을 또렷이 의식의 표층으로 끌어올려 붙잡았을 때, 이런 상황에서 외국인과 영어를 통해 이야기할 때 대화의 내용, 태도, 기술 등이 어떻게 표출될까라는 문제의식이 떠오른다. 바로 이 책의 저자는 유학이라는 계기를 통해 이 장면을 날카롭게 포착했던 것이다.

1930년대 일본이 처음으로 영어를 통해 발신하고 싶었던 자기 이미지는 어떤 것이었을까? 어떻게든 강대국과 어깨를 나란히 하고 싶다는 일본의 국가적 욕망은 근대적 경쟁사회에서 입신출세라는 이념에 기대어 승리와 성공을 발신하고 싶은 자기 이미지와 닮아 있다. 당시 세계열강이 보기에 인근 아시아 나라들을 침략하는 일본은 국제질서를 어지럽히는 비도덕적이고 비뚤어진 나라였을 것이다. 그런데 비판받아 마땅한 타국의 침략과 정복 행위에 대하여 일본은 도리어 비판하는 측인 세계열강의 시선을 교정하고 자신을 정당화하고자 했다.

이런 의도를 실현하기 위해 일본은 영어라는 언어적 도구를 동원했다. 일본은 자신의 왜곡된 이미지를 바로잡고 침략 전쟁을 합리화하기 위해 영어를 선택했다. 한마디로 영어는 국제사회를 향해 일본이 자신의 아이덴티티를 형성하고 보급하기 위한 수단이었다. 이것은 비단 1930년대 일본에만 한정된 문제는 아니다. 오늘날에도 국제사회를 향해 자신의 올바른 이미지를 전달하기 위해 한국이 스스로를 이야기할 때 성립하는 '도식'은 당시의 일본과 꼭 닮아 있다.

그러므로 이 책의 연구 대상은 이를테면 NHK 영어강좌와 같은 한정적인 실체가 아니다. 여기에서 분석하고 있는 영어회화는 어디까지나 앎의 체계로 존재하고 변용해가는 '영어회화'라고 할 것이다. 또한 '영어회화'는 또 다른 앎의 체계인 '영문학'과 묘하게 공존하면서 길항해야 했다. 저자가 해명하고 있듯, 일본의 '영어회화'는 제2차 세계대전이 끝난 뒤 미국의 영향에 의해 일시적으로 붐을 일으킨 것이 아니다. 영어회화 프로그램은 미국과 전쟁을 벌이기 이전인 1934년부터 전국적으로 방송을 탔고, 진주만을 공격한 1941년 12월 8일 아침까지 이어졌다.

이 책은 바로 일본에서 실천해온 '영어강좌'를 둘러싸고 영어의 발화가 지닌 사회적 의미를 분석한다. 그것은 영어라는 앎의 체계가 후진국의 입장에서 서구 열강을 모방하고자 하는 욕망을 전제로 삼는다는 것을 뚜렷이 밝혀주는 한편, 국민국가 형성에 따른 치열한 언어 권력을 드러내준다. 이를테면 방언과 표준어의 불균등한 관계는 자국의 언어와 제국의 언어 사이에도 그대로 성립하는 것이다. 나아가 이 책은 일본이라는 국가 안에서 '영문학', '영어회화', '영어교육'이라는 스펙트럼으로 존재하는 영어, 나아가 영어와 일본어 사이의 언어 권력적 메커니즘을 규명하고 있다.

이 책이 해명하고자 한 일본의 상황이 반세기 이상이나 지난 지금과 별로 다를 바 없다. 옮긴이들은 일본의 상황이 한국의 상황과 무척 병행적이라는 점에 놀라움을 금치 못하며 이 책을 읽어나갔다. 자료와 실천을 동시에 꼼꼼하게 살핀 점도 뛰어나고, 역사적 배경 속에서 일본의 국가적 아이덴티티가 어떻게 동요하는지를 분석하고 입증한 의욕이 엿보인다. 영어교육에 종사하는 사람은 물론, 국제적 언어인 '영어'에 관심이 있는 사람들이 꼭 읽어야 할 책이다.

덧붙인다면 저자 야마구치 마코토의 전문 분야는 미디어 연구다. 그는 방송이나 관광 가이드북 등 다양한 미디어의 변천을 통해 사회의 변화를 고찰하는 '미디어의 역사'를 연구하고 있다. 특히 10여 년 동안 괌에서 필드워크를 진행하는 한편 일본의 관광산업을 조사하여 '미디어의 역사'를 바탕으로 한 '관광의 역사'로 연구 영역을 넓히고 있다. 그 성과물로서 『일본의 해외여행 – 젊은이와 관광 미디어 50년사』(치쿠마서방[筑摩書房], 관광학술학회저작 장려상 수상), 『괌과 일본인 – 전쟁을 매립한 낙원』(이와나미서점[岩波書店])과 같은 저서를 내놓았다. 앞으로의 행보가 궁금하다.

찾아보기

인명

작품명

용어